藤岡陽子

むかえびと

実業之日本社

実業之日本社文庫

目次

1

有田美歩（ありたみほ）は一階にあるロッカールームで白衣に着替え、病棟に向かった。先週、梅雨入りが報じられ、あまりの蒸し暑さに背中がじんわり汗ばんでくる。胸ポケットに付けたナースウォッチを見ると四時を過ぎたばかりで、夜勤が始まる五時にはまだ、余裕があった。

「おつかれさまです」

あと三十分もすれば日勤スタッフと夜勤スタッフの申し送りが始まるはずなのに、ナースステーションには誰の姿も見えなかった。ホワイトボードを確認すると、現在は陣痛室、分娩（ぶんべん）室にひとりずつ分娩進行者が入っているようだ。

みんなどこに行ったのかな。

美歩はいったんナースステーションを出て、廊下を歩いていく。病棟の二階には分娩室が三室、ベッドが四床並ぶ陣痛室が一室、新生児室、それに入院用の三十床がある。日勤帯では四人の助産師と三人の看護師、二人の看護助手が配置され、外来棟と病棟を切り盛りしていた。

　廊下の先にある重厚な扉を半開きにして顔をのぞかせると、一番奥の陣痛室から苦しそうな呻き声が漏れ聞こえてきた。

「あら有ちゃん。早いわね」

　陣痛室のドアの前で、ワゴンに手をかけていた草間道子が美歩に気づいて振り向く。

「草間さんも早いですね。おつかれさまです。陣痛室と分一、いまどなたが入ってるんですか？」

　陣痛の間隔が短くなってきたのか、部屋から漏れる妊婦の呻き声がじょじょに大きくなっていくのを気にかけながら、美歩は訊いた。分娩室は奥から順に分一、分二、分三と呼んでいる。

「分一は昨日が予定日だった坂口さんで、陣痛室は……それがねぇ、飛びこみの人なのよ」

「飛びこみ？」

「駆けこみ出産みたい。私が来た時はすでに陣痛室にいたから、どういう状況かはまだ把握できてないの」

「駆けこみですか……」

「私、いま坂口さんの分娩介助についてるから、有ちゃん見てきてもらえるかな。名前はね、えっと……綱島さんだったかな」

草間に肩を叩かれ、美歩は頷いて陣痛室のドアを開ける。

「じゃ何かあったら分一に呼べ。そうだ、綱島さんは状況がわからないから、準備しながら情報ひろっておいて」

今夜の夜勤は荒れそうだなと、美歩は深呼吸する。そういえば今夜は満月になると草間が言っていた。月が満ちる時、赤ちゃんはこぞって外の世界に出たがるのだ。

「綱島さん、大丈夫ですか」

陣痛室のベッドに横たわる綱島の耳元で、美歩は呼びかける。受付の事務員が急いで書きこんだのだろうカルテには、名前と住所と生年月日しか記されていない。

「まだ産まれないの？　そうとうきついんだけど。くそっ、まじ痛ぇよ」

たった今全力疾走を終えたような息遣いで、綱島が美歩を睨んでくる。年齢は二十歳とあるが、言葉遣いや雰囲気はそれよりももっと幼い。手にはスマホを握りしめていて、陣痛の合間には忙しく指を動かしている。

「ちょっとぉ。私、病院にたらい回しにされたんだよ。他のとこ全部断られてんだからさぁ、早くしてよっ！　痛い、痛い、痛いってぇ」

「落ち着いてくださいね、綱島さん」

陣痛の波がやってくると、綱島は両脚をばたつかせる。美歩は綱島の腰をさすってやりつつ、分娩監視装置で胎児の心音を確認した。

心音が落ちてきているので、ナースコールを押してもうひとり助産師に来てもらう。

「板野さん、ここお願いしていいですか」

助産師の板野が走って部屋に入ってくると、すぐにそう声をかけた。

内診所見、心音、投薬内容、看護記録の記載をするためのパルトグラムは巣川師長の字で書かれていた。美歩はこれまでの経過を聞くために、巣川を探す。

廊下を走ってナースステーションに戻ると、日勤の助産師が三人集まって、引継ぎの準備をしているところだった。

「あ、戸田さん。巣川師長どこにいるか知ってる?」

美歩は後輩の戸田理央に声をかけた。

「巣川師長なら駆けこみの新患さんについてると思いますけど」

「それがいないんだよね。綱島さんにモニターを付けたのって巣川師長でしょう? 受け入れ時の状況を知りたいんだけど」

理央が困惑した表情で席から立ち上がる。その場にいた他二人の助産師たちも顔を見合わせている。

「てっきり巣川師長が陣痛室にいるんだと思ってました」

理央が眉をひそめ、辺りを見回した。

「困ったなあ。とりあえずドクターにコールしといてくれる？」

「綱島さん、どうかしました？」

「胎児の心音が落ちてきてるから。アラーム鳴ってたはずだけど、誰も気づかなかったのかな」

「えっ、そうなんですか。すいません、私いま戻ったばかりで」

「とにかく、私は綱島さんに付くから。先生にすぐ来てもらって」

頷いた理央はすぐに受話器を持ち上げ、内線のボタンを押した。美歩はその間に壁にかかっているホワイトボードに目をやり、今日の勤務体制をもう一度確認する。夜勤帯の助産師は美歩と草間。当直は野原忠司院長となっていた。

「院長なんですけど、電話に出ないんです。その代わりに佐野先生と繋がりました。すぐに来るそうです」

受話器を戻した理央が伝えてくる。佐野隆己は、院長を除くと唯一の常勤医師だ。三十六歳の若さだが高い技術を持ち、スタッフから信頼されていた。美歩が勤務するローズ産婦人科病院では年間で八百件ほどの分娩があるが、その半分以上を佐野ひとりで受け持っているといっても、言い過ぎではないはずだ。非常勤の医師も二人いるものの、緊急の呼び出しにはほとんど佐野が対応している。

「ありがとう。ところで戸田さん、顔色悪いよ？　明日また日勤なんだから早く帰って休んでね」

助産師の正職員は美歩と理央、草間と巣川師長の四人しかいないので、どうしてもきついシフトを乗り切らなくてはならない時がある。正職員以外にパートの助産師と看護師が合わせて十人いるが、家庭のこともあるので、夜勤はできない人が多いのだ。このところ夜勤続きだったせいか、理央の顔に疲労が滲んでいた。

「はい。でも、もう少し残りましょうか？　ばたばたしてきたみたいだし」

「大丈夫、大丈夫。なんとかなるって。草間さんがいるんだし」

草間の名前を出すと、理央が安堵の表情で頷く。

下腹を両手で押さえたまま動こうとしない網島を説得し、分三に移動させた後、美歩は分娩の準備を始めた。分三は他の分娩室より広くて、何か起こった時に手術に切り替えるスペースがある。

「妊婦検診は一度も受けてないんですか？」

「だからぁ。受けてないってさっきも言ったし」

「じゃあ今が妊娠何ヶ月目かも正確にはわからないんですね」

「陣痛きたんだから、いまが臨月じゃね？　あぁ、ちょっと！　痛い、痛いって！　麻酔打ってよ。早く麻酔打ってよ」

準備をしながらできるだけ情報を取っていくつもりが、陣痛がくるたびに大声で喚くので、必要なことがほとんど聞けない。分娩台の上で「痛い」「殺せ」と怒鳴り散らし、手に触れたものをかたっぱしから投げていく綱島に、もはや美歩の声を聞く余裕などない。

ドアが開く音に振り返ると、白衣姿の佐野が入ってきた。「あ、佐野先生。よろしくお願いします」

佐野に向かって会釈するが、いつものように仏頂面しか返ってこない。

「飛びこみだって？」

眠っているところを起こされたのか、佐野が不機嫌な声を出す。通常は民間の病院が飛びこみの分娩を受け入れることなどめったにないが、院長の方針で、ローズは来る者を拒まない。

「はい。他の病院でも受診していないそうです。今日は何軒かの病院に受け入れを拒否された後、うちに来たようです。名前は綱島温雨さん。年齢は二十歳の初産で……」

ほとんど空欄のままのカルテを読み上げている途中で、佐野が顔をしかめた。眉間の皺を深くして、分娩台に横たわる綱島の顔と、美歩の手の中のカルテを交互に確認する。何かおかしなことでも口にしただろうか――美歩は急に顔色を変えた佐野の横顔を見つめた。

「あの……先生、なにか？」

「温かい雨と書いて、はると読むのか？」

黙りこんでいた佐野が、強張った顔を向けてくる。飛びこみの患者なので、偽名を使っていると思ったのだろうか。

「はい。珍しい名前ですが、運転免許証で本人確認はしたみたいです。健康保険証は持っておられないとのことで」

美歩が佐野にだけ聞こえる声で答えると、佐野の唇が微かに動き、「は、る」と呟く。

「ちょっとぉ。何してるのよっ。早く、早く麻酔打ってよ」

ベッドの上で綱島がひときわ大きな叫び声を上げた。しばらく無言でカルテを凝視していた佐野が、我に返ったように眉を上げて美歩の顔を見る。

「カルテ以外のデータは？」

「あるのはパルトグラムだけです」

ここまでの経過を記録した用紙を渡すと、佐野の表情が険しくなった。

「かなり危険な状態だな……。子宮口が全開だったら、吸引で胎児出します」

エコーで診察しながら、佐野が指示を出してくる。

「わかりました」

美歩は頷き、綱島の両脚を左右に開いて足台に固定する。綱島の足に清潔野を確保するためのカバーをかけている途中、左の内腿にカラフルなペイントを見つけた。緊迫した場に似つかわしくない絵柄に、思わず手を止め、

「綱島さん。あの、これ……ガイコツは水とかで消えるものですか？」

と内腿のペイントに指先でそっと触れた。できるだけ清潔に保ちたい部分なので、前もって消しておきたいと伝える。

「無理に決まってるじゃん、これ、タトゥーだし。しかもスカルだから。ガイコツじゃないから」

呻き声の合間に、綱島が鼻で笑う。

「タトゥー……ですか」

試しにアルコール綿で軽く擦ってみた。でもまったく消える様子がなかったので、しかたなくその部分にバスタオルをかけて覆っておく。

「患者の血液データは？」

まっ白い肌に彫られた毒々しい刺青にたじろいでいるところへ、佐野の声が鋭く飛んできた。

「血液データがないんです」

美歩が答えると、佐野の目がすっと細くなり表情が消える。

「はあ？　きみは何を言ってるんだ。分娩する妊婦の血液データがないって、どういうことなんだ」

「初診の方ですし」

「感染症の有無は？」

「わかりません。綱島さん自身もよく知らないって」

「院内で調べられる血液データは？」

「それも……まだです」

静かな口調だけれど、佐野が苛立っているのが伝わってくる。たしかに、最低限の血液データを出すことくらいなら、綱島が来院してからの時間でできたはずだ。院長に指示伝票を出してもらって、院内の機械で分析できるものを用意しておくのは、当然の仕事。でも……。でも、この患者を受け入れたのは自分じゃないのに。自分はいまさっき、ほんの十五分前に夜勤に入ったばかりなのだと、言い訳が喉元までせり上がってくる。

「なあ、きみ」

「はい」

その場で立ち尽くす美歩に、佐野が冷ややかな目を向けてくる。

「今すぐ採血して、検査室に出してきてよ。血小板の数だけでも知っておかないと、出血が止まらないなんてことになったら致命的だろう？　それくらいは言われなくてもやってくれないかな。それと感染症対策も。ゴーグル、マスク、足元のカバー、完全装備でいくから」

「――わかりました」

「何年目なんだ？」

「はい？」

「助産師になって、きみは何年目だ？」

「六年目です」

呆れたような言い方をする佐野から、美歩は視線を逸らして顔を下げる。俯くと気持ちが一気に萎えていく。傍らでは綱島が痛みに体を捩りながら「早くしてよぉ、遅ぇよ」と叫んでいた。今夜はしょっぱなから辛いスタートだ。

採血をすませ、その検体を持って病棟から外来棟に繋がっている渡り廊下を走った。外来棟の二階には、血液のデータを分析する機械が置いてある。廊下を渡りながら、ガラス窓の向こうに満月を探してみたけれど、月はもう見えなかった。

「まだいきまないで。我慢して、まだですよ」

佐野が内診をすませると、綱島のお産は一気に進んだ。甲高い叫び声は咆哮に近い野太いものになり、髪をふり乱して暴れる体を、美歩は擦るようにして押さえつける。

「もう少しですから。頑張って」

助産師学校を二十三歳で卒業し、それから数百件という分娩に付いてきたが、それでもやはり赤ちゃんの誕生する瞬間は、毎回同じように緊張する。無事に泣いてくれますように。しっかりと呼吸をしてくれますように。

「綱島さん。赤ちゃんの頭が見えてきましたよ。赤ちゃんも頑張ってますよ、ほら顔が見えてきた。あと少し。もういきまないで、胸に手を当てて、短い呼吸をしてくださいね」

美歩の声かけに何度も頷きながら、綱島が苦痛に顔を歪める。もう毒づく余裕もないのだろう。歯を食いしばり、顔の皮膚に浮かぶ細い血管を充血させている。この時ばかりはどんな妊婦でも、助産師に全てを預けてくる。美歩もその思いを受け止めて声をかけ続ける。

「そうそう。はい、息を吸って。止めたらだめですよぉ、お母さんが息止めちゃうと、赤ちゃんに酸素を送れなくなりますからね」

ひっひっという呼吸音とともに綱島が全身を震わせると、赤ちゃんの肩が出てきた。だが肩幅があるせいかそこからが進まず、羊水にまみれた赤ちゃん自身も苦しそうだ。

「がんばって綱島さん」

左手で赤ちゃんの頭を支え、美歩が「あとひと息」と励ますと、綱島は奥歯を嚙(か)んでのけぞり、目を固く閉じた。

「っつう……痛いって。もう無理っ、ああもうっ」

ひと際高い叫び声が部屋中に響き渡った瞬間、赤ちゃんの全身が水の感触とともに手の中に入ってきた。瞼(まぶた)を固く閉じ、爪が手のひらを傷つけるくらいに拳を固く握っている。外の空気に触れ、武者震いのように一度、ぶるると全身を震わせる赤ちゃんに向かって、美歩は言葉をかける。よくがんばったね。えらかったよ。きみは本当に我慢強いね——

ガーゼで顔を拭き、ひと泣きするのを確認した後、タオルで全身を包(つつ)んで母親の胸に抱かせた。

「こんなにちっさいの？　……大丈夫かな」

赤ちゃんの重みを胸の上に感じた綱島が、閉じていた目を開いて指先で柔らかな頬に触れる。

「大丈夫。元気に産まれてきましたよ。可愛(かわい)い男の子です」

美歩が声をかけると、綱島が頰を緩めて頷き、親指でそっと赤ちゃんの額を撫(な)でた。

休憩室のソファで、草間は足を投げ出し体を横たえていた。時刻は朝の五時を過ぎ、冬ならまだ真っ暗なはずの窓の外が、ぼんやりと白んでいる。

「今日も疲れたわねぇ」

目を閉じたまま、草間が呟く。眠っているとばかり思っていたので、美歩は驚いて声のするほうを見る。

「そうですね、さすがに立て続けの分娩はきついですよ。満月だからですかね」

夕方に始まった綱島の分娩介助を十時にはすべて終え、ほっとしているところに、午前零時を過ぎた頃、経産婦がタクシーでやってきた。進行の速いお産だったので、分娩室に運びこむと同時に赤ちゃんが子宮口から出てきて、「あら、大変っ」と伸ばした草間の手が、赤ちゃんの頭をぎりぎり受け止めたという具合だった。

「それにしても巣川師長も困ったもんね、陣痛室に綱島さんを放置したままで姿をくらますなんて。坂口さんの介助も私に放り投げたくせにねぇ」

ソファから半身を起こした草間が、呆れた声を出す。美歩はこれまでも何十回と聞いてきた草間の愚痴に、笑って頷く。巣川の無責任な行動は、今に始まったわけではない。

「坂口さんの分娩、大変そうでしたね」

美歩の言葉に、草間は大きなため息をつく。

「私が引き継いだ時、陣痛開始からすでに丸一日経ってたのよ。あのままだったら危なかったと思うわ」

「坂口さんが促進剤を使いたくない、って仰ってたからですか？」

「促進剤もそうだけど、本人の希望でできる限り医学的な処置はしたくないって」

「そうでした、たしかそういうバースプランを立てておられましたよね」

「マック？　……マクなんとかを信奉してるのよ、彼女。食事にもこだわっていて病院食も食べずに持ちこみだし」

「マクロビオティックですね。玄米菜食で、肉や魚はもちろんのこと、かつおぶしやいりこだし、牛乳や卵なんかの動物性の食物はいっさい摂らないって」

「そうそれよ。とにかく自然派志向で、分娩ですら病院ではしたくないって言ってたわ。自宅出産をしたかったけど、受け入れてくれる助産師が近所では見つからなかったって。そりゃあ私もできることなら彼女のバースプランを尊重したいとは思うわよ。でもね、それができるかどうか、助産師はきちんと判断しないとだめよ。必要以上に自然分娩にこだわりすぎて、いい時に産ませられないのは助産師として失格でしょう。師長から引き継いだ時、胎児の心拍数はかなり落ちていたし、坂口さんの体力も限界にきてたのよ」

　妊婦の希望を叶えるばかりが医療者の役割ではない。無理だと判断したなら、胎児や妊婦を守るために次の処置を考えなくてはならないのだと、草間は言葉に力を込める。

ローズ産婦人科病院のホームページには、巣川師長の顔写真とメッセージが載せられている。その中に『わが病院の方針は、妊婦さんのご希望に添ったお産をすることです。バースプランを立て、妊婦さんひとりひとりの想いを叶えることこそ、スタッフ一同の願いです』とあり、その言葉に惹かれて来院する妊婦は多い。坂口さんもその一人で、メスを用いた切開や陣痛促進剤などの薬に抵抗があると問診時に伝えられていた。もちろん助産師である自分たちも、できる限り膣や会陰の裂傷なく出産を導きたい。けれど、そこには優れた分娩介助技術が不可欠だ。たとえば今日の坂口さんのように初産で三五〇〇グラムもある赤ちゃんを娩出する際に、傷なしの「ノーリス」を可能にする技術を持つのは、この病院では草間ひとりだろう。

できる限り妊婦の望みを叶える。それが病院の方針だとしても、望みだけではどうにもならないことが、命を懸けた出産には多々ある。

「で、師長が結局いつ帰ったのか、有ちゃん知ってる?」

「それがはっきりしてなくて。でも家に帰ったわけじゃなくて、一階の師長室で用事をしていたとか」

「なによそれ。いつもいつもお産の途中で投げ出すんだったら、初めから自分を分娩番につけなきゃいいのにねえ。シフトを組んでいるのは師長なんだからはっきり言えばいいのよ、私はお産をとりたくないって」

巣川は助産師長でありながら、お産をとれない。点滴のルートをとるのも苦手で、採血すらほとんどしない。美歩がこの病院に入りたての時、まさかと思いながらも草間に、

「巣川師長はお産をとらないんですか」

と訊いたことがある。草間は人の悪そうな顔で、

「あ、気づいちゃった？」

と笑った。「とらないんじゃなくて、とれないのよ。臨床経験があんまなくて」

「じゃあなんで師長をされてるんですか」

驚いた美歩は質問を重ねた。

「あんた、なかなかはっきり言うわね」と草間はさらに大きく笑いながら「うちは家族経営みたいなもんだから」と、師長と院長が、長年の不倫関係にあることをあっさり教えてくれた。三年前、美歩がこの病院に入職してすぐの話だ。

野原院長がこの病院を先代から引き継いだのは今から十二年前のことで、草間はその時からのスタッフだ。大学病院の産婦人科にいた院長が、同じ病院の、当時四十三歳の草間と三十二歳の巣川を伴って戻ってきたのだという。

草間が院長についてきた理由は、待遇のよさだった。夫が体を壊して働けなくなったのは、彼女が三十代半ばの頃で、それからは草間が家族を養っているという話だ。だから、大学病院の一・五倍はもらえるここの給料が何よりもありがたかったと。息子が四人もいて、「末っ子が大学を卒業するまでは、ここをやめられないわ」といつもぼやいている草間は、今年で五十五歳になる。

「ねえ草間さん、末の息子さんが社会人になったら本当にこの病院やめちゃうんですか?」

「有ちゃん。あなた、何回同じ質問するのよ」

「だって草間さんがいなくなったら、回らないですよ、絶対」

美歩は二十六歳の時にこの病院に移ってから、草間に鍛えられてきた。彼女の判断の正確さと処置の速さは群を抜いている、と誰もが認めている。

「安心して有ちゃん。まだやめないわよ」

「ほんとですか? よかった」

「とにかく、ベッド数が三十床もあるのに、常勤の助産師が四人しかいないという現状をなんとかしないとね。夜勤のできるパートさんも限られてるし。このままだと忙しすぎて、私がキレて来なくなることもあるかもよ。その時は有ちゃん、よろしくね」

冗談とも本気とも思えない口調で、草間が美歩の肩を叩く。

「私が草間さんの代わりなんて、百年早いです」

「それより、戸田ちゃんをもう少し鍛えないとね。辻門ちゃんがマラウイに戻る前にね」

辻門真奈美は、パート助産師のひとりだ。草間と同様に高い技術を持ち、独り身なので夜勤にも積極的に入ってくれる。だが人生の基盤が海外でのボランティア活動にあり、日本には出稼ぎに帰ってくるという感じだった。はっきり訊ねたことはないが、年齢は三十代半ばだろうか。

「辻門さん、いつ行っちゃうんですか?」

「来年の二月って言ってたかな」

「あと八ヶ月かあ。なんか自由ですね、いいなあ」

「自由だけど、なかなか大変なことよ。『結婚したい』ってぼやきながら、辻門ちゃん、彼氏作る暇もないいんだから」

夜が明けきるまで、美歩と草間はささいな会話で笑い合った。少しでも仮眠をとった方が体のためだと思ってはいても、いつもこうだ。一緒にいて楽しいと思える人が職場にいる幸せを、かみしめる。

「そうだ。草間さん、聞いてください。今日、佐野先生に『助産師になって何年目だ』って言われちゃいましたよ」

「どうして?」

「まあ……私が基本的なミスをしたからです」

「あらまあ」

「でもすっごくやな感じだったんです。そんな言い方されるくらいなら怒鳴られるほうがましですよ。それに私のこと『きみ』って呼ぶんです。あなたこそ私と一緒に働いて何年目だって話ですよ。人の名前くらい、いいかげん覚えろよって話です」

「やけにご立腹ね。で、どうだったの? 綱島さんのお産は」

「注意してもスマホを手放さないわ、暴れるわでけっこう大変でしたよ。でも、分娩はスムーズにいきました。心拍がぎりぎりまで落ちてたんで、佐野先生がすぐに吸引してくれて」

話しながら、綱島温雨を見つめていた佐野の目を思い出す。あんな表情をする佐野を初めて見た。驚き、戸惑い——どんな緊急事態でも顔色を変えないことで有名なのに、あれはいったいなんだったのだろう……。

「どうしたの、有ちゃん?」

草間の顔がすぐそばにあった。

「いえ、なんでもないです」

首を振りながら、

「そうだ。綱島さんの名前、変わってるんですよ。温かい雨と書いてハルって読ますんです。これっていわゆるキラキラネームなんですかね」

と話を続ける。

目の奥が痛くなるくらい疲れていたけれど、草間と向かい合って笑っていると、張り詰めていた心身がほぐれた。こうして緊張感を解き、新しい朝を迎える準備をしていく。

2

朝の八時半、ナースステーションでは日勤帯スタッフへの申し送りが始まった。この時間になると、わが子を見るために新生児室のガラス窓の前に立つ産婦もいて、賑(にぎ)やかな気配が感じられる。昨夜の三件の分娩とその後の経過について、草間が日勤スタッフに伝えていく。情報の取りこぼしがないようにと、みんな真剣な表情で聞いている中、外線から電話が入った。

「はい、ナースステーションです」

美歩が電話をとると、

『連絡が遅くなってしまってすみません。実は子供が今朝急に吐いてしまって……。今日の日勤、休ませてもらえないでしょうか』

板野の恐縮する声が聞こえてきた。

「それは大変ですね。ちょっと待ってください、いま師長に代わります」

美歩は答え、巣川の姿を探す。見当たらないので師長室に内線をかけてみるが、どこへ行ったのかいっこうに繋がらない。

「師長が不在なんで、伝えておきますよ」

日勤帯の助産師は四人体制で回しているが、その一人が欠けるとなるとさすがに厳しい。とはいえ子供の体調が悪いのなら無理は言えないと思い、美歩は電話を切った。

申し送りが終わった頃、ナースステーションに向かって歩いてくる巣川の姿が見えた。半袖のユニホームでも汗ばむくらいなのに、長袖の白いカーディガンを羽織っている。整った顔立ちに生気はなく、痩せた首筋には横皺が浮かんでいた。

「師長」

不機嫌な表情で歩いてくる巣川に、声をかける。

「なに？　頭に響くのよぉ、あなたの声」

右手の人差し指をこめかみに突き刺すようにあてがっているのは、苛立ちを抑えている時の彼女の癖だった。

「板野さんのお子さんが体調悪いみたいで、今日は欠勤させてくださいって今電話がありました」

「ええっ、それであなたオッケー出したわけ？　私に相談もなしに？」

巣川の舌打ちがあまりに大きくて、ナースステーションにいる他のスタッフの動きも止まる。

「で、どうするの？　あなたが板野さんの代わりに日勤入るの？」

師長がなじるように訊いてくる。今日休みのパートさんに連絡をとってくれたらいいのに……と思いつつ、口に出すと取り返しがつかなくなりそうなので、瞬きだけを返す。

「辻門さんに連絡をとってみたら？　彼女、明日の勤務も空白になってるし」

引き継ぎをすませ、帰り支度を始めていた草間が手を止めて師長にかけ合ってくれる。

「辻門さんはねぇ、今週いっぱいはだめなの。またいつものご立派なボランティア活動。夜勤できる助産師が少なくてうちも困ってるのに、他所を手伝ってるなんてねぇ。勝手な人ばかりで、こっちは勤務予定を立ててるの、ほんっと手間なんだから」

ふん、という巣川の鼻息の音と、草間の短いため息が重なる。まずい雰囲気に周りを見渡すと、とばっちりを避けるようにみんな黙っている。

「夜勤帯の誰かが一人、残ればいいんじゃないか。一日くらい徹夜しても死なないから」

ナースステーションの隅にパソコンが二台置かれた一角があり、そこから低い声が聞こえてきた。いつの間にかナースステーションに来ていた佐野が、面倒くさそうに呟く。佐野にしても昨夜は院長の代わりに当直をしたせいで、眠そうな顔をしている。

「そうですよねぇ。佐野先生もこれからまた外来担当ですものねぇ」

佐野の言葉に巣川がにんまりと笑い、

「じゃあやっぱり有田さん残ってちょうだい。草間さんはご高齢だから体に障るでしょう」

とホワイトボードの名前を書き換えた。

「今日のリーダーは私だから、何か不具合があったら師長室まで来てちょうだい。そうそう、有田さんはフリーで動いて、手薄なところをちゃんとカバーしなさいよ。はい、それぞれ動いてぇ」

巣川は両手をパシンと打つと、誰よりも早くナースステーションを出ていく。

午前の仕事をひと通り終えた美歩は、売店で昼食用のメロンパンとアイスコーヒーを買い、病院の中庭に向かった。

「ほんともう疲れちゃったよ……」

思わず弱音がこぼれ、周りに人がいないのを確かめる。木陰にあるベンチが空いていたので、腰を下ろした。

中庭は、向かい合う二階建ての外来棟と病棟の間にあって、一階の渡り廊下からも二階の渡り廊下からも見える位置に造られている。そう広い敷地ではないがバラ園になっていて、バラのアーチトンネルがあり、小道があり、小道の先には透かし模様の入った洒落た白いベンチが置かれている。赤や淡いピンク、黄色いバラが満開になるこの季節には、ベンチに腰かけて休む妊婦もいて、出産後の記念写真を撮っていく家族連れが多い。

「有田さぁん」

名前を呼ぶ声がしたので目を向けると、一階の渡り廊下を歩く理央が、笑顔で手を振っていた。美歩が手を振り返すと、こっちに向かって小走りでやってくる。

「有田さん、休憩ですか」

「うん、いまちょうど手が空いたとこ」

「私もなんです。有田さんここで食べるんだったら、私も真似しよっと。それにしても、今日の師長もひどかったですね」

美歩の隣に座ったと同時に、理央が声を潜めて言ってくる。バラ園を背景に写真を撮っている家族に視線をやりながら、美歩は「だね」と頷く。午後の日差しは眩しかったけれど、太陽の下にいると湿っぽい気持ちが少しは上がる。

「夜勤明けから日勤に入るって、地獄ですよね。体、大丈夫ですか？」

「さすがに眠いよ。でも今日は自分のせいだからね。板野さんの電話を師長に取り次がなかったのが運の尽き。私が悪い」

ため息をついて売店で買ったメロンパンにかじりつくと、「はい、これどうぞ」と理央が手作り弁当の中からウインナーをくれた。爪楊枝に刺して渡されたウインナーは、可愛いタコになっている。

「ここのバラ園はほんときれいですねぇ」

理央が、庭を見渡す。

「私も初めてここに来た時は、なんて素敵な病院って思ったよ。人生バラ色のイメージ」

「その名もローズですしね」

「そうそう」

でも実際に働き始めると辛いことも嫌なこともたくさんあって、このバラ園にこっそり出てきては気持ちを立て直した。従業員も自由に出入りできる環境は、ありがたいと思っている。

と。

　田舎育ちのせいか自分は草花が好きなのだと、理央が笑顔で話す。一人暮らしの部屋にも観葉植物を置いていて、寂しい時や疲れた時は水をやりながら話しかけている、と。

「へえぇ、植物と会話するんだ。戸田さんにしたらペットみたいなもんだね」

「そうですね。大事なものはお菓子の缶に入れて植木鉢の下に置いてるんですよ。自分の留守を守ってくれるし、帰りを待ってくれる感じですね。あ、でもこの会話、ちょっと侘しくないですか」

　とりとめのない話をしながら、お昼を食べた。美歩がパンを食べ終える前に理央は弁当を平らげていた。忙しいのにきちんと弁当を作って持ってくるのが理央らしい。

　雲が太陽を隠し、ベンチに向かって風が吹くと、涼やかな空気が流れた。こうして並んで座っていると、ピクニックにでも来たかのようなのどかさだ。

「有田さんはここをやめたいと思ったことありますか」

　理央の唐突な質問に、アイスコーヒーのカップを落としそうになる。

「ど、どうしたの？　急に。戸田さん、やめること考えてるの？」

「そんなこと考えてないですよ。ただちょっと聞いてみたいだけです」

「うんまあ……一回や二回はあるかな。師長はあんなだし、院長も微妙だし。いや三、四回はあるかもしんない」

「ですよね」

「うん。ただ、ここには草間さんとか辻門さんとか、凄い技術を持つ人たちがいるでしょう。だから続けられるんだよね……。憧れというか、目標というか。あ、あと気の合う後輩もいるしね」

美歩が笑うと、

「私もです。頑張りたいと思っています」

と理央はにこやかに頷く。「『妊娠週数を四で割って、それに一を足したら妊娠月数が出せるよ』って前に有田さんが私に教えてくれたの憶えてますか？　すごく基本的なこと。そんな計算式も知らなかったダメダメな私なのに、呆れもせず指導してもらって本当にありがたいです」

「そんなことあったかなぁ。でもさ、私もまだまだ知らないことだらけだよ」

美歩はベンチの背もたれに体を預けて、雲から出てきた太陽の光を真正面から浴びた。眩しさに目を細めたら、眠気が襲ってくる。

「有田さん、ちょっとの間でも眠ってください。適当な時間で私、起こしますから」

「いいの？」

「どうぞ。私は音楽でも聴いてます」

理央はユニホームのポケットからイヤホンを伸ばして音楽を聴き始め、鼻歌を歌っている。風が吹くと、バラの香りが体を包み、夏を迎えた草花の生命力が全身に染み入るような心地よさがあった。

「どうしたの？」

　理央の鼻歌がぴたりと止まったので、美歩は閉じていた目を開けた。呆けたように視線を上に向けている理央の横顔に目をやる。

　イヤホンを耳に着けたままなので美歩の声が届かないのか、理央は黙ったままだった。視線はまっすぐ二階の渡り廊下に向けられている。美歩も同じ方向を見上げると、野原俊高が歩いてくるのが見えた。

「あ、俊高さんだ。なになに戸田さん、ひょっとして見惚れてた？　わかるよ、わかる。だってかっこいいもんねぇ」

　袖を引っ張りながらからかうと、理央は慌てて視線を下げた。

　俊高は院長の次男で、神経内科のクリニックを開業している。人当たりがよく、誰に対しても気さくに話しかけてくるから、スタッフの評判もいい。学生時代はバレーボールをしていたとかで、背はさほど高くないが、ジム通いで維持している引き締まった体型も人気の理由だ。

「スポーツマンで人柄よし。三十四歳にして都心にクリニック開業。父親は病院長。なんて人、テレビドラマの中だけだと思ってたよ。あれで独身だったら完璧なのになー」

美歩がため息まじりに口に出すと、理央はイヤホンを耳からそっと引き抜いた。女性歌手の切なげな歌声がイヤホンから漏れ聞こえてくる。

「開業っていっても、出資しているのはうちの院長と彼の奥さんの実家らしいですよ。だから院長にも奥さんにも頭が上がらないって……」

「あら。あんがい情報通なのね、戸田さん。ふうん、そうなのか。だからしょっちゅう院長に呼び出されてはローズの仕事を手伝わされてるんだね」

長男は産科の医師らしいが院長とは折り合いが悪い、という話は草間から聞いたことがある。美歩は会ったことはないが、顔も性格も院長にそっくりなのだと草間が首をすくめていたっけ。

「最終的には俊高さんがローズを継いだりしてね。ここを神経内科の病院にしちゃえばいいわけだし。あ、でもそれだと、一生院長と奥さんの言いなりになっちゃうか。佐野先生の居場所もなくなるし」

冗談めかして口にすると、

「有田さん、私、沐浴(もくよく)の時間なんで行きますね」

会話を打ち切るように、理央が突然立ち上がった。

「あ、じゃあ私も」

不自然な理央の様子に戸惑いながら、美歩もつられるようにして腰を上げる。

「お先に失礼します」

硬い表情をした理央が足早に立ち去って行き、気まずさは一瞬にして初夏の気配に溶けこむ。どうしたのかな、急に。私、気に障ることでも言ったのかなと考えてもみたが、眠気で支配された頭にはなにも思い浮かばない。

美歩はゆっくりと視線を上げてもう一度、今度は誰の姿もない渡り廊下を見つめた。

3

昼の休憩を終えた美歩がナースステーションに戻ると、どことなく違和感があった。緊急事態が発生した時特有の緊張感が、その場にいる理央の背中から漂っている。

ナースステーション内を点検するみたいに見回している理央に、声をかける。

「どうかしたの」

「あっ、有田さん」

美歩に今気づいたような表情で、理央が目を見開いた。

「何かあったの？　誰か急変？」

早口で訊くと、

「違うんです」

と理央がすぐ側まで駆け寄ってくる。

「新生児がひとり——いなくなったんです」

口に手を当てた理央の目に、涙が浮かぶ。新生児がいなくなる……そんなことが起こり得るのだろうか。

「ほんとに？」

理央の肩に手を置き、顔をのぞきこむ。

「新藤大成ちゃんが……どこにもいなくて」

「いつから？」

「はっきりとはわかりません。でもさっき昼休憩から戻ってみたらコットが空っぽで。それから捜してるんですけど……。新生児室は私が担当で……」

「他のスタッフにはもう報告したの？　助産師だけでなくってパートの看護師にも、それから……。こういう場合、どうしたらいいんだろ……」

話の途中で、理央が廊下に向かって駆け出した。美歩は周囲を見渡して事情を訊ける人が他にいないかと探したが、誰もいないので、新生児室に向かう。

水色の帽子は男の子。ピンク色の帽子は女の子。コットという新生児用のキャリーベッドの中に、水色の帽子が三人、ピンク色の帽子が四人眠っていた。一番右端のコットには『新藤大成ちゃん』とマジックで手書きされたプレートがあったが中身は空っぽで、起き出した後みたいに白いタオルが丸まっている。

大成の分娩は、三日前に美歩が担当した。母親の新藤由紀絵(ゆきえ)さんは四十四歳の初産で、中学の数学教師をしている。妊娠六ヶ月の時期に子宮頸管(けいかん)無力症のため子宮口が開きそうになり、緊急手術をした人だった。たった一人で来院し、入院中も手術の時も、付き添いが誰もいなかったことを憶えている。

新生児室を出ると、美歩は新藤さんの病室に早足で向かった。

新生児室への出入りはスタッフ以外許されていないので、母親が赤ちゃんを勝手に連れ出すということはありえない。赤ちゃんは授乳の時だけスタッフが新生児室から連れ出し、授乳室で母親に手渡しする、というのが病院の決まりになっていた。たとえ親戚だと名乗られたとしても、母親のいない場所で赤ちゃんを渡すことなど考えられない。

美歩はカーテンに覆われている新藤さんのベッドを、わずかな隙間からのぞいた。足音を立てず、息を潜める。新藤さんがひとりで眠っている姿を確認すると、そっとカーテンを戻す。

——私、どんなことをしてもこの子を守りたいんです。

手術を受けた妊娠二十週の時、新藤さんは泣きながら、美歩にそう打ち明けた。

——大丈夫ですよ。きちんと手当てをしたら、赤ちゃんはまたお母さんのお腹の中でちゃんと過ごせますからね。

美歩の言葉に、彼女は何度も頷いていた。妊娠二十週——胎児はまだ四〇〇グラムほどだ。そんな時期に、新藤さんの子宮口は開きかけていた。少なくとも二十二週まで胎内に留まってくれないと、胎児は生まれてきても生きてはいけない。二十二週を越えたとしても障害を抱えるケースが多く見られた。

——この子は私のたった一人の家族なんです。だからどうしても……。

授業中、一番前に座っていた女子生徒が『先生、ズボンに血が付いています』というメモを手渡してくれたのだと、手術を終えた新藤さんは話してくれた。授業を中断してトイレに駆けこむと、生理のような血液が下着に付いていた。妊娠していることは、まだ学校側には話していなかった。お腹が膨らみ始めてからはゆったりとした服を着るようにして、なんとかやり過ごしていたのだ。結婚をしていなかったので、妊娠についてどのように説明しようかと躊躇しているうちに時間が経ってしまった。同僚の教師たち、生徒たち、保護者……周りの人たちに何を思われるかと考えると、勇気が出なかった。妊娠したことを心底喜んでいたのに、お腹の命が愛おしくてしょうがなかったのに、自分の立場を守るために妊娠の事実を隠していた。だから無理をしてしまった。本当は朝からおかしいなと思っていた。病院に行ったほうがいいのかなって。

――もしこの子が死んでしまったら、私が殺したようなものです。私、ずっと体裁ばかりを気にして生きてきたんです。

鼻と口にタオルを押し当てていた新藤さんに、美歩は、

――泣くのを我慢するとお腹に力が入ってしまいますよ。泣いていいんですよ。

と伝えた。涙をこらえようとする彼女の全身から、これまで懸命に仕事をし、ひとりで生きてきた強さが伝わってきた。静かに涙を流すと、新藤さんは落ち着きを取り戻し「もう無理はしません」と美歩の顔を見て笑った。

それから四ヶ月間、九ヶ月になるまで妊娠を継続させた新藤さんは、無事に大成を産んだ。体重二三〇〇グラムの元気な赤ちゃんだった。

新藤さんの病室から廊下に出ると、顔色を失くした理央がすぐ目の前に立っていた。

「院長には報告してる？」

理央が目で訊いてきたので首を振ると、深刻なため息が廊下に響く。

「すぐに報告しました」

理央の肩が震えている。美歩はその肩に手を添え、声をかけた。

「それで、なんて？」

「とにかく、病院内を捜せって。警察はそれからだって」

「そんな……だってもう」

セキュリティーには注意しているつもりだが、日勤帯でも病棟の助産師は四人しかいない。看護師や助手もそれぞれの仕事が忙しく、全員の目が新生児室から一時的に離れることがないとは言い切れない。病棟も新生児室も鍵はかかっていないので、侵入者による計画的な犯行だとしたら――。

赤ちゃんの顔ごと厚いタオルで覆われたなら、泣き声に気づくこともできないだろう。

「戸田さんはとにかく、他のスタッフに状況を説明してきて。私もこんなこと初めてで、どう対応すればいいのか……。でも、あと十五分捜しても見つからなかったら警察に連絡しよう。院長には私から言っておくから」

「でも院長が警察に連絡するのは最終手段だって……」

「もう三十分近く姿がないんでしょ？　これ以上は放っておけないよ」

美歩は理央の腕を強く摑(つか)んだ。「とにかく、もう一度病棟を捜してくる」

「有田さん。これ持ってってください。見つかったら連絡お願いします」

悲壮な表情で頷くと、理央が病棟内の連絡用PHS(ピッチ)を手渡してきた。

入院している他の妊婦に注意を払いながら、ひと部屋ずつ病室を確認していく。敏感な人は「さっきから助産師さんが行ったり来たりしているけど、何かあったんですか」と不安そうな顔を見せ、美歩の足を止めた。神経を張り詰めている彼女たちに余計な心配をかけてはならないと思い、訊かれるたびに「ちょっとスタッフを捜していて」と笑顔を作る。

「見つかったのか？」

結局病棟の中では見つけることができず、ナースステーションに戻ると、野原院長が腕組みをして座っていた。普段は自室にいるので、この場所に顔を出すことはほとんどない。

「見つかったという連絡は、まだ来てません」

ピッチの画面を確認しながら美歩は答える。

「何やってるんだ」

「すみません……」

「すみませんで、すむと思うのか。何かあったら誰が責任を取るんだ？」

むっつりとしたまま院長が睨みつけてくる。静かな口調だったけれど、相手の罪悪感を深め、追い詰めていく院長特有の語り口だ。

「外来棟を見てきます」

もうすでに理央が捜しに行っているだろうが、もう一度。見落としている所があるかもしれない。人の目は不思議なくらいに見ている場所が違う。同じ場所に立っていても、見えるものが違うものだ。美歩は気持ちを奮い立たせて廊下に出た。

「同じ患者さんを看（み）ていても、あたしと有ちゃんじゃ見えてるものが全然違うのよ」と、ローズに来てすぐの頃は草間によく叱られた。「正常か異常か。どっち？　何が見える？」一刻を争う緊迫した場面で何度もそう問われ、泣きそうになったこともある。見えるようになりたい、わかるようになりたいと、もがきながらこの数年間働いてきた。

大成はどこへ行ったのだろう。誰が、なんのために？　早足で歩きながら頭を回転させる。

美歩を含めた四人の助産師のうち、ナースステーションにいたのは自分と理央だけだ。あとの二人はそれぞれ分娩と外来を受け持っているはずだった。

「……もしかして」

外来棟への渡り廊下を走っていた美歩は、急ブレーキをかけるように足を止める。

この時間は、外来患者なんて、いないじゃない。患者がいないということは、外来担当の助産師は、本来なら病棟に残っているはず……。

今日の外来担当の助産師――巣川師長は今どこにいるのだろう。

美歩は踵（きびす）を返して渡り廊下を再び戻り、二階から一階への階段を駆け降りた。そのままの勢いで一階の廊下を走り、『師長室』のプレートがかかるドアの前に立ち、深く息をつく。呼吸を整え、乱れた白衣の襟元を直し、拳を握ってドアを叩いた。

「師長、有田です。ちょっといいでしょうか」

師長室に電気は点いていない。でも、人の気配はドア越しに感じられる。

「巣川師長、開けていいですか」

部屋の中から、椅子が軋むような音が聞こえた。椅子から立ち上がったのか、椅子に座ったまま方向でも変えたのか。美歩はドアが開けられるのをじっと待つ。ドアのすぐ前まで人が歩み寄ってくるのを、焦れながら待っていた。ドアはいっこうに開く様子はない。

「巣川師長？」

美歩はノブに手をかけて強く押したが、鍵がかかっていて力を込めた反動が腕に響く。

「巣川師長、開けてください」

拳をさっきよりも強く、ドアに打ちつける。早く、早くと気持ちが上ずる。

「開けてくださいっ」

お願いします、巣川師長、開けてください――ドアにしがみつくようにして、話しかける。唇がドアに触れ、錆びた鉄の味がした。

「巣川師長、おられますよね。開けてもらえないなら、他のスタッフも呼びますっ」

ふいに体が前のめりによろめくのと同時に、ドアが開いた。

「有田さん。病棟でそんなに大声を出すもんじゃあないわよ」

鼻のすぐ先に白い顔が迫っていた。薄暗い室内で、両目を大きく見開いた巣川が、胸に白いものを抱えて立っている。よく見れば、巣川の腕の中で、大判のストールに包(くる)まれた大成が眠っていた。美歩の膝から力が抜けていく。

「なによ。なんの騒ぎ?」

巣川の顔が白く見えたのは、ファンデーションがいつになく濃く塗られているのに口紅を引いていないからだった。

「大成ちゃんを捜してたんです。新生児室にいなかったから」

美歩はその場にしゃがみたくなるのをこらえて、なんとかそれだけをひと息に口にした。安堵で涙がにじみそうになる。

「あら、そうだったの。この子ね、今日が新生児科の健診日だったのよ」

「健診?　そんな予定、聞いてませんけど……」

「私のところに急に連絡がきたのよ。だから外来に連れていってたんだけど、戻ってくる途中で私、頭痛がひどくなったわけ。それで薬を飲みに部屋に寄ってたのよ」

巣川がちらりと視線を向けた机の上には、鎮痛剤の空シートが束になって積んである。そのシートの山を指して、師長が唇を歪めた。右手の人差し指をこめかみにあてがい、話すのも億劫だというジェスチャーをしてみせる。

「そうだったんですか。だったら誰かにそう伝えておいてもらえたら——私たち、すっごく驚いて」

　八畳ほどの師長室は、物があふれていた。床の上はパンフレットや雑誌が散らばり、壁際の作り棚にはコップやドライヤー、製薬会社の営業担当が持ってくる手土産の品々が不揃いに置かれている。白衣や派手な色の私服が雑然とかけられたハンガーラックの横に小さな冷蔵庫、その上に電子レンジもある。七色に光るアロマのディフューザーからは、強く甘い香りが漂っていた。

「ちょっと落ち着いたら？」

　巣川は大成を抱き直し、口端を持ち上げる。

「ねえ知ってた？　この子、父親のいない子供なのよ。母親はね、四十四歳。私と同じ歳」

　巣川が大成の顔をのぞきこむようにして話し始める。その哀れむような嘆くような口調に、美歩は何と返せばいいかわからない。巣川の目に、普段見せない複雑な色が浮かんでいたが、その感情の正体を美歩は読み取れなかった。

「この子、あなたが戻しておいてちょうだい」

頬を歪めて大成を見据えていた巣川が、不意に近寄ってきた。包んでいたストールを剝ぎ取り、腕の中の大成を押しつけるようにして美歩に手渡す。

「あ……」

大成を両手に抱くと、巣川がいつもつけている香水の匂いがした。体に巻かれていたストールは彼女の私物だったのだろう。

「あなた、この子を捜して病院中を走り回ってたの？」

「はい。どうしたのかと思って、それで……」

「そういう場合、まず私に報告でしょう？　そうしたらすぐに解決することだったのに」

「お騒がせして申し訳ありませんでした。じゃあ私、大成ちゃんを新生児室に戻しておきますね」

師長から受け取った大成を、美歩は一度柔らかく抱き締める。よかった。ここにいたんだ……。

眠る大成を胸に押し当てるようにしてゆっくりと階段を上がり、病棟へ向かう。何度も息を吸ったり吐いたりしているうちに呼吸が整い、頭が冷えてくる。それでも、烈しい動悸だけは残っていた。

4

ナースステーションに戻ると、美歩に気づいた理央が、目を剝いて走り寄って来た。その理央の後を追うように、その場にいたスタッフ全員が美歩の周りを囲む。

「大成ちゃん、いたんですね?」

珍しく大きな声を出す理央が、両手の中に顔を埋めた。

「巣川師長が、外来棟まで連れて行ってたんだって」

美歩は理央の耳元で、そう口にした。

「どうして外来棟に?」

「新生児科の健診を受けてたって。……その帰りに、大成ちゃんを連れたまま師長室に寄ったみたい」

理央は頷くと、

「そうだったんですか……。私、今日新生児科の先生が来たことすら、聞いてませんでした。私が外来棟を見に行った時には診察時間も終わってたから……でもよかった。大成ちゃんが見つかったこと、院長に内線しておきます」

と勢いよく駆け出していく。時間にすればほんの三十分間ほどの出来事だったが、ぐったりと疲労が襲った。

院長への報告をすませた理央は、美歩と一緒に大成を新生児室に連れて行くと、コットの前で、「よかったねぇ。ちょっと散歩に行ってただけだったね」と話しかけ、「有田さん、ご心配おかけしました」と頭を下げた。それから大成の血圧や脈拍、体温を測り異常のないことを美歩に報告し、新藤さんに授乳の連絡をする。

「そういえば巣川師長はどこへ?」

ほっとした表情で大成の姿を見つめていた理央が、思いついたように美歩を見る。

「まだ師長室にいるんじゃないかな」

「もうっ。本当に人騒がせですよね。外来棟に連れていくなら、ひと言申し送ってくれればいいのに」

落ち着きを取り戻した理央の笑顔に頷くと、美歩はナースステーションを出て、まだ残っている業務に向かった。

ようやく一日の仕事を終え、美歩が病院を出たのは、夕方の五時前だった。初夏の西陽(にしび)を全身に浴びながらJR恵比寿(えびす)駅に向かって歩いていく。いつもなら病院から五分ほど歩いた先にある大通り沿いのバス停から駅行きのバスに乗るのだけれど、駅まではバスで七分なので、徒歩で行けない距離ではない。

バスを待っていたら絶対に寝ちゃうな。

夕陽の眩しさに目を閉じると、そのまま意識を失ってしまいそうなくらいの眠気に襲われていた。

バス停で眠りこんでしまうのだけは避けたいと、その一心で駅まで歩く。

今日一日の出来事が、整理されないまま頭の中で回っていた。巣川はあの後病棟に戻ってくることはなく、内線電話で「頭痛が悪化したから早退する」という連絡がきた。いつもの身勝手さにみんなで腹を立てつつ、明日板野は出勤できるのか、もし無理ならシフトをどうするか、そんなことを話し合っているうちに夜勤帯の二人が来た。

「有ちゃんはいいから上がって。明日からの二連休、予定通りに取っていいからね」

とまだ話し合いの途中で、草間さんにそう背中を押されて帰ってきたのだ。

肩から下げているバッグの中に手を差し入れて、底を漁（あさ）ってみる。

「あった」

指先に飴（あめ）が触れる。歩きながらでも眠ってしまいそうなので、何か口に入れたかった。

「食べる？　がまんする？　悩むところだなぁ」

いつ買ったかわからない飴を食べるかどうか迷いつつ包み紙を剥き、口にするとレモンの香りが鼻を抜けた。甘酸っぱい味わいにつかの間の覚醒が訪れる。

職場にいる間は神経を張り詰め、全身に力が入る。日々トラブルが発生し、その対処に追われ、ほっとしている先にまた新たなトラブルが発生する。新しい命が誕生するエネルギーの渦の中で、美歩自身がとめどなく回っているような感覚がある。

今日は大成の一件があったので、体を休めてもそう簡単に気力が回復するとは思えなかった。通り過ぎる人たちの中に、赤ちゃんを抱いた女性を見かけるたびにあの時の動揺が頭の中に蘇(よみがえ)り、胸が騒ぐ。大成がいなくなったと知った時の、あの体が冷たくなるような恐怖。自分たちが預かっているのは、どんなものにも代えられない命だと思い知らされた。ふと、消えることもあるのだ。あんなふうに、前触れもなく、取り返しのつかないことが起こることも――。

実家に帰ろうかな……。久々の連休だし。

携帯電話を取り出し、『今から帰る』と母親にメールを送った。実家のある光(ひかり)が丘(おか)には、ここからなら一時間ほどで着ける。

もうゼロになっていた気力の針が、微かに右に振れるのがわかる。久しぶりに家族の顔を見たいと思った。

山手線で恵比寿から代々木(よよぎ)まで行き、そこで都営大江戸線に乗り換えた終点が、光が丘駅になる。美歩の住む荻窪(おぎくぼ)からでも、東中野(ひがしなかの)で乗り換えれば四十分くらいで行けるのに、もう半年近く帰っていなかった。

駅前のドーナツ店で、姉の美生の好きなはちみつ味のドーナツを三つ買い、手に持ってぶらぶらと歩きながら実家に向かった。

見慣れた道を歩いていると、少しずつ気持ちが休まっていく。

駅から十五分ほど歩くと、間口の狭い実家が見えてきた。久しぶりのわが家は、ずいぶんと古ぼけていた。壁の色は濃いこげ茶色で、家全体の細長さから小さい頃は「チョコレートのおうち」と呼んでいた。美生が生まれた翌年に、建売の新築を買ったので、今年で築三十一年になる。

「ただいま」

玄関の鍵はかかっていない。

「美歩です。ただいまぁ。ねえお母さん、このドア開けると変な音するよ」

上がりがまちに靴を揃え、「前に来た時も言ったのに」と家の中に向かって大声で話しかける。

「なんだ。いないの？」

リビングには人の気配がなかった。

「無用心この上ないなぁ」

きれいに片付けられたテーブルにドーナツの袋を置く。鍵もかけずに出ていったのだからそのうち帰ってくるだろうと、美歩はソファに腰を下ろした。

二階建てのわが家は、一階にリビングとダイニングキッチン、六畳の和室がある。二階には六畳の洋室が二部屋あり、その一つがかつては美歩の部屋だった。もう一つは物置なのか父の部屋なのかよくわからない。母と美生は一階の和室で共に寝起きしていた。

三歳年上の美生は、脳性小児まひを持って生まれてきた。脳性小児まひは、乳児が千人いれば二人から四人の割合で起こるといわれるが、原因の多くは脳の損傷である。母親のお腹の中にいる時期から、乳児期の初期までの間に、たとえば脳に酸素がいかなかったり頭部に外傷を受けることで発症する。なかには胎内感染が原因になることも考えられ、姉の場合は先天性のものなのか、出産前後の処置に原因があるのか、はっきりとはしていない。「原因をはっきりさせる」という考えが、当時の両親にはなかったそうだ。美生が生まれた三十二年前は、どこの病院も記録を徹底しておらず、病気の原因がどこにあるかは、誰にもわからなかったらしい。

今の産婦人科の現場では、異常なく進んだ分娩の場合でも、必ず記録の保持を怠らないように厳しく指導される。後に異常が判明し、訴訟を起こされた時に備えてのことだ。うっかり記録のモニターをオフにしたら「病院を潰す気なの？」と大目玉をくらう。

美歩はリビングの壁にかけられた家族写真に目を向けた。真正面から眺めるのではなく、上目遣いにちらりと見てしまうのはいつもの癖だ。車椅子の美生を、両親と美歩の三人で囲んでいる。姉もこの時は上手に笑え、両親も嬉しそうに微笑んでいる中で、美歩だけが俯きかげんの無表情だ。美生が十五歳の誕生日を迎えた記念に、写真館まで撮りに行った。せっかくきれいな服を着せてもらったのにと、この写真を見るたびに美歩は今も申し訳ない気持ちでいっぱいになる。この頃は、姉の存在が自分にとって重いものとしてしか感じられなかったのだ。

『美生なんて、いなければいいのに』

暗く膨れた気持ちを抑えきれず、日記にそう綴ったこともある。

運動機能の障害に加えて、発話や食物の飲みこみも難しかった美生は、脳性まひの中でも重症だった。脳性まひであっても、わずかに動きがぎこちないだけで、会話もでき、自立して暮らす人はたくさんいる。知的な障害を伴わないこともあり、仕事に就いている人もいる。だが美生の場合は常時母が付き添わなくてはならず、父の時間も仕事以外はほとんど姉のものだった。

――美歩にはお姉ちゃんのぶんも、しっかりと自分の足で人生を歩いていってほしいの。あなたの名前には、お父さんとお母さんのそういう気持ちが込められているのよ。

名前の由来について母にそう教えられた時、美歩は反発と寂しさだけを感じた。自分は美生の手足の代用なのだろうか。美生ができないことを代わりにさせるために、母は自分を産んだのだろうかと、自分の人生が借り物のように思えた。

——いいなぁ美生ちゃんは。勉強もしなくていいし、早起きもなし、お手伝いもなし、ほんと羨ましい。

憎まれ口を叩いても母は叱らなかったけれど、白けた目で美歩を一瞥した後、何時間も口をきいてくれなくなった。

美生は眠る時以外はたいていリビングにいて、テレビを観たり、音楽を聴いたり。でも彼女が一番好きなのは人の話を聞くことで、美歩が学校から戻ってくるのをいつも待っていてくれた。

（きょうはがっこう、どうだった？　たのしかった？）

家族以外の人には、姉の言葉の意味は伝わらなかっただろう。でも生まれた時から一緒に過ごしてきた美歩には、彼女の声が輪郭をもって耳に届いていた。

——楽しかったよ。お姉ちゃんは何してたの。

（わたしはね、びょういんに、リハビリいったよ）

——またいつもの痛いやつ？

（うん。うでをね、のばしてね、あしもね、ひっぱるの）

――うわあ……痛そう。

(だいじょうぶ。もうなれてるから)

片側の頬の筋肉を、懸命に動かして作る美生の笑顔。他人が見たら、苦痛に歪んでいるようにも見えるその表情。たしかに辛い時もそんな顔をするけれど、ほんのわずか――鼻に寄る皺一本の違いで、美歩にはそれが笑顔だとわかる。美歩が沈んだ顔をしていると、眼球を左右に動かし指先を震わせて、姉はその笑顔で慰めてくれた。

あの頃は自分も幼くて、姉の強さに気づいていなかった。毎日毎日家の中で守られて暮らしちゃって――と見下すような気にもなっていた。今思えば、姉ほど強い人は、自分の周りにはただ一人もいなかったのに……。

いつの間にか眠っていて、携帯の着信音で目が醒めた。看護学校の友人、ヨッチからラインが入っている。

『いま美歩にそっくりな人いたんだけど。渋谷にいる? えらい派手な格好してる?』

ついこの前結婚して専業主婦になったヨッチからは、一日に最低二回は連絡がくる。こちらから発信をするとたいてい一分以内には返信がくるので、携帯を首から下げているとしか思えない。

『ものすっごく地味な格好で実家にいるよ』

美歩が送信すると、すぐさま『了解。追跡中止』と返ってきて、思わず笑ってしまう。七年間も大学病院で忙しく働いてきた人だから、突然手に入った自由時間をどう使っていいのかわからないのだろう。

『ヨッチ、今度の休みに会おうよ』

『いつよ？　なんなら今から飲みに行く？』

ひとしきり彼女とラインをやり取りしていると、萎えていた気力が少し戻ってくるのを感じる。

キッチンから物音が聞こえてきた。美歩の寝そべるソファはキッチンのすぐ側にあり、ガスレンジのスイッチを点けるチ、チ、チ、チという音までがくっきりと耳に入る。

「あら、起きたの？」

美歩が動く気配を感じたのか、母が振り返る。

「あ、お母さん。ただいま」

薄いタオルケットが体の上にかけられていた。

「おかえりなさい。いつの間に帰ってきたの？」

「いつって……六時過ぎくらいかな。あれ、もうこんな時間なんだ」

ソファにだらしなく寝そべったまま、一時間近く眠っていたようだ。キッチンからカレーの匂いが漂ってくる。

「いい匂い。腹減ったぁ」

「何、その言葉遣い。今日カレーだけど、いい？　連絡もらって、急いで材料を買いに行ったのよ。何にしようか迷ったけど、美歩はうちのカレー好きでしょう」

タオルケットを畳んでソファの隅に置くと、美歩は立ち上がった。

「あと二十分待ってね。煮込むから」

「どれどれ」と母の隣で、鍋の中をのぞきこむ。

「あ、そうだ。私ドーナツ買ってきたんだ。食べて待っててていい？」

「ごはん前に？　しかたないわねぇ」

「お母さんとお姉ちゃんのぶんもあるよ」

美歩が指を三本立てると、母は「それなら私も頂くわ」と笑った。

ドーナツをお盆の上に載せて、リビングから続く和室の部屋に入る。紅茶でもと思ったけれど、冷えた麦茶でいいかと思い直す。口を開けて眠っていたせいか喉が渇いていた。

「これ。美生ちゃんのね」

和室に置かれた仏壇に、美歩はドーナツを載せた皿を供える。リンを鳴らすタイミングがいつもわからないので、今日も手を合わすだけにしておいた。

「ありがとう。わざわざお姉ちゃんのぶんまで」

母が目を細めて微笑んだので、美歩も笑い返す。

ひと口含むと、砂糖の甘さがふんわりと溶けるように広がるはちみつ味のドーナツは、姉の好物だった。高校生の美歩が土産にと持って帰った時、初めて食べた美生が声を上げながら手足をばたばたさせ、家族を驚かせた。喉にでも詰まったのかと慌てたが、あまりの美味しさに暴れているのだと気づいた時は爆笑だった。そして、思いきり笑った後、美歩は哀しくなったのだ。私なんて毎日のように食べている。友達と、学校帰りに毎日のように立ち寄っては食べている。太ることさえ気にしなければ三個でも四個でもいつだって食べられるのに——。高校生になった美歩は、母を独占する姉に対して、以前のように嫉妬することはなくなっていた。

高校を卒業したら看護学校に進もうと進路も決めていた。両親がそう願っていることも気づいていた。はっきりとは口にしなかったけれど、点滴が漏れて美生の腕が変形するくらいに腫れた夜中や、便が出なくて苦しんでいる時、「相談できる看護師さんが、いつも近くにいてくれたら」という気持ちは家族共通のものになっていた。

美生が亡くなったのは、美歩が看護学校三年生の時だった。風邪をこじらせての肺炎が原因だった。肺炎にはそれまで何度も罹っていたから、まさか命を落とすなんて思ってもみなかった。実習の途中で先生に呼び出され、姉が亡くなったことを知らされた時は、悲しみよりも憤りのほうが強かった。

どうして？　美生はそんな弱い人じゃないでしょう？

母も父も、持っているすべての力を注いで姉の命を繋いできたのに。美生の命を一日でも長く繋いでいくことだけが、両親の人生の目標だったのに。

おめんねぇー。おめんねぇー。みぃほ、おめんねぇー。

美生の死に顔を見た時、頭の中に姉の謝る声が響いてきた。

ふてくされた美歩がわざと邪険にすると、美生はいつも大きな声で謝ってきた。リビングにいる姉の顔を見ることもせず、さっさと階段を上って自室にこもってしまう日も数え切れないくらいあった。「美生なんて大っ嫌い」と面と向かって意地悪く顔を歪めたこともある。

日に焼けたことがない美生の頬を、「まるでゆで卵の白身ねぇ」と母が指先でつつく姿を見て、拳を振り下ろしたくなる衝動を覚えたのも一度や二度のことではなかった。

姉はそうした美歩の哀しみを感じるたびに、自分が謝ることで慰めようとしてくれたのだ。両親すら見ようとしてくれない美歩の心の中に、美生は必死で入ってこようとしていた。不自由な全身を使って、懸命に。

「どう？　助産師の仕事は」

一度も染めたことのないまっ白の髪を耳にかけて、母が訊いてくる。

「楽しいよ。赤ちゃんはいつだって可愛いし」

看護学校を卒業したらそのまま助産師学校に進もうと思ったのは、姉が亡くなってからだ。人は死んだら生まれ変わる――という誰かの言葉を信じていたわけではないけれど、叶うことならもう一度、美生に巡り合いたいと思った。

「職場で大変なことはないの?」

「特にはねぇ。先輩もいい人だし、後輩とも仲よくやってるし。まあ師長さんは変わってるけど、変わった人なんてどこいってもいるからね」

「あら頼もしい」

でもやっぱり、少しは信じていたのだ。たくさんの新しい命が生まれてくる中に、美生がまたいるかもしれない――。

小学校の参観日に、両親が美生を連れてきたことがあった。学校という場所を教えてやりたかったのだろう。学校で過ごす妹の姿を見せてやりたかったのだろう。それでも、美歩には辛い出来事だった。

あの頃の美歩は、自分の家だけが「普通じゃない」と悩んでいたから。学校の友達には「普通じゃない」ことを隠して、屈託のない元気な子としてふるまってきたから。それなのに、父と母はあっさりと自分の努力を踏みにじった。美生を喜ばせるために自分の居場所を壊したのだと、許せない気持ちになった。

——私、死ぬから。

美歩は両親と姉に向かって泣き喚いた。「今度美生ちゃんを学校に連れてきたら私、死ぬから」

そんな言葉を使ってしまった自分をずっと許せずにいた。自分を許せないということは、誰かを許せないことよりもよほど苦しくて、自ら吐いた言葉が頭から離れなくなった。自分を許すために、看護学校の卒業式には絶対に姉に来てもらおうと思っていた。車椅子からも自分の姿が見えるように、壇上に立つつもりだった。壇上に立つためには学年で五位以内の成績を修めなくてはならず、実力以上の成績をとるために必死になって勉強した。でも結局「式を見に来てほしい」とも伝えられないまま、美生との突然の別れがやってきた。

八時を過ぎて父が帰ってきたので三人でカレーを食べた。尿酸値が高く、痛風の疑いがあるらしいが「せっかく美歩が帰ってきたんだから」と嬉しそうに冷蔵庫からビールを出してくる。ビールは氷みたいに冷えていて、久々に酔いそうだ。姉が生きていた頃は決してアルコールを飲まない父だった。いつ急変するかわからないから……。目の前で頬を染めている父を見ながら、姉のいなくなった時間が積もっていくのを実感する。

「今日は泊まっていけるんでしょう？」

「うん。久しぶりの連休だしね」

「よかった。ねえ、これ見てくれる」

俳句の教室で創った作品を、母がいそいそと取り出してくる。二人ともそれぞれの時間を楽しんでいるのを見て、今ではひとり娘となった自分はほっとする。でも、美生を中心に、家族四人で暮らしていた頃がやっぱり懐かしい。三人になってしまった自分たちを、姉がどこかで眺めているような気がした。

5

連休を終えて出勤すると、まだ八時前だというのに草間が忙しそうに動いていた。

「おはようございます」

久しぶりに実家に戻ったせいか、雨上がりの草花のように瑞々（みずみず）しく気持ちが張っていて、今日も頑張ろうと思えてくる。

「あ、有ちゃんおはよう。そうそう、今日のシフトなんだけど……」

草間が珍しく言い淀（よど）んでいるので、

「どこでもいきますよ」

と返すと、助産師外来に入ってくれないかということだった。理央が体調不良で急に出勤できなくなったので、いま代理で出てくれる助産師を探しているところなのだと草間が手短に説明する。

「板野さんが一時間遅れで出勤してくれることになってるんだけど、朝一番の予約にはどうしても間に合わないのよ」

「私にできるでしょうか……」

助産師外来と聞いたとたんに歯切れの悪くなった美歩に、草間が、

「無理しないでもいいのよ」

と慌てて言葉を継ぐ。「妊娠十四週目で胎児に異常が見つかってね、妊娠の継続を迷っておられるご夫婦なんだけど……」

草間の気遣いに、美歩は伏せていた目線を上に向ける。この病院では草間にだけ、家族のことを話していた。障害を持つ姉がいたことを伝え、こうした内容の相談はどうしても感情が入ってしまうので、できるかぎり外してもらうようにしてきた。巣川師長に命じられた時も、草間がさりげなく交代してくれることもあった。でも甘えてばかりもいられない。

「大丈夫です。相談受けてみます」

美歩はそう言い直し、草間の目を見て頷く。日勤が一人欠けた状況でわがままは許

されないし、助産師外来の申し込みも以前に比べて明らかに件数が増えてきている。この仕事を続ける限りいつまでも避けられることではない。

このところ妊婦たちの間では、出生前診断の話題でもちきりだ。日本でも血液検査による出生前診断が可能になり、受けておきたいという声が聞かれるようになった。検査ができる病院が限られていることや高額だという理由で、現時点では一部の希望者に留まっている。でもこの先需要が増せば検査料も下がるだろうし、検査を実施する病院も増えるだろう。

生まれてくる命を選択することについて、助産師として何を伝えることができるか。何を伝えるべきなのか。正解はないのだろうが、自分なりの答えを見つけておくほうがいいことは、わかっている。

「思い詰めずにね。適切な情報を伝えたらいいんだから」

草間の声に作り笑顔を返し、美歩は外来棟の相談室に向かった。

相談室は八畳ほどの広さで、壁紙も家具もアイボリーに統一されている。プリザーブドフラワーのピンクのバラがソファの前のテーブルに飾られ、淡い黄色のソファは柔らかな座り心地だ。壁には野花を描いた水彩画がかけられ、部屋全体をたんぽぽの綿毛の中にいるような柔らかい雰囲気にしてある。部屋が片付いていることを確かめ

てから、

「島崎さん、どうぞ」

と待合室にいた一組の男女に声をかけた。

妻はゆるくウエーブのかかった髪をひとつにまとめ、白いブラウスを羽織った清楚な感じの人で、スーツ姿の夫は真面目そうだ。

「はじめまして。助産師の有田美歩と申します」

ソファに腰かける島崎夫妻の向かい側に座り、美歩は挨拶をした。四十三歳の妻と四十二歳の夫は、自分より十歳以上も年上だ。こんな時は早く歳を取りたいと切実に思ってしまう。

「ご相談内容はすでに伺っておりますが、いまの島崎さんのお気持ちをもう一度お聞きしていいでしょうか」

美歩は緊張を押し隠し、できるだけゆっくりと話し始めた。妊婦の島崎紀子さんは、二週間前の羊水検査で染色体異常のひとつ、13トリソミーの診断が出ている。

七年間におよぶ不妊治療を経て妊娠に至ったが、胎児に異常が見つかり、ご夫婦ともにショックを受けている——カルテにはそのような内容が記されていた。

「本当のところ、まだ信じられないんです。お腹の赤ちゃんにそんな……異常が見つかったという……」

さっきからテーブルの縁ばかり見つめていた紀子さんが、視線を美歩に移す。

美歩は頷きながら、紀子さんの言葉を一言も漏らさずに聞いていく。

三十六歳で不妊治療を受け始め、初めのうちはすぐに妊娠すると軽く考えていたのに、なかなか授からなかった。夫との考え方の違いに、途中で何度も口論になり、それでも気持ちを寄せ合って頑張ってきた——とこれまでの苦しみを少しずつ、紀子さんは言葉にしていく。治療は激しい痛みを伴うものも、日時を限定して来院するものもあり、仕事との両立も難しいと悩んだけれど、職場の同僚たちが助けてくれてなんとかやってこられた。

心待ちにしていた妊娠だったのだと打ち明ける時、紀子さんは手に握っていたハンカチを強く目に当てた。

「佐野先生から赤ちゃんが13トリソミーだと初めて聞いた時は、よくわからなかったんです。二万人に一人の割合でおこる染色体異常だとか……そういう説明を、ぼんやりと聞いてました」

言葉と言葉の間に大きく息継ぎをして、紀子さんは懸命に思いを口にしていく。夫はそんな妻の横顔を沈痛な表情で見つめ、紀子さんが声を詰まらせると、「私が話します」とハンカチを持つ彼女の手をそっと握った。

「正直言って、今は不安しかありません。子供が生まれた後、どう生活が変わっていくのか、はたしてやっていけるのか……」

夫が、妻の背に手のひらを添わせたまま続ける。「このまま妊娠を継続させていいものかどうか、判断しかねています」

ネットで情報を探してみた。「予後は不良」だと書いてあった。子宮内胎児死亡――生まれる前にお腹の中で亡くなってしまう胎児も多いことがわかった。妻はこれまで何年間も辛い治療を乗り越えてきた。流産も二度経験している。これ以上、悲しい思いをさせたら壊れてしまうんじゃないかと自分は考えている。それなら、これ以上胎児が大きくなる前に……とも。

夫の胸の内では答えが決まっているのか、目には諦めの色が浮かんでいる。

「私、この子が最初で――最後の子供だと思っています」

俯いたまま夫の言葉を聞いていた紀子さんが、下腹部に手をやり顔を上げた。涙が頬から顎を伝ってブラウスの胸の辺りにぽたりと落ちる。

「こうして自分のお腹に命が宿ることは、これが最後だってわかってるんです。夫は、また頑張ればいいよって励ましてくれます。野原院長も、まだ次がありますよって仰いました。でも私はわかるんです。もうこの子が最後だろうって。私が長い間、どうしようもなく子供を欲しがってきたから、この子、病気なのに私のところに来てくれたんです」

口元を覆っている紀子さんの手の甲が涙で濡れていくのを、美歩は見つめていた。抑えきれない悲しみが、彼女の全身からあふれ出ていた。美歩の鼓動も速くなっていく。自分は何を言えばいいのだろうか。

美歩は、膝の上に置かれた紀子さんの手に視線を落としながら、母のことを思う。全てを尽くして育てた、片時も離れずに守ってきた娘を、母は失った。母の二十四年間はどこにいってしまうのだろうかと美歩は考えたことがある。美生の肉体が消えてしまったと同時に、母の二十四年間の頑張りも、どこかに消えてしまうんじゃないだろうか。母は美生の棺に家族の写真を何十枚も入れていた。父に「それくらいにしておきなさい」と止められても「美生が寂しがるから」と父の手を振り払っていた母の辛さはどれほどのものだったのだろう。

紀子さんに伝える言葉を探していると、壁時計がふいに音楽を奏で始める。静まり返った湖の底のような深い場所で、明るい音を響かせている。

「この時計、一時間刻みに鳴るみたいで」

美歩は慌てて立ち上がり、音をどうにかできないかと時計を見上げる。時計には小窓がついていて、その小窓が勢いよく開き、三人の天使たちが陽気にクルクルと回り始める。そういえば「あの時計、なんとかならない？」と誰かが怒っていた。深刻な話の途中に響く、楽しげなメロディが不似合いで……。焦ってもどうすることもできず、しかも天使はけっこう長く回り続けた。

なす術もなく天使が踊るのを眺めていると、

「助産師さんはこれまで、13トリソミーの赤ちゃんを見たことがありますか」

と紀子さんが訊いてきた。美歩の頭の中に、かつて働いていた大学病院での出来事がよみがえってくる。

「はい。前に勤めていた病院で取り上げたことがあります」

「その時の話を……聞かせてもらえませんか？　どんなことでも」

音楽が鳴り止み天使たちが小窓の奥に引っこむと、紀子さんが消え入りそうな声で言った。

美歩はソファに座り直し、夫妻の顔を交互に見つめる。カチ、カチ、カチという秒針の音がまた、静かな室内に戻ってきた。

13トリソミーという染色体異常の子を取り上げることは、助産師としても稀なことだ。妊娠の継続を諦める妊婦が多いからだ。小頭症や多指症、口蓋裂といった外見の奇形以外にも臓器に障害があることも多く、脳も十分に発達しないまま生まれてくるので、無呼吸発作や痰が詰まるという致命的な症状が出る。生まれて一ヶ月以内に約五割、一年以内に九割が亡くなり、一歳を過ぎて生きられる可能性は、ほんのわずかだといわれている。

助産師として働き始めたばかりの美歩が受け持った妊婦の中に、彼女がいた。

——私はどうしたらいいの？　あなただったらどうする？

胎児の異常を医師から告げられた彼女は、美歩の前で泣き崩れた。

自分が間違ったことを口にしたら、この人は命を絶ってしまうんじゃないかと、その時の美歩は震えるくらいに怖かった。中絶可能な二十一週六日までに、あと二週間しかなかった。

——どうしたらいいの？

と美歩は何度も訊かれ、そのたびに何も答えられなかった。自分よりも二歳年上の彼女と、医療者としてというより、無力な二十三歳としてしか向き合えない。それでも時間の許す限り、二人で色々な話をした。「私、これまで楽しいことばかり考えて生きてきたのよ」と彼女は話し、美歩は病気の姉のことで鬱屈した思いを抱えてきたことを打ち明けた。落ちこんだり、奮い立ったりを交互に繰り返しながら、やがて彼女はひとつの結論を出す。それは「悲しむ覚悟」だった。

子供を産まなかったら、一生後悔で苦しむかもしれない。それなら悲しむ覚悟をしようと思う。わが子に会って、抱きしめて、ありがとうを伝えるために、悲しみを受け入れようと思う——。

やがて彼女は臨月を迎え、二〇〇〇グラムに満たない小さな男の子を産んだ。美歩は先輩の助産師の助けを得て分娩介助をやり遂げ、取り上げた赤ちゃんを彼女と二人で抱き締めながら、声を上げて泣いた。

彼女は用意していたまっさらの産着を赤ちゃんに着せ、前もって考えていた名前で何度も呼びかけた。「ママだよ」と語りかけた。赤ちゃんは出産から三十時間後に亡くなったが、息を引き取る瞬間まで、家族の時間を三人で過ごしたのだ。

美歩がこの手で取り上げた二十五人目の赤ちゃんだった。


「短い時間でしたけど、私にはその妊婦さんと赤ちゃんがとても幸せそうに見えました。お父さんも、一眼レフのこんなにおっきなカメラを病室に持ってきて、何枚も何枚も写真を撮ってました。名前は天くんでした。天使から一字もらって、天。『天くん、天くん』ってお父さんもお母さんも呼びかけていました」

「有田さんも一緒に」と赤ちゃんを抱かせてもらい、家族写真に入れてもらった。二人は「パパ」「ママ」と呼び合い、天くんが息を引き取った時は肩を寄せ合ったまま泣き崩れて……。彼女の目には涙があふれていたけれど、わが子を抱く表情は満ち足りて見えた。

それから三年後、彼女が再び男の赤ちゃんを出産したと聞いた。その時すでに美歩はローズに移っていたのだが、かつての同僚が連絡をくれた。

あの時の助産師さんに、この子を見せたいな——。弟が産まれたことを美歩に伝えてほしい、彼女がそう言っていたと知り、胸が締めつけられた。

「天くんの写真を分娩室に飾って出産されたそうです。弟さんが無事に生まれ、家族写真を撮られたと聞きました。『私たちは四人家族なんです』ってお母さんが嬉しそうに笑っていたって」

じっと美歩の話に耳を傾けていた紀子さんが、

「四人家族ですね、間違いないですね」

とぽつりと呟く。

四人家族という言葉に、それ以上話を続けられなくなる。

助産師になって間もない頃、母に訊いたことがある。「初めから健康には生きられないとわかっていたら、その子供は生まれない方が幸せなのか」と。母は少し考え込み、

「質問の答えにならないかもしれないけど、美生ならもう一度生まれてきてほしいな。病気だとわかっていたとしても、美生と家族になれるのならお母さんは産むと思う」

と笑っていた。自分たちも四人家族だ。姉の姿が見えなくなった今もずっと、四人家族のままだった。

「ほんとはね、私、産みたいんです。やっとうちに来てくれた子なんです。産みたく

て、その顔を見たくて、この手で抱きたくてたまらないの。でも……それが私にとって、夫にとって、生まれてくる赤ちゃんにとって、何になるのかと考えてしまうんです。私のわがままを通して、夫や子供に苦しい思いをさせてしまうんだったら……それなら……って」

紀子さんの表情が辛そうに歪んでいた。

「私の話が、島崎さんを追い詰めたのなら、本当に申し訳ありません。ただ、たとえ病気を持って生まれてきても、その子供が両親に与えるものは悲しみだけじゃないのかもしれません」

問題が難しすぎて、自分もはっきりとした答えを持てないでいることを、美歩は正直に打ち明ける。

「今日、有田さんと話をしてよかったです」

美歩のユニホームの胸にある名札に視線をやりながら、紀子さんが深く腰を折る。隣にいた夫も、静かに頭を下げる。彼が何を思ったのかは、その表情からはわからなかった。

「たいしたことをお伝えできなくて」

「ちゃんと伝わりましたよ」

ハンカチを裏返しにして頰の涙を拭うと、紀子さんはソファから腰を上げた。

「そろそろまた、天使たちが出てきますね」

あと十分ほどで、十時になろうとしている。

「ほんとですね。あの場違いなメロディ、なんとかしなくちゃです」

紀子さんが微笑んでいたので、美歩も笑った。

「春の歌、ですね」

「えっ？」

「時計が奏でているのは、メンデルスゾーンの『春の歌』という曲です。私の好きな曲のひとつです」

紀子さんが時計を指差す。傍らの夫が「妻はピアノ教室の講師なんです。幼児から高校生までの生徒を教えてるんですよ」と誇らしげに頷いた。二人の手はしっかりと繋がれている。

外来棟の玄関口まで二人を見送ると、美歩は片付けをするために再び相談室に戻った。すると、三人の天使が小窓から再び出てきて、クルクル回り始めた。天使たちが踊り終わるまで、美歩は耳を澄まして春の歌を聴いた。

6

六月も半ばを過ぎ、東京は相変わらずの空模様だった。毎日雨ばかりで気も滅入るところに、理央から休ませてほしいとの連絡が入り、心配しているところだ。

夜勤明け——朝八時過ぎのナースステーションでは辻門が、椅子にのけぞるようにして座っていた。ユニホームの襟元から手を差し入れ、肩に湿布を貼っている。

「辻門さん、大丈夫ですか？」

壁にかかるホワイトボードを見ると、辻門は今日も夜勤メンバーに名を連ねている。昨夜も美歩と二人で夜勤をこなし、二件のお産をとったというのに、なかなかの厳しさだ。

「困った時はお互いさま。美歩も草間さんも頑張ってんのに、私がやらないでどうすんのよ」

辻門は日本に戻っている期間もボランティア活動をしている。日本で頼る人がいない外国人の自宅や職場を訪問し、健康相談や医療機関を受診する手続きなどを手伝っていると聞いた。都内に限らず地方へも足を運んでいるので、いつも忙しそうだ。

「辻門さん、今夜も夜勤ですよね。他に出てくれる人、いなかったのかなぁ。巣川師長とか、この頃あんまり夜勤してないんじゃないですか？」

「まあまあ。いいって、いいって。私も自分勝手させてもらってるしね。三十五歳独身女子。働き盛りでございますから。それよりどうしちゃったんだろうね、理央」

辻門と理央の話をしているところに、草間が出勤してきた。

「悪いわね、辻門ちゃん。急な交代頼んで」

草間が申し訳なさそうな顔を見せる。

「なんのこれしき。草間さんの頼みなら断れませんよ」

辻門の返事に微笑むと、草間が白いビニール袋の中から透明な容器を取り出した。

「豆ご飯炊いたの。有ちゃんはもう上がりでしょ、持って帰って」

「うわあ、いいんですか。いつもありがとうございます」

「昼も夜も病院の中にいたら季節感なくなるもんね。春から夏は、さやいんげんに、ソラマメ、エンドウ。豆がおいしい季節よ。はいこれ、辻門ちゃんのもあるわよ」

草間から容器を受け取ると、辻門はその場で蓋を開け、豆だけを手でつまんで口に入れた。「こら、行儀の悪い」と草間に叱られ、笑いながら舌を出している。

「理央、どうしたんですか？　たしか三日前も欠勤してたんじゃない？　昨日、一昨日は公休で休んでたし、今日で四日間も顔見てないけど」

辻門が草間に向かって眉をひそめる。

「それが詳しくは聞いてないのよね。電話で少し話しただけだから」

「あの子、雪国育ちで丈夫なのにね。何かあったんじゃないの？　ここってストレスフルな職場だからさぁ。マラウイより日本で働くほうが数段辛いよ。だってややこしい人間関係と上司のご機嫌取りという不可解な業務があるんだもん」

「有ちゃん、悪いんだけど仕事終わったら戸田ちゃんのとこ、寄ってもらえないかしら。どうしてるか見てきてほしいのよ」

草間の言葉に、美歩は頷く。辻門が「じゃあ美歩、先に帰っていいよ。申し送りは私がやっとくから。あ、そうだ。私のぶんの豆ご飯も理央に持ってってって」と、容器を差し出してくる。

「そうね。有ちゃんは帰って。辻門ちゃんいるから、もし緊急事態があったら残ってもらうわ。夜勤明けから、日勤、さらにまた夜勤という前代未聞のシフトで」

草間に背中を叩かれ、辻門がVサインを出す。

病棟一階の奥にある職員専用の通用口を出ると、ローズ産婦人科病院の駐車場につながっている。駐車場には十台ぶんのスペースがあるが、今は四台が停まっているだけだ。美歩は駐車場を横切って、バス停に向かった。

辺りは住宅街になっているので、ひっそりとして人通りは少ない。急げば五分ほどの距離をゆっくりと歩いた。庭先にハイビスカスを咲かせている家があり、鮮やかな赤が美しい。住宅街を抜けて大通りに出た。バス停に並んでいる人は少なく、美歩はベンチに座った。

バス停のベンチに座っていると、急激に眠気が襲ってきた。カクンカクンと首が前に折れるのが恥ずかしくて、携帯を取り出し、必死で気を紛らわせる。

理央に今からマンションに寄ることをラインして返信を待っている途中、またうとうとしていたみたいで、「バス来ましたけど」と肩を揺すられて目が醒めた。

排気ガスの臭いに顔を上げると、すぐ目の前にバスが停車していた。美歩は急いで立ち上がったが、番号をよく見ると、恵比寿駅に向かうバスではなかった。口端の涎を手の甲でささっと拭い、声をかけてくれた人に顔を向ける。

「ありがとうございます。でも私、このバスじゃないんで――」

目の前には佐野が立っていた。手に文庫本を持って、病棟で見慣れた無愛想な顔で美歩を見下ろしている。

「あ、どうも……。起こしていただいて」

美歩は佐野に向かって会釈をしたが、聞こえていないかのように彼はさっさと目の前のバスに乗りこんでいく。親切で声をかけたのに、と、気分を害したのだろうか。佐野の姿を目で追っていたけれど、こちらを見ようともしないので、美歩は小さくため息をつく。特別仲よくしたいわけではないが、普通は挨拶くらい――。

佐野を乗せたバスが走り去るのを見送っていると、また誰かに肩を叩かれる。

「あ、お疲れさまです」

医療事務員の松本だった。美歩とそう年は変わらないはずなのに、自他ともに認める受付の重鎮だ。

「変わった人ですよねぇ」

「え？」

「佐野先生ですよ。かなり変わってますよね」

それほど親しいわけではないが、顔を合わせるといつも話しかけてくれる。

「そうですね。癖があるのは否めないですね」

美歩が力いっぱい頷くと、松本は一重の目をさらに細くしておかしそうに笑った。

年が近いからか、もともとオープンな性格なのか、垣根のない話し方をする人だ。

「そういえば、有田さん。佐野先生の妙な噂、聞いてます？」

松本がバッグを胸の前に抱え、美歩の隣に座った。

「妙な噂？」

「そう。病棟では流れてないですか」

意味深な口調に、美歩は引きこまれていく。噂話はよくないと思いつつ、そんなふうに言われると、ついつい前のめりになってしまう。

「どんな噂なんですか」

「このまえ、外来の診察に来た妊婦さんから聞いたんですど――」

周りを見渡した後、彼女は声を潜め、美歩の耳に口を近づけてきた。

「佐野先生、ストーカーしてるんですって」

「ええっ。ストーカー？」

思わず大声が出てしまい、松本が自分の唇の前に人差し指を立てる。

「本当か嘘かは知りませんよ。でもその妊婦さん、もう何度も見たって言うんです。中野駅付近で、佐野先生が若い女の子の後を尾けてたって」

「女の人の後を？」

「そうなんです」

「あの佐野先生が？　まさか」

およそそんな面倒なことをするタイプには思えない。そもそも女性に興味があるのかすら怪しいくらいで……。

「私ももちろん初めは信じなかったんです。でも――」

「でも？」

「けっこう説得力があるんです、この話」

心配しているのか、愉しんでいるのかわからない様子で彼女の目に力がこもる。

「なんですか、説得力って」

美歩も目を瞠って訊き返すと、彼女は少し迷うみたいに間をとった後、

「その若い女の人っていうのが、うちの病院で出産した人らしいんですよ」

と低い声で耳打ちしてきた。

「うちの病院って」

素っ頓狂な声を上げた美歩に周囲の視線が集まる。

「ね、びっくりでしょう。しかも目撃者が他にもいるんですって」

そこまで喋っておいて、目の前にバスが停まると、「あ、私このバスです」と松本はさっさと乗りこむ。続きが聞きたくてしかたがないけれど、追いかけていくわけにもいかず、呆気にとられたまま「お疲れさまです」と手を振った。

バスを見送ると、美歩は大きく息を吐いた。佐野が、ストーカー？　眠気はいっきに吹っ飛んでいる。いやいや、人の話を簡単に信じてはいけない。最近は誰もが好き勝手に「つぶやく」時代だから。自分が目撃したわけでもないのに、すぐに人の話を信じるのはやめよう。

まだバスがこないので、理央からの返信が届いていないかを確認する。辻門が心配していたように、ローズに来て二年目になる理央が、なんらかの壁に直面しているこ

ともあるだろう。彼女はまだ二十四歳で、以前勤務していた総合病院を半年で退職し、ここへ来た。詳しい理由は聞いてないが、たった四人しかいないフルタイムの助産師の一人として、一生懸命働いている。ローズは大病院ではないけれど、外来から病棟まで、周産期すべての妊婦と関われるのがメリットだ。それに何よりここには草間や辻門といった、目標になる先輩がいる。

「戸田ちゃんはやっと根を下ろしてくれそうな四人目なんだから、大事にしないとね」

と草間も理央に目をかけている。これまで正規で入職する助産師は、半年も経たずにやめていくのが常だった。巣川師長の機嫌が日によって違ったりという理由もあるが、もっと深刻なのは院長の技術に関してのことだ。大学病院では命に関わるミスを何度か起こしたのだと、草間からは聞いている。にもかかわらず、実家の産婦人科病院を無条件に継ぎ、分娩件数を増やすためにリスクの高い妊婦も積極的に受け入れている。鉗子(かんし)を扱う手技がないために、通常なら鉗子を使うケースでも吸引器で対処するなど、美歩の目から見ても、首を傾(かし)げてしまう場面はいくつもある。やたらに吸引分娩をするローズの新生児は、頭の形がへちまのように長細く曲がっている子が多い。まあ、頭の形はちゃんと元に戻るのだが……。

――なにか事故があってからだと遅いんで、自分の免許を守るためにやめます。あの院長と師長の下では働けません。

そんなふうに憤り、病院を去った人もいた。美歩も草間も、退職する人を強く引き止めることはしなかった。草間は高給を理由に残っているのだと笑うけれど、それだけで彼女がここにいるのではないことを、美歩は知っている。

――院長と巣川師長に意見できるのは私だけだから。

いつか草間がそう口にしたことがある。美歩はそれが彼女の本音だと思っている。実際に、彼女の機転で救われた命がこれまでにいくつもあった。

遅れているバスを待っているところに、理央からのラインが届いた。

『お疲れさまです。ご連絡ありがとうございます。急に休んでしまって申し訳ありません、みなさんにご迷惑かけてしまいました』

大きな目を瞬かせて、すまなさそうにしている理央の顔が、文面から浮かんでくる。理央は要領がよいほうではないけれど、真面目な人だ。どんなに不器用な人でも同じことを十年間、誠実に続けていればそれなりの仕事ができるようになる。これは草間の受け売りだが、美歩もその通りだと信じている。自分だって初めのうちは何ひとつまともなことなどできなかった。でも一年ごとにできることは確実に増えている。

『うちに来てくれるんですか？　ありがたいけど悪い気がします……。でも、待ってます』

返事が来たことに安心した。理央に佐野の話をしてみようかと、彼女のリアクションを想像してほくそ笑んでしまう。

その時だった。ぼんやりとした意識を呼び覚ますようなクラクションがすぐ近くで響いた。高く軽妙な音に引きずられるようにして顔を向けると、目の前に白い車が停まった。見覚えのある高級車。パワーウィンドウが静かに下がっていく。

「助産師の有田さんだよね。もしよかったら乗ってください。駅まで送りますよ」

思いがけない人が目の前に現れ、美歩は一瞬息をのんだ。

窓から顔をのぞかせたのは、俊高だった。

美歩は自分の後ろに誰かいるのかと後方を確認した後、もう一度彼に目をやる。これまで一度だって俊高から声をかけられたことなどないので、何が起こっているのかわからなくなる。

「ありがとうございます。でも、もうすぐバスが来ますから」

笑顔のひとつでも浮かべようと顔の筋肉を動かすが、不自然に歪むばかりでうまく話すことができない。磨かれた車の窓に、うろたえる自分の姿が映っていた。

「いいですよ、どうぞ。ついでだから乗ってください」

いつの間にか増えていたバスを待つ人たちの視線が、自分に集まっていることに気づく。この唐突な展開に、どう対処すればいいのかと、美歩は助けを請うように周りを見回した。

「いえいえ、ほんと。いいです、いいです」

断っている間に、こちらに向かってくるバスが見えた。俊高も気づいたのか、バックミラーと美歩を交互に見ながら、

「ほんと、遠慮なく」

と微笑む。美歩はその笑顔に搦(から)めとられるみたいに慌てて立ち上がり、助手席のドアに手をかけた。

美歩が助手席に座るとすぐに俊高がアクセルを踏みこみ、車が走り出す。車が発進するのと、後方からのバスが停車スペースに入ってくるのはほぼ同時だった。

「ぎりぎりセーフだったね」

俊高が、美歩の顔をのぞきこむようにして笑った。足元に敷かれているふかふかの高そうなフロアマットに、自分のスニーカーがひどく不釣合いに見えて、美歩はさっきから肩をすくめていた。

「強引に乗せてしまって悪かったかな。でも有田さん、ずっとバスを待っているみたいだったから」

「強引だなんて、そんなそんな」

実家の車も友達の車もビニール臭いのに、俊高の車には花の香りのような自然な甘

さが漂っている。なんの香りだろうか。美歩は胸の前でバッグを抱えて気持ちを落ち着かせる。ローズに入職して以来、至近距離で俊高の顔を見るのも、挨拶以上の言葉を交わすのも初めてのことだ。

「そういえば、さっき佐野先生と一緒にいたよね。十分くらい前にもここ通り過ぎたんだけど、その時に二人の姿が見えたんだ」

「一緒にじゃないです。たまたま偶然会っただけで」

「そうですか。ところで佐野先生は、みんなとうまくやっておられるのかな？」

気詰まりな沈黙に、俊高が話題を作ろうとしているのがわかった。佐野先生と聞いて、とっさにストーカー話が頭に浮かんだが、慌てて打ち消す。

「あ、はい。ええ……まあ」

「彼を院長に推薦したのは実は僕なんですよ、だからちょっと気になって」

俊高の問いかけに何と答えていいのかわからず、美歩は黙りこむ。

「腕がいいと、評判の先生だったんだ。だからどうしてもローズに来て欲しくてね」

俊高の言葉に、美歩は頷く。腕がいいか悪いかと訊かれたら、「いい」と即答するだろう。院長はハイリスクの分娩につくことを避けるので、なんらかの合併症がある妊婦の分娩は、必ず佐野の担当になる。難易度の高い分娩でも、彼が手こずるところを美歩は目にしたことはない。草間や辻門も「若いのにあれほどできる人は大学病院でもそうはいないわよ」といつも感心している。

「診断は的確ですし、手技も迅速で、しかも丁寧だと……みんな言ってますけど」

「スタッフ間のコミュニケーションはきちんととれてるのかな」

「コミュニケーション？」

「実は……佐野先生を引き抜く時にとても苦労したんだ。大病院にいた彼を、うちみたいな個人病院に常勤で来てもらうのはけっこう大変で。だから佐野先生を尊重するつもりでやりたいように仕事を任せているんだけど、彼がワンマンになっていないかと少し危惧してて……。佐野先生には、有田さんたちスタッフの気持ちをもっとくみとっていくべきだと常日頃から伝えてるんだけどね」

俊高の率直な語り口に、美歩は素直に頷いた。病院のことを真面目に考えていることが伝わってくる。

「あ、そうだ。それと……巣川師長が新生児を自室に連れ出した件なんだけど……」

声のトーンを落とした俊高が、美歩の目をじっと見つめてくる。

「野原さん、ご存じなんですか？」

「院長から聞いてね。あの一件は口外しないでもらえないかな。おかしな風に広まったりしたら問題なんで」

明るかった俊高の表情に翳（かげ）りが現れ、美歩は慌てて、

「そんな……軽々しく人に話す気はありません」

と胸の前で両手を振った。

「よかった。ありがとう。思い違いがけっこうな騒動になったと聞いたから、困ったなと思って。そう言ってもらえると助かります。あ、そうだ。有田さんどこまで行くんですか。駅と言わず自宅の近くまで送りますよ」

再び明るい声に戻った俊高が、スーツのポケットに手を入れた後、美歩に手を出すように言ってくる。

「わ、お菓子だ」

美歩の手のひらに、クッキーの入った袋が載せられる。

「甘いものは疲れがとれるよ」

晴れた空みたいな笑顔に、美歩は小さく頷くだけで何も返せない。学生時代の、憧れの先輩と廊下をすれ違う時みたいな。相手から姿を隠したい一方で自分を知ってもらいたいような、そんな気持ちだ。一瞬だけ触れ合った手に、俊高の体温が残る。

「どこまで送ろうか」

「あ、でも恵比寿駅で大丈夫です」

「駅でいいの？　ついでだから家まで送るよ」

「大丈夫です。寄る所があるんで」

今から欠勤している後輩のマンションに向かうのだと美歩は伝えた。

「有田さんの後輩っていうと、戸田さんだね。わざわざ自宅にまで訪ねて行くの？」

「はい、体調が悪いみたいで。気になって」

美歩は彼の横顔を見ながら、いつも元気な後輩なので心配していると説明した。俊高が何かを考えこむように不意に、口をつぐんだ。

「正職員の人数が少ないから、ひとりひとりの負担が大きいんだな、きっと」

俊高はほんの少し間を置いた後、普段どおりの穏やかな表情を見せ、「もっと真剣に正職員の助産師を確保しないといけないな。申し訳ない」と頭を垂れた。

「いえいえ、野原さんのせいではまったくありませんから」

もっと話をしていたかったが、駅に着いてしまった。会話が宙ぶらりんに途切れたまま、車が西口のロータリー近くに停められる。

「じゃあ、ここで。気をつけてね」

窓を開けて声をかける俊高に小さく頭を下げ、美歩は走り去る車を見送った。まさか俊高に送ってもらうなんて……もう一度振り返り、車が走り去った方向をさりげなく眺めてみた。

理央のマンションは自由が丘にある。美歩はこれまでに数回、スタッフたちとの飲み会の後に訪れた。マンションの近くには洒落たカフェが建ち並び、目抜き通りまで歩いて十数分という立地だ。「ファッション誌に出てくるような場所に住みたかったんです」と理央が嬉しそうに話していたのを思い出す。誰もが知っているような都心で暮らすことに、ずっと憧れていたのだと。

理央のマンションに来るのは、昨年の夏以来のことだ。同じ職場で働いていると休みが合うことが少なくて、プライベートで会う時間もさほどない。出勤前後にどこかでご飯を食べたりお茶を飲んだりする機会も、この頃は減っている。お互いに、業務が終わると一刻も早く休みたいとさっさと家に帰ることが多くなっていた。

マンションに着き、エレベーターに乗りこむと、理央の部屋がある四階のボタンを押した。それほど豪華な造りではないが、設備はどれも新しくシンプルに統一されている。洗練された美術館、といったイメージだろうか。エレベーターも、自分のマンションのものとは違い、動くたびにガタガタという変な音もしないし……。感心している間に四階に着いた。

ドアの横にあるチャイムを押して間もなく、理央がドアの隙間から顔をのぞかせ、

「有田さん、わざわざありがとうございます」

と頭を下げる。白いスウェットの上下姿で、たった今まで布団の中にいたような温(ぬく)もった空気を全身にまとっている。

「ごめんね、急に来ちゃって」

「いえ、全然。実は有田さんからラインもらった後また寝ちゃって……すみません、こんな格好で」

どうぞ入ってください、と理央はドアを大きく開けた。

部屋は十畳ほどのワンルームで、ドアを開けるとすべての生活空間が目に入る。ベッドの布団は捲れあがっていたが、他はきれいに片付いていた。

「突然休んで、ご迷惑おかけして……」

「いいの、いいの。体調が悪い時は無理しないで」

「交代は辻門さんが？」

「そうだね、今夜は空いてるからって、手を上げてくれたんだよ。あ、そうだ。これね、草間さんから差し入れ。豆ご飯だよ」

手に持っていた袋を、部屋の中央に置いてあるローテーブルに載せた。

「わぁ、嬉しいなあ」

理央は差し入れを受け取ると「お茶でもいれますね」とキッチンに立った。

よかった。思ったより元気そうだ。安心しながら何気なく部屋の中を眺めてみる。

自分の殺風景な部屋とは違い、可愛らしい家具や小物がたくさん置いてあって、見ているだけで楽しくなる。天井から吊るされている鳥の形をしたモビールや、チェストの上のクリスタルグラスの置物。そういえば外国製の小物を集めるのが趣味だと聞いたことがある。

「ローズティーです。外は暑かったでしょうから、アイスにしました」

理央がお盆に載せて紅茶を運んできてくれる。

「ありがとう。お気遣いなくね」

「私が休みをいただいてる間、忙しかったですか」

ローテーブルの向かい側に腰を下ろし、理央が訊いてきた。

「まあ普段通りかな。あ、でもこの前は私が遺伝相談の担当をしたんだよ」

「有田さんがですか？　珍しいですね。あんまりしないですよね」

「うん。うまく話せるか自信なかったんだけど……。妊娠十四週目の妊婦さんで、羊水検査の結果で13トリソミーとわかって……」

島崎さん夫妻の話を、理央に聞かせた。彼女は真剣な表情で黙って聞いていたが、ふと、

「羨ましいな」

と呟いた。

「羨ましい？　島崎さんが？」

「あ、不適切ですね、悩んでいらっしゃるのに……。でもちょっとそんな気持ちにな

りました。夫婦で同じ方向を見ているのが、羨ましいなって。最終的に決めるのは女性だとしても、ご主人はその決断を受け入れて支えていくんだろうなと思ったんです」

「そうだよね。妻の気持ちに本気で寄り添ってくれる夫って、いるようでそうそういないからね。でも戸田さん、二十四歳にして結婚願望？　私より先にいくつもりだな、さては」

「そんなこと、思ってないですよ。でも私は有田さんほどこの仕事は向いてないなとは感じてます。私があと十年間働き続けたとして、辻門さんや草間さんみたいになれるとは思えないし」

「いやいや。私だってそんなのまるで思えないよ。たまに転職しようかと考えることもあるんだから」

「転職？　有田さんがですか？　何するんですか」

「何って、ほら。旅行代理店のＯＬとかいいじゃない」

冗談めかして言いながら、やはり理央は仕事のことで悩んでいるのかもしれないと思う。美歩は自分も通ってきたいろいろな葛藤を、彼女の青白い顔に重ねた。

自分たちの現場には、きれいごとではすまされないことがたくさんある。「女の子なら産みたいけれど男の子ならいらない」と言い放つ妊婦。生まれてきた子供に障害があることがわかったとたん「出産をなかったことにしたい」と授乳を拒否する母親。四人目の赤ん坊を産もうとする妻には黙って「出産のついでに子宮を手術でとってくれませんか」と依頼してくる夫。決して多くはないけれど、自分とはあまりに価値観の違う人に出会うたびに脱力し、時には母子を守るために働くという仕事の意味がわからなくなる。それでも、年数を重ね経験を積んでいくうちに、世の中にはいろんな人がいて、それぞれの考えを持って生きているのだということを受け入れられる。そこで初めて仕事が楽しくなり、誇りも感じられる。

「ねえ戸田さん。今度空いた時間があったらご飯食べに行かない？　草間さんが教えてくれた美味しい店が中目黒にあるんだ」

はっきりとはわからないが、理央が何かに悩んでいるのは間違いなさそうだった。思い詰め、体調を崩し、この部屋で一人きりで過ごしていたのだろう。澱んだ空気が、部屋に充満している。物事を真面目に考える人ほど、どうしようもないことで自分を責めてしまったりする。もし理央が何かに行き詰まっているのなら、外の空気をたくさん吸ったほうがいい。

「行きたいです」

理央は彼女自身を奮い立たせるみたいに頷く。

「今度日勤が同じ時に行こうよ。私も美味しいものでも食べて、元気出したいと思ってたんだよね」

「じゃ、約束ですよ」

理央がローズティーのおかわりを作りに、キッチンに向かう。

「ほんと、おかまいなく」

美歩はまだ残っていたローズティーを飲み、ほっと息を吐き出す。今日ここへ来て正解だったと思いながら、クリスタルグラスの置物を眺めた。きりんや象が、窓から差しこむ光を反射して輝いている。小物を楽しい気分で見つめていたら、その横に並ぶツーショット写真に目が止まり、

「あ」

と口から小さな驚きが漏れた。もしかして、戸田さんの彼――美歩はその場で腰を浮かせて写真立てを見つめたが、逆光なのではっきりと顔が見えず膝を立て体を前に乗り出す。

「有田さん」

突然、頭の上から低い声が落ちてきて顔を上げると、トレーを手にした理央が視界を遮るようにして美歩の前に立った。

「あの写真、戸田さんの彼なの？」

頬をゆるめて指差すと、理央は飛びつくように手を伸ばし、写真立てをパタンと伏

せた。

「有田さん、見ました？」

　理央が真顔で訊いてくる。トレーを持つ手が震えているのか、透明のポットの中でローズティーが揺れる。

「え？　え……、彼の顔？　太陽の光のせいで見えなかったよ」

「ほんとですか」

「本当だよ。どうしたの？　そんなに隠さなくっても。意外に秘密主義なんだからぁ」

　わざとからかう口調で笑ってみたが、理央は無言で下を向いた。二人の間に沈鬱な空気が溜まっていく。

「……秘密にするつもりはないんです、でもちょっといまは……」

　言い淀む理央の顔が複雑に歪み、不躾だったなと反省する。誰にでも内緒にしておきたいことはある。

「そんな深刻にならなくても大丈夫だよ。ほんと見てないから」

　ささやかな好奇心だったと謝る美歩に、理央は何度も「すみません」を繰り返した。甘い香りが漂う部屋の中で、気まずい時間が流れた。

「そろそろ帰るね」

美歩が明るく切り出すと、写真を背で隠すようにして立ち尽くしていた理央が、肩の力を抜いたのがわかった。

7

分娩室にも陣痛室にも妊婦がひとりもいない、静かな夜だった。こんな夜がたまに訪れる。急流を下る舟が、ひと時穏やかな川面(かわも)を漂う時間。お産がないので、美歩は新生児室で赤ちゃんたちを看ていた。保育器に入っている男児を合わせて、五人の赤ちゃんがコットに並ぶ。

柔らかくて細い、ちくわのような腕に体温計を挟んだり、手のひらサイズの紙おむつを取り替えたり。新生児の世話は楽しい。

「おっぱい飲んでまちゅか。かちこく、ねんねしててねぇ」

新生児たちが全員眠っているので、この間に病棟を回ってくるつもりだ。今夜は草間とペアだったが、姿が見えないので仮眠室にいるのだろう。草間は今夜で四回連続しての夜勤だった。

理央のマンションを訪れてから一週間が経つ。彼女はその後勤務に戻ったものの、どこか本調子ではなかった。時々思い詰めるように黙りこんだり、ミーティングで上の空だったり……。いつもの明るさが影を潜め、常に気だるい空気を全身にまとっている。理央に対してそう感じていたのは自分だけではなく、草間や辻門も口には出さないが気遣っているのがわかった。

自分たちが心配する一方で、巣川は「戸田さんはわがままな人」と事態を深刻に捉える様子もない。美歩も他のスタッフも、理央を庇って通常以上の業務をこなしているが、巣川のマイペースはいつも通りで、持病の片頭痛があるからと無理はしないし、理央に声をかけることもなかった。なんであの人が師長なんてやってるのだろう。もう何度も繰り返した問いかけをまた頭の中で呟き、衛生用エプロンを外して新生児室を出た。懐中電灯を片手に、病棟を巡回していく。

産科病棟であっても、深夜の巡回はやっぱり不気味だ。足音を立てないように息を詰めていると、誰かが後ろからついてきている気がする。

ポケットに入れていた携帯が震えたので理央かと思い、急いで手を伸ばした。だがディスプレイに浮かび上がった名前は理央ではなくヨッチで、携帯をそのままポケットに戻す。ヨッチには休憩時間に返信しておこう。理央とゆっくり話をしたいのに、思うように時間が取れないことが、今の美歩にとってはいちばんの気がかりだ。理央のことを草間に相談してみようか……そう考えついた時、首に下げていた院内専用のピッチが震え、夜間受付からの連絡が入った。

ナースステーションに戻り詳しい申し送りを受けている途中、草間がほつれた髪を直しながら部屋に現れた。静かな夜の時間が一転する瞬間だ。

当直は院長だったのですぐに連絡を入れてみるが、当直室にはいない。院長室にもかけてみたが、三回コールの後留守電に切り替わる。オペなど緊急の時にだけ連絡することになっている非常勤の平柳医師には「三、四十分待て」と告げられた。

「妊婦さんはいま、病院の夜間出入り口の前だそうです。痛みがあってタクシーから降りられないみたいで」

受話器を握りしめたまま、草間を振り返る。

「降りられない？　有ちゃん、車椅子持ってすぐ行くわよ。今日の当直だれ？」

「院長です」

「すぐ連絡」

「しました。当直室にも院長室にもいないんです。平柳先生はあと三、四十分かかるそうで」

草間は舌打ちし、それなら巣川師長に連絡してみてと低い声を出した。師長なら居場所を把握してるかもしれないから、と。

美歩は言われるまま巣川に電話をかけたが繋がらず、非番の佐野に連絡してみた。二回のコールで電話に出た佐野に事情を話すと、すぐに駆けつけると言う。

夜間出入り口の手前、ハザードランプを点けたタクシーが停まっているのを見て、美歩と草間は駆け寄った。運んできた車椅子を車のドアの前に設置すると、眉間に皺を寄せながら苦しそうに喘ぐ女性に向かって、

「大丈夫ですか？　ゆっくり降りてきてください」

と草間が優しく声をかける。車の中で破水したのだろうか。スカートの色が変色しているのが車内灯の下でもわかる。

「……無理、です。動け……ません」

途切れる言葉の中に呻き声が混じった。痛みの間隔が短くなってきているようだ。車を降りたタクシーの運転手はうろたえた表情で、「手伝いましょうか」と言ってくる。草間が丁寧な口調で申し出を断りタクシー料金を支払うと、しきりに頭を下げる人の好さそうな人だった。

「もう動けません」

涙ながらに訴える女性に向かって、

「もう一度だけ力、出してください」

と美歩は声をかける。無理だ、というように女性が首を振る。

「頑張って」

「……だめです。お腹痛くて」

美歩は車内に自分の上半身を潜りこませ、女性の両脇の下に腕を差しこみ思いきり力を込めて手前に引いた。妊婦の体を滑らせるようにして後部座席の端まで寄せる。

「ああ……痛っ……」

「このままここで産むの？　そういうわけにはいかないでしょ？　体重を全部私にかけてください。一、二、三で足を地面につきますよ。いきますよっ。はいっ。一、二、三」

妊婦の重みを全身で受け止めながら、美歩は下腹に力を込めて野太い声を出す。よろめく妊婦の背中を草間が抱え、二人でタイミングを合わせて車椅子に移乗させた。

「有ちゃんもドスの利いた声、出るようになったね」

車椅子を押してエレベーターに乗りこむと、草間が肘で美歩のわき腹をついてくる。

「えっ？」

「怖かったわあ、さっきの有ちゃん。このままここで産むの、なんて凄んじゃって」

「そんな……別に凄んでませんよ」

「いいえ、凄んでました。新人の頃は『大丈夫ですか』って蚊のなくような声で震えていたのにねぇ」

草間が嬉しそうに話すのを、美歩は頬を膨らませて聞いていた。成功も失敗もすべて傍らで見守り続けてくれたこの人に、何を言ってもかなわないことはわかっている。

　エレベーターの扉が開くと、緊急のオペになることも考えて分三の部屋に搬送する。

「有ちゃん。分娩監視装置のモニターつけて」

「はい」

「バイタルとってからサチュレーション巻いて体内の酸素濃度のチェックね。必要なら酸素投与。ルートキープも任せるわ」

「はい」

「それ終わったら妊婦さんのカルテ見て既往と合併症の確認」

「はい」

　草間と二人で分娩の準備をしていく。草間に指示を受けなくても美歩は動ける。そのことを草間も知ってはいるが、こうして段取りを口に出し合うことで、心の準備をしていくのだ。静かだった分娩室にライトが煌々と灯り、モニターの電子音が響き渡る。自分の中のスイッチが完全にオンになる瞬間だった。母親と子供を守るのは自分なのだと深く息を吸いこむ。

「赤ちゃんは大丈夫ですか」

　分娩台に横たわった女性が、掠れた声で訊いてくる。カルテを見ると、妊婦は三十歳の初産で、名前は柴田知香とあった。陣痛らしきものがきたのだが、ひとりで病院に向かうのが不安で夫の帰りを待っていたのだと、柴田さんは涙ながらに訴える。かなり長い時間苦痛に耐えていたのだろう、顔と首筋から脂汗が噴き出していた。

草間はモニターを目で追いながら、

「もう大丈夫ですよ」

と笑顔で頷いている。

「あ……」

美歩は思わず声を漏らした。

破水だと思っていたスカートの染みが、照明の下で見ると血液であることがわかる。黒いスカートだったので、さっきは見落としていた。スカートを脱がせながら、

「草間さん、柴田さん出血してます。けっこうな量です」

妊婦の不安を煽らないよう、草間だけに聞こえる声で報告する。

「常位胎盤早期剝離……かもしれないわね」

低い声で草間が耳打ちし、眉をひそめて厳しい表情を作る。「子宮口全開なら下から出すわよ。開いてなかったら帝王切開。ダブルセットアップでお願いね。それと、ドクターは？　まだ？」

ダブルセットアップ——経腟分娩になるか、帝王切開になるか。そのどちらになっても対応できるようにと草間が準備を促す。思ったより事態は深刻だった。

美歩は走ってナースステーションに戻り、もう一度院長に連絡を入れるもののやはり繋がらない。「すぐに行く」と言ったが、佐野はまだ自宅だった。彼を待つ間にも容態は急変するかもしれない。

柴田さんが常位胎盤早期剝離であったら、一刻を争う処置が必要だった。胎盤が子宮壁から剝がれるというこの疾患は、母子ともに重篤な障害をもたらす危険性が高い。重症例での母体死亡率は六から一〇パーセント。胎児に酸素がいかなくなるので、胎児死亡を引き起こすことも稀ではない。剝離の発症から五時間以内であれば、母子ともに無事であることが多い。だがさっきの柴田さんの話だと自宅でかなりの時間が経っているようだ。

「胎児の心音は六十から八十の間です」

モニターを確認し、草間に伝える。赤ちゃんは生きている。この時点で心音がなくなっていることもあるので、ひとまずほっとした。それでも胎児の心拍数が低下していることに変わりはない。一刻も早く娩出しないといけない。

柴田さんの脚の側に回り、人差し指と中指で子宮口の開きを確認していた草間が、美歩を見て首を横に振る。険しい顔をしているので、まだ子宮口は開ききっていないということだろう。

「平柳先生が到着しても、オペだと一人では無理よ。ねえ有ちゃん、院長とは連絡ついたの？」

草間が深刻な表情で美歩の側に立った。美歩が頭を振ると「巣川師長は？」と重ねて訊いてくる。どちらとも連絡がつかないことを伝えると同時に、草間は何かを決断するように大きく瞬きをし、

「患者さん看てて。私、他の病院で受け入れてもらえるか訊いてみるから」

と硬い声を出した。

草間の言葉に美歩は頷き、時計を見る。首に下げたピッチから、草間が次々に電話をかけていく。カルテには、妊娠週数は三十三週となっていた。正規の出産は三十七週を過ぎてからなので、四週早い。おそらく出てくる胎児は二〇〇〇グラム前後。せめてあと一週──三十四週を越えていてくれたら、胎児の体力はぐんと上がるのに。

「大丈夫。私たちに任せてください。安心してください」

すがる目でこちらを見つめてくる柴田さんを、落ち着いた声でなだめた。病院へ来ることが遅れてしまった自分を、柴田さんは責めている。

「初めての出産でしょう。誰だってどうすればいいかなんてわからないですよ。ちゃんと息を吸って吐いて、赤ちゃんにしっかり酸素送ってあげてくださいね」

母親が深く息を吸いこむと、胎児の心音も上がる。母と子は繋がっているのだ。

サンダルの音を鳴らしながら分娩室に佐野が入ってきたのは、草間が搬送先の病院を探している最中だった。彼の姿を目にした草間が、唖然とした表情で美歩と佐野を交互に見つめている。

(佐野先生にも連絡してたの?)

目配せに美歩が頷くと、草間が笑みを浮かべた。

「常位胎盤早期剝離かと思います。出血が大量にありますし……」

草間が佐野の側で容態を伝えていく。だが佐野は、

「診断は自分がしますから。まずはエコー持ってきてください」

と草間の言葉を遮り、白衣のポケットにつっこんでいた右手を出して部屋の片隅にあるエコーを指差した。

「パルトグラム見せて」

佐野に限らず医師の多くは、データにない助産師からの報告を嫌がる。「感覚で物を言うな。客観的データから考えろ」と厳しく叱りつけてくる医師も中にはいる。ただ、草間と一緒に仕事をしていくうちに、直感や感覚が頼りになる局面があることを美歩は知った。データだけではわからないこともあるのだと、出産に立ち会うたびに実感する。データと直感。この両方を読み解ける助産師が、母子を窮地から救うことができる。

「剝離してますね。すぐにオペします」

佐野は草間を振り返ると、手術の仕度のためいったん部屋を出た。

難しい手術になりそうだという緊張感で、美歩の体温が上がっていく。

「有ちゃん、さすがねえ。医者もダブルセットアップ。院長じゃなくて佐野先生が来てくれて、むしろ助かったわ」

草間が美歩のすぐ側まで来て小声で囁いた。院長に連絡を取るのと同時進行で、佐野を呼んでいたことを、草間は褒める。

「いえ。それより草間さんの見立てどおりでしたね、早期剝離。佐野先生、『診断は自分がしますから』なんて。聞く耳持たずでしたよね」

「それでいいのよ。助産師の報告を鵜呑みにして、きちんと診ない医者よりずっと安心よ」

草間が美歩の背中を軽く押し、早く手術着に着替えるようにと言ってきた。

手術が始まると、麻酔から開腹まで、手技の早い佐野の手が流れるような所作で動いていく。

佐野が鳩尾の辺り——心窩部から大腿中央部にかけて、イソジンで消毒する。器械出しを担当する美歩が、消毒が終わる頃を見計らい開腹専用ドレープを佐野に手渡すと、緑色の布で柴田さんの下半身が覆われていく。痛みと恐怖で震えていた柴田さんも、脊椎麻酔で下半身の感覚がなくなり、目を閉じて落ち着いた呼吸を始めた。

「メス刃ください」

滅菌手袋を嵌めた手にメス刃を載せると、佐野が定規で線を引くように、柴田さんの下腹を真横になぞった。張り切った果実の皮を破るように、白い皮膚に刃が入る。皮膚切開がすむと、次は筋膜、さらに腹膜と切開していく。コッヘル、クーパー、ペアンといった器械を器用な手つきで佐野が操る。子宮を切開し、卵膜を破膜させ、羊水を吸引していく間、タクトを振る有能な指揮者のように正確な指示を出してくる。途中からは非常勤の平柳も現れ、手術はスムーズに流れていった。

「ペアンください」

佐野が臍帯の両端をペアンで挟み引っ張るようにして留め、その間を臍帯剪刀で切断するといよいよ胎児が娩出される。

「有ちゃん、ベビーキャッチに回って」

草間の声に、美歩は滅菌手袋を外した。

目を固く瞑った苦しそうな赤ちゃんを両腕で抱き取るこの瞬間は、いつだって祈るような気持ちだ。ちゃんと呼吸をしますように。生きようとしてくれますように。

柴田さんの腹部に両手をめりこませた佐野が、極限まで神経を張り巡らせた手つきで胎児を取り出した。佐野の手の中で、柔らかくて小さな赤ちゃんがブルルと震える。

美歩は両方の手のひらを大きく広げて上に向け、その温かな体を受け取った。羊水と血液の匂いがつんと鼻に抜ける。

喉の吸引をすますと、温めておいたバスタオルで赤ちゃんを包み、柴田さんの胸に乗せた。赤ちゃんは喉を震わせ、全力を振り絞って泣き始めた。苦痛に歪んでいた柴田さんの顔が、蕩けそうに緩むのを見て草間を振り返る。草間は出血量や羊水の量を測定し、佐野に報告しながらも、ほっとした表情で赤ちゃんを抱く柴田さんを見つめていた。

佐野が新生児の身長と体重を母子手帳に書きこんだ後、母子手帳を美歩に戻してきた。普段は悪筆の彼も、母子手帳に書きこむ字だけはできる限りきれいに書こうと努めていることは伝わってくる。

『おめでとうございます。とてもいいお産でした。　助産師　有田美歩』

と美歩も丁寧な文字で記しておく。

柴田知香という女性から、新しい命がこの世に送り出された日を、美歩は心の中に刻んだ。

「おつかれ有ちゃん」

机に向かって柴田さんの分娩記録をまとめていると、両方の肩に手を置かれた。振り向くと草間が立っている。

「なんとか無事に生まれてくれましたね。それはそうと、草間さんは平気?」

「なにが」

「体調とか。夜勤、今日で四日目ですよね」

「まさか、有ちゃんまで私を年寄り扱い? 大丈夫よ」

草間は微笑むと、机の引き出しを開けて最近凝っているというアロマのスプレーを取り出した。その机の中にはいつも、なにかしらの癒しグッズが入っている。

「戸田ちゃんの調子が元に戻るまではみんなでフォローしていかないとね。それにしても戸田ちゃんはどうしたのかしらね? すごく具合悪そうに見える時があるわよね」

柴田さんの分娩記録をのぞいていた草間が、声のトーンを落とした。

「そうなんですよ。私もおかしいな、って……。巣川師長は、何か言ってましたか」

「特には聞いてないけど」

「そうですか」

「有ちゃんが家まで会いに行ってくれた時、何か話した?」

草間が手を伸ばして近くの椅子を引き寄せ、美歩の隣に腰かける。

「これといった話は……」

「悩み事なんかは?」

「う……ん。そんな話はでなかったんですけど……。どうかな、私が見落としているってこともあるし」

「そっか。でも何か悩んでいるのは間違いないよね。私が直接彼女に訊いてもいいんだけど、かえって緊張しちゃうかと思って。有ちゃんとは年も近いし、仲もいいし。気にかけてあげてね」

美歩が頷くと、草間は頬を緩め「おつかれさま」ともう一度肩に手を乗せた。

草間と話をしている間、飛びつくように写真立てを美歩から隠した、あの青ざめた理央の表情が頭をよぎった。そのことを話そうかと迷ったけれど、理央に悪い気がして口にはできなかった。


朝の八時を過ぎ、日勤スタッフが顔を出し始める。夜中の喧騒はすっかり凪いでいる。柴田さんも赤ちゃんも、何事もなかったように穏やかに眠っていた。「あ、ベビーがひとり増えてるね」「オペしたんだ? おつかれさま」と日勤スタッフから労いの声をかけてもらい、全身の疲れが少し和らぐ。

八時半の申し送りを済ませ、一日の業務内容の確認をすると草間が椅子から立ち上がった。

改まった様子で辺りを見回すようにしてから、大きく咳払いしたのでみんなの視線が集まる。彼女の伸びきった背筋から、ただならぬ雰囲気が漂う。

「巣川師長。昨夜、緊急の連絡をしたんですけど」

さっきから怒ったような顔をしていたのは、この話を切り出すタイミングを見計らっていたのかと美歩は息を詰めた。ファンデーションを白く塗り重ねた巣川師長は、いつにも増して顔色が悪い。

「昨日の夜はプライベートの用があって、電源切ってたの」

眉一つ動かさずに、巣川は答える。草間の顔を見ようともせず「ピッチ知らない？赤い紐のやつ」とパートの助産師に話しかける。

「たった四人しかいない正職員の中で、巣川さんは師長なんですよ。プライベートももちろん大切ですけど、私たちの仕事は人の命がかかっているんです。病棟からの緊急の電話には出てください。自覚を持ってください」

草間が切実な声で訴えるが、巣川は何も聞こえないかのように赤い紐を首にかけ、ナースステーションを出ていこうとする。

「聞いてるの、巣川さん？」

草間が声を荒らげた。

「たまたま電源を切ってただけじゃないの。自覚うんぬんの問題ではないでしょう」

草間が引こうとしないのがわかると、巣川はゆっくりと体を反転させ、顎を持ち上げ草間を睨みつける。

「私たち正職員は、万が一の時のために休日でも連絡がつくようにしておく――というのは、うちのきまりよね。電源をオフにしておくことは、自覚のないことにならないの？」

「草間さん。看護職の離職率がすごく高いの、ご存じ？　うちの助産師にしてもなかなか長くは続かないじゃない。仕事がきつい上に、こんなふうにプライベートにまで口出しされてしまっては、体力的にも精神的にも持たないのよ。それに、昨夜も結果オーライだったんでしょ。よかったじゃない」

うなじの後れ毛をピンで留めながら巣川は唇を歪ませ、草間の顔を見ないまま「夜勤の方々は上がってちょうだい。ナースステーションの酸素が薄くなって息苦しいかぎりだわ」と尖った顎を前に突き出した。

「巣川師長に電話かけたのは私なんです。お休み中にすいません。でも、当直の院長と電話が繋がらなかったので、困ってしまって……」

美歩は二人の間に割って入った。草間の我慢が限界に達しようとしているのが感じられる。

「院長？　院長がどこで何をしてるかなんて、私は知らないわよ」

院長という言葉に反応し、巣川の目がさらに吊り上がった。小鼻が膨らみ、唇を歪ませていったん大きく息を吸った巣川が、

「みなさんもよく知ってるでしょう、院長の性格は。ほんと呆れちゃうの。なんだっていうのかしらね、言動に一貫性がないし、その場限りの言い逃ればっかり。何ひとつ他人のことを考えないの。昨夜の院長の行動なんて、私はほんっと知らないのよ。家に帰ってるんだか、別の所に行ってるんだか。私にそういうことを訊かれても、ねえ」

と早口でまくしたてた。ここまでのやりとりを黙って見ていた辻門が、美歩に目配せをしてくる。巣川の様子がおかしくなってきている。不穏な流れを断ち切るように、辻門が「そろそろ動こっか」と明るい声を出した。

「昨夜の件については、私のほうから院長に伝えておきます」

美歩もこの場はおさめたほうがいいと、立ち上がる。

「そうしてくれる？　当直なのに連絡がつかないなんて、ありえません。非常識」

巣川は机の上に積んであったカルテの束を手のひらで叩き、大きな音を立てた。

「ミーティング、終了。分娩係、病棟担当、それぞれ仕事してちょうだい。私はフリーで動くから、何か用事があるようならピッチに連絡して」

巣川の甲高い声に、草間を除いた全員が動き始めた。

美歩は視線だけを動かして草間を見る。まだ怒り冷めやらずの様子だが、なんとかこらえようとしているのがわかる。草間と巣川が本気で対立してしまったら、いますべき仕事が後回しになる。大げさではなく、病棟そのものが機能しなくなる。それを草間自身が充分にわかっているので、いつも矛を収めるのは彼女のほうだ。

「あの」

声がして、みんながいっせいに振り返った。振り返った先に、私服姿の佐野が立っている。よれたシャツに横皺の目立つチノパンを穿き、徹夜明けのせいもあって、髪はスチールウールのように絡み合っている。

「今日はおれ、休みなんで」

その場にいるスタッフが、佐野の言葉に耳を澄ましていた。佐野もまた、昨夜の騒動の中にいた当事者であり、院長や巣川師長の無責任な態度に、何か一言あってもおかしくはない。過去にこの病院で働いていた常勤や非常勤の医師たちの中には、昨夜のような事態に嫌気がさしてやめていった者もいる。佐野も何か言い出すのだろうと、美歩たちは身構えていた。

だが佐野は何を言うこともなく、さっさと背中を向けた。なんだ、先生は何も意見してくれないの——そんな雰囲気が室内に漂う。美歩も拍子抜けしてしまう。

「やっだ。佐野先生ってほんと独特の間だよね」

佐野の姿が見えなくなると、辻門が手で膝を打って笑う。

「これだけ揉めてんだから、何か言ってくれてもいいのにね。私たちのこと見えてないのかな」

板野が辻門の言葉に大きく頷き、

「腕がいいぶん余計に残念」

と肩をすくめた。

不穏なムードを打ち消すようにして、それぞれが持ち場に向かう。まだ朝は始まったばかりでこれから長い勤務が待っているのだ。その場で立ち尽くしていた草間も、深く息を吸った後、

「有ちゃん、さっき話してた戸田ちゃんのこと、お願いね。何かあったら教えて」

と笑みを作る。

「了解です。おつかれさまでした」

挨拶をすませた美歩は、この後理央に連絡をとってみるつもりでいた。彼女は今日休みなので、ランチにでも誘ってみよう。外で会うと気分も変わって、色々な話ができるかもしれない。

8

中目黒の外れにある定食屋で、美歩は理央と向き合って炊きこみごはんを食べていた。仕事を終えた美歩が『今、夜勤明けたとこ。今日会えるかな?』とラインしたら、『じゃあどこかでごはんでも食べませんか』と返信がきたので、中目黒の駅前で待ち合わせることにしたのだ。

「おいしいですね。有田さんはよく来るんですか? ここ」

「まだ四度くらいかな。家庭料理っぽくていいよね。私、家であんまり料理しないからさあ」

熱い味噌汁を口に含む理央に、ようやく生気が戻ってきた気がする。待ち合わせ場所に現れた理央は、たったいま布団から起きだしたような佇まいで、虚ろな目をしていた。

四角いトレーの上に炊きこみごはん、マグロの刺身、もずく、茄子とあなごの天ぷら、豆腐の味噌汁が並んでいる。

「美味しい」と口にしながらも理央はさほど空腹でもないのかゆっくりとした動作で箸を動かし、もそもそと咀嚼している。そんな様子を見ると、無理に外に誘い出したことは失敗だったかという気持ちにもなる。

「でね、佐野先生が来てくれて助かったんだ。もしあのまま救急車で搬送したとしたら無駄に時間が経過するし、何よりなんのために患者さんが辛い思いしてうちの病院まで来てくれたかってことになるでしょ？」

途切れがちの会話をなんとか弾ませようと、美歩は昨夜の出来事を順を追って話していく。口元に薄く笑みを浮かべた理央は所々で頷いてくれるものの、心ここにあらずな様子だ。

「そうそう。そういえばね、外国人の妊婦さんからおかしな要望があったんだよ。個室に入ってきた人、知ってる？」

昨夜の話も尽き、理央も自分からは何も話そうとはしないので思いつくままに話を続けた。

「おかしな要望って？」

「うん。出産後に自分の胎盤を旦那さんと一緒に食べたいって言うの」

「胎盤を食べる？」

「自分たちの故郷では胎盤でスープを作って食べるという風習があるからって。佐野先生が『どうやって調理するの』なんて的外れな応対しちゃってさあ。そこ、質問するとこじゃないでしょって話だよ」

数日前の光景を、おもしろおかしく理央に伝えた。佐野とその夫婦の珍妙なやりとりを美歩が再現してみせると、理央がやっと笑ってくれた。

普段の様子を取り戻してきた理央に、

「ねえ戸田さん。悩みごとでもあるの」

とさりげなく訊いた。

「悩み……ですか」

「聞くよ、私でよかったら。仕事のことでも恋愛のことでも」

あなごの天ぷらを口に運びながら、美歩は身を乗り出す。職場で独身なのは理央と辻門と美歩の三人だけなのに、そういえば恋愛の話をほとんどしたことがない。

「でも、恋愛のことは有ちゃんに相談してもだめよって、草間さんに忠告されたことあるんですよ。有田さんは仕事人間だからって」

「そんなことないよ。恋愛小説とか映画とか、けっこう詳しいし。草間さんが私のこと知らないだけだよ」

美歩が唇を尖らせると、理央が目を細めた。

「私も有田さんのこと言えないんです。この歳になるまでまともにつき合ったこと、なかったんです」

「も、って言うな。も、って」

ますか」

「ねえ有田さん。私がなんで助産師になったかという話、前にしましたよね。憶えて

「うん。憶えてるよ」

理央がローズに来て間もない頃に、スタッフで歓迎会を開いたことがある。正職員が草間と美歩と巣川の三人だけという状況が一年以上続き、ようやく入職した四人目が理央だったので、大切に迎え入れたいという思いがあった。その歓迎会の中で、理央から「実家のある秋田を出たくて、その手段として東京の助産師学校を受験した」という話を聞いた。カムフラージュで地元の助産師学校も受けて思惑通りに不合格となり、「それならしかたがない」という図式を経て、東京の助産師学校への進学を許してもらったという話だった。

——都会的な生活を一度でいいから経験してみたかったんですよ。

そう話す理央は、嬉しそうだった。

何をもって都会的とするのか。東京へ行けばそれでお洒落になるのか。染み付いた価値観も変えられるのか。そんなことはわからなかったけれど、地元から一度も出ずに一生を終えるのは嫌だった。実家は農家で、先祖から受け継いだ田んぼがあり、今は兄が父を手伝っている。兄も「家を継ぎたくない」と一度は両親に反発して他の仕事に就いたが、理央が助産師学校に入った頃には実家に戻っていた。半年ほど前に兄

の結婚式で実家に帰った時は驚いた。あまりに兄と父が似ていたからだ。自宅の居間で、胡坐（あぐら）をかきながらコップに瓶ビールをついでいる兄の姿が父親にしか見えなかった――たしかそんなことを、理央は教えてくれた。

「都会に出るためだったら助産師学校じゃなくてもよかったんです。美容師学校でも、服飾の専門学校でもなんでも。ただ看護師免許を取った延長で助産師になっただけで」

「うん。前に戸田さんがそう話してくれたのを憶えてるよ」

「都会に出たいという気持ちの中に、これまで会ったことのないような人に出会いたいという思いがあったんです。女の人とか男の人とか関係なく。地元にいたら、着る服も喋り方も、顔つきや人生までも全部周りと同化していく気がして。そんなことありっこないのに、そういう怖さがあったんです」

理央は手に持っていた箸を置いて、美歩の目を強く見つめてきた。

「だからどうしても助産師になりたくてなった、というんじゃないんです」

「まあきっかけは、どういうものでもいいと思うよ」

「最初に就職した病院では、この仕事の責任の重さに耐えられなくて……。でもローズに移ってきて、先輩たちが親切な人ばかりで、それでなんとかやっていけそうなものを感じていました。でもこのところちょっと疲れてます。いろいろあったから」

笑顔を浮かべていた理央の表情が、見る間に暗く翳っていく。どこまで立ち入ったことを訊いていいものか美歩はわからず、次の言葉をじっと待つ。

「自分の憧れていた都会でのいろいろが……こんなものだったのかと、最近思うんです。なにやってるんだろう私、って」

理央は置いていた箸をまた手に持って、天ぷらの茄子をつまむ。つまんでからまた箸を開いて茄子を皿に落とした。転がった茄子が皿の縁に当たる。

「前の総合病院で働いていた時のことですけど――」

理央が苦い顔を見せた。美歩は箸を置いて、その目を見返す。

「私の担当した妊婦さんに、三十八歳の人がいたんです。化粧品会社で研究職に就いているっていう初産の人でした」

彼女はとてもきれいな人だったと、理央は懐かしむように話した。旦那さんは年下の優しい人で、自分もこんなふうに結婚し、働き続けることができたらいいなと彼女のことを羨ましく感じていた。

「結婚も出産も諦めていたからよけいに嬉しいの、ってその妊婦さん、入院中に何度も言ってたんですよ。男性と同じように働くことはそう簡単じゃない。でも自分は負けず嫌いだから歯を食いしばってやってきた。柔らかくて温かいものの存在から目を背けるようにして生きてきたんだって。仕事は甘くない。だから中途半端な気持ちでやっていたら絶対に周りの人に迷惑かけてしまう。子供か仕事か——そのどちらかを選ばなきゃいけないとずっと思っていたって、私に話してくれました」

理央にとって思い入れのある妊婦だったのだろう。一語一語を、再現するようにして語る理央を見つめながら、美歩は頷く。

「旦那さんに出会って、子供か仕事かの選択をする必要なんてないのかもしれないと、彼女は決心したそうです。周りの人に迷惑だと非難されたなら、そこでまた違う生き方を考えていけばいいのかなって。『自分みたいに仕事一筋だった女がお母さんになれるなんて、嘘みたい』と言いながら、『でも今は母親になりたくてたまらない』って本当に幸せそうでした」

忘れられない出会いというのが、美歩の中にもある。これから先、何百人の妊婦や赤ちゃんに出会うとしても、一生忘れられない一度きりの関わりが、この仕事をしている人間ならば誰にもあるだろう。そしてそんな出会いが「明日もまた頑張ろう」という活力に変わっていく。

自分が新人の助産師だと知っていても、彼女は全然不安そうじゃなかったのだと理央は微笑んだ。妊婦の中には、「新人をつけないで」とはっきり伝えてくる人もいる。そんな中で彼女は「戸田さんを信じてます。お願いしますね」と励ましてくれた。二五〇〇グラムで生まれてきた赤ちゃんを彼女の胸の上に乗せた時は思わず涙が滲んだ。

赤ちゃんは力強くおっぱいを吸い、念願のお母さんになれた彼女は、その姿を嬉しそうに眺めていた。

「だからまさか、あの後であんなことが起こるとは思ってませんでした……」

赤ちゃんは新生児科医の診察も終えて、母児同室の許可が下りた。

そして赤ちゃんが産まれた日の翌日――。

理央が朝の申し送りをしていた時だった。

「赤ちゃんの顔色がおかしい」

と彼女の部屋からナースコールがあったのだ。駆けつけると、ピンク色をしていた赤ちゃんの皮膚が真っ黒になっていた。いつからか無呼吸――アプニアに陥っていたのだ。

すぐにモニターを装着して、体を温め、医師を呼んだ。だがアプニアは繰り返され、正常では一〇〇パーセントあるはずの体内酸素濃度の値が六〇パーセント台に落ちていた。酸素マスクをつけたり、挿管したり――できる限りのことをしたけれど、その子の命を取り戻すことはできなかった。

「ショックでした。自分のせいだと思いました。私の処置がどこかで間違っていたんだって……。彼女は『あなたのせいじゃない』と慰めてくれました。泣きながら『誰のせいでもないから』って。それから私は、彼女が入院していた部屋を目にするたびに、あの時の光景が浮かんできて手足が震えるようになりました。……気持ちを立て直そうとローズに移ることを決め、有田さんや草間さんに会ってまた仕事を頑張る気持ちになったんです」

「戸田さんはうちでよくやっているよ。若輩者の私が言うのもなんだけど」

長く助産師をやっていても、死産に出合うとしばらくは気持ちが塞ぐものだと草間が前に話していた。もう三十年赤ちゃんを取り上げてきている草間ですら、数日は落ちこんでしまうと。

「有田さん。でももう……私、嫌なんです」

椅子の背もたれに体重を預け、体を反らすようにして理央は顔を歪める。

「何が嫌なの？」

店内に客は少なかったが、それでも二組ほどが談笑していた。狭い店内なので彼らの話し声もはっきりと耳に届く。美歩は場所を変えて話を続けようと思ったが、それを口に出す前に、

「Ａｕｓの処置とかつくの、ほんと嫌です」

と理央が先に話し始める。美歩は辺りを見回した。誰もこっちを気にしていないのでほっとするが、Ａｕｓの意味が中絶であることを知っている人がいるかもしれない。

「戸田さん、もうおなかいっぱい？」

理央の前に置かれたトレーには、天ぷらもマグロの刺身も手をつけられないで残っている。炊きこみごはんも一口しか食べていない。虚ろな目をしてテーブルの一点を見つめている理央に向かって、

「混んできそうだから出ようか」

と促した。

レジで支払いをしている間、理央は店の壁にもたれ、窓の外の風景に視線を伸ばしていた。理央を外に連れ出すんじゃなかった。自分が思っているよりよほど、彼女の心が重症だということを改めて知る。

駅まで歩くのもきつそうで、美歩は店の前でタクシーをひろった。タクシーに乗ってから、理央は俯いたまま何も話さなくなった。口元を手で押さえるようにして目を閉じている。

「気分悪いの？」

美歩が話しかけたのもその一言だけだ。顔色をなくしたままの理央は、片手を鳩尾（みぞおち）に当て、疲れた表情で首を縦に振った。

「ごめんね、体調悪いところを無理に呼び出して。何か冷たいものでも買ってこようか」

理央をマンションに送りとどけ、心配なので部屋まで上がりベッドに寝かせる。

「冷蔵庫にポカリがあるんで」

冷蔵庫を開けると中はほとんど空っぽで、ポカリと飲みかけの赤ワインのボトルだけが入っている。理央は酒が飲めないはずなのに……。食べる物といえば瓶に入った梅干が中段にあるくらいだ。

「当たり前ですけど、命って平等じゃないですよね」

苦い薬を含むみたいに顔をしかめ、理央はポカリを飲む。

「命は……平等だと思うよ」

「生まれてくる段階で、すでに選別されるじゃないですか。生まれるのを許される命と、許されない命があるじゃないですか。そういうこと平気で、人間はしますよね」

これまでには見たことのない険しい目が、美歩に向かう。その場に座り、静かに理央の顔を見つめた。

「そういう……命の選別のようなことをするのが辛いのね、戸田さんは」

ベッドに横たわっている理央を、床に座ったまま美歩は見上げる。

「胎児の堕胎処置につく時は私、逃げ出したくなります。とくに人の形に成長した胎児を取り出すのは、本当に苦しくて……」

ローズでは十二週を経過した胎児は、膣錠のプレグランディンを使い経膣で娩出させる処置を行っている。週数によっては娩出直後の胎児に啼泣がみられ、呼吸のような動きもある。美歩たち助産師は、母親に泣き声が聞こえないようガーゼで胎児の口を塞ぎ、その微かな動きが止まるまで見届ける。その処置は美歩にとっても心底辛いものだったが、仕事としてやっていくしかないと自分に言い聞かせている。

「母親は自分の命を懸けて、新しい命を産むじゃないですか。でも命を葬る選択もする。その違いってなんなのかな？　生まれる意味のある命、ない命、そういう違いがあるんでしょうか」

いつの間にか涙を流していた理央が、胸の前に抱えていた枕に顔を埋める。

「でもしかたのないケースもあるよ。そうしないと母体の命を守れないこともある」

「それはわかってます。でもしかたのないケースじゃない……そんな時もあるじゃないですか？　私は自分のことが死神の手下のように思えることがあります。命の選別を平気でやってるから。だから、草間さんや有田さんのことも同じように死神の手下に見えることがありますよ」

顔から枕を外した理央の頬は、引きつったまま固まっている。

「平気じゃないよ。……平気じゃない。私も草間さんも何も感じずにやってるんじゃないよ。でも、望まれずに生まれてきて不幸になる子供もいる。病気を持って生まれてきたことで、家族やその子自身が苦しみ続けることもある。命を平等に守るということは、簡単なことじゃないんだと思う」

声に出して言った後、自分が口にした言葉の薄っぺらさに、美歩はきつく目を閉じた。この仕事に就いて垣間見てきた暗いものが、蓋をして塞いだ場所からとぐろを巻くように立ち上がってくる。人の狡さや弱さ身勝手さ。望まれない命の行く末――。

処置の後は、母親にはセルシンを投与し鎮静をかける。助産師は胎児の計測をして、棺代わりの箱に入れてから家族が望むようなお別れの手助け――グリーフケアをする。望んでいた子を亡くした家族の場合は葬儀会社との連絡や母児の面会もしていく。ただ、中にはまったくそうしたことを希望しない人もいる。妊娠そのものをなかったことにしたいと言う人がいるのも現実だ。

いつかまた戻っておいで――

生きることのできなかった胎児に、草間は心の中でそう声をかけるのだと教えてくれたことがある。美歩だってそうだ。今度は元気に生まれてくるといいね。私はあなたがここにいたことを憶えておくよ。そんなふうに小さな命の終わりを、見送っている。平然と処置についているわけではないことを、理央には知ってもらいたかった。

「すみません有田さん……もう帰ってもらっていいですか」

理央は布団に潜りこみ、その中からくぐもった声を出した。体を二つに折って、小さく丸まっているのが、布団の盛り上がった形からわかる。

「大丈夫？　一人で」

「はい。……これ以上有田さんにひどいこと言いたくなくて。私自身の問題なのに」

押し殺した泣き声が、美歩をやりきれなくさせる。自分は彼女に何を伝えられるだろう。

「勤務のこと無理しないでね。体が辛い時はいつでも言って」

美歩が声をかけると、

「はい」

と微かな返事が聞こえた。

「じゃあ、私帰るね」

ベッドに体を寄せて布団越しに囁いた後、玄関に向かう。ふと気になってこの前目にした写真を探したけれど、元の場所からはなくなっていた。美歩はもう一度理央を振り返った後、肩で押すようにしてドアを開け、外に向かった。

9

スマホの小さな画面で、海を見ていた。海で泳ぐ子供のコククジラの映像を見ながら、昨日の理央の言葉を思い出す。いつもは朗らかな人なので、あんなふうに彼女が激する姿を初めて知った。どう声をかけていいのかもわからず、結局何もできないいま帰ってきてしまったが、それでよかったのだろうか。今夜、理央は夜勤だというから、夕方の申し送りで顔を見ることができるはずだけど……。

――春になると、コククジラの母と子は、豊富なオキアミを求めて北の海を目指すのです――

ナレーションの声が、波の音と重なり心地よく耳に入ってくる。もう百回以上は再生した映像だった。母クジラと生まれたばかりの子クジラが、五千キロもの距離を、エサを求めて移動するドキュメンタリー。子クジラは一日五百リットルの乳を飲むのに、母クジラは海を移動している間、ほぼ絶食状態にある。北に向かうにつれて海は荒れ、水は濁り、すぐそばにいても母子は互いの姿が見えない。

そんな母子の前に、子クジラの柔らかな肉を狙うシャチの大群が現れて――。

海の世界を眺めていると、なんだろう……、いま自分の目の前にあることを引き受けるしかない、そんな気持ちになれる。世の中は実はとてもシンプルで、生も死も、もっと自然に普通にあって。生まれることも育つことも、本来は個人的なことではなく、もっと大きくて広い世界の中に存在している。うまく言葉にできないけれど、美歩は分娩の介助をしている時、自分が海になったような気がするのだ。

肩を叩かれて振り返ると、佐野の顔がすぐそばにあった。美歩は上半身を引くようにして耳からイヤホンを抜き、携帯の電源を切る。

「あの、なにか？」

　突然現実に引き戻され、一瞬にして頭に血が上っていく。

「草間さんが捜してたけど」

「あ、わかりました」

　美歩が頷くと、佐野が隣のテーブルにつく。手に新聞を持っているので休憩時間なのだろう。

「今のとこ大丈夫だから、ちょっと休んでおいで。疲れて見えるわよ、有ちゃん」

　三十分ほど前に草間にそう声をかけられて、実際のところ少し気が滅入っていたので、素直に言われる通りにした。バラ園で休もうと思ったが、外は小雨がぱらついていた。病院のすぐ斜め向かいにあるこの小さな喫茶店を、美歩はちょっとした休息の場所に使っている。院内にも休憩室はあるのだが、やはり外に出たほうが休まるのだ。

「今の、クジラ？」

　伝票を持って立ち上がった時に、佐野が顔を上げた。仕事以外のことで話しかけられるのは初めてで、「はい」という声が裏返る。

　佐野は美歩の顔を見ながら、

「クジラはいいな。賢いし、強いし、それに優しい」

と、微かに笑った。それからアイスコーヒーを半分まで飲み、首を傾けて言葉を待つような表情を見せた。美歩は普段とは別人のような柔らかな視線に戸惑ってしまい、「そうですね」とだけ返してレジの方に歩き出す。もしかして、私を捜しに来てくれたのだろうか。だとしたら、礼を言うのを忘れてしまった。だってこんなふうに話しかけられることなど、これまで一度もなかったから……。振り返ると佐野は再びテーブルの上の新聞に視線を落としていた。

喫茶店を出て、信号のない道路を横切り、ローズに向かって走っていく。気がつけばいつも走っている。学生時代は運動が苦手だったのに、人生は不思議なものだ。

「ププッ」と軽いクラクションの音が後方から聞こえてきた。振り返った先に、俊高が運転席から手を振っているのが見えた。

脇を通り過ぎていく彼の車に向かって会釈した。ほんの一瞬だけ、目が合う。一度車で送ってもらって以来、病院で顔を合わせるたびにこんなふうに挨拶を交わす。彼の車がローズの駐車場に入っていくのを見届けると、急いでいたのをすっかり忘れて、足を完全に止めていたことに気づいた。

「ごめん、有ちゃん。もう少し休憩させてあげたかったんだけど」

病棟に戻ると、美歩の姿を見つけた草間が、すまなそうな顔をして近づいてきた。今日の日勤リーダーは草間だ。赤い紐のついたピッチが胸元で揺れている。

「私のほうこそすいません。早々に休憩頂いて」

「いいの、いいの。今まで暇だったんだけどね。そうだ、さっき訊き忘れたんだけど、昨日、戸田ちゃんの様子どうだった？」

「そうですね……」

美歩は言い淀む。体というより心の問題なのかもしれない。

「まあそのことは、後でゆっくり聞かせてもらうわね。とりあえず処置室にいる乳腺炎の産婦さん看てきて」

草間が美歩の背中を軽く叩く。同僚はもちろん大切だけれど、今は目の前の妊産婦が第一だ。

柔らかな脂肪でできているはずの女性の乳房（にゅうぼう）が石膏（せっこう）のようになるなんて、この仕事に就くまで知らなかった。赤く腫れあがり熱を持った乳房を、両手で軽く挟み、緩やかにマッサージしていく。

「これは痛いですね」

と声をかけると、二十代半ばの産婦が、涙目でこくりと頷く。

赤ちゃんが充分に母乳を飲んでくれないと、溜まった母乳のせいで乳房がパンパンに張ってくる。授乳の後にそのつど母乳を搾り出せればいいのだが、そんな余裕もないだろう。乳腺炎、あるいは母乳が出ないという理由で外来を訪れる母親たちはみんな、疲れきっていた。乳房のマッサージをしながら、母親たちの思いを聴くことで心もほぐす。心がほぐれると、また頑張って育児をしようという気持ちになれるからというのは、草間の教えだ。

「辛かったですね」

思いを代弁することで、母親の表情が和らいでいく。

「はい。もう、てんぱっちゃって」

「わかりますよ。みんなそうですよ。想像してた以上に、生まれたての赤ちゃんのお世話って大変ですよね」

新生児という生き物は、助産師の自分ですら「ちゃんと生きられるのか」と思うほど頼りない。卵の殻を破って出てくるヒヨコよりも、もっとだ。そんなか弱い生き物と四六時中一緒に過ごす母親は、本当に大変だろう。子供の生死が自分の手の中にある。そんなプレッシャーに潰れそうになる母親も、いて当たり前だと美歩は思う。

「有田さんはお子さんいるんですか」

「私ですか？　いないんですよ。しかもまだ独身で。誰かいい人がいたらご紹介ください」

美歩がおどけると、産婦は意外そうな顔を見せる。

「外来で何度かお会いしましたよね。何人かおられる中で、私は有田さんが一番安心できました。お腹に触れる手が優しいというか……。だからてっきり、もうお母さんなのかと思ってました」

そう言われてカルテにある産婦の名前を改めて確認する。佐井美津子（さいみつこ）という名前は記憶にあった。

「ほんとですか？　嬉しいなあ」

「年配の方はしっかりしすぎてて、ちょっとびびっちゃうし。師長さんは冷たいというか、機械的な感じがして。もう一人の若い人はおどおどしたところがあって、大丈夫かなって」

草間、巣川、理央の顔を浮かべ、美歩は口元を緩める。なかなか鋭い洞察力だ。妊娠中は身を守るために直感が冴（さ）えるという。

「みんな一生懸命やってますけどね」

パン生地を捏（こ）ねるみたいに乳房を揉みしだき、美歩は笑う。搾乳をすませると、熱く腫れていた乳房が手の中にすっぽりとおさまった。熱感も引いてくる。赤ちゃんは成長するにつれて母乳を飲む量が増える。母乳の飲み残しも減ってくるはずだ。そうしたら乳腺炎もよくなると伝える。

「安心しました。あれ、どうしたんだろう、涙が出そうです。ほっとしたら涙が……」

佐井さんが目を閉じたまま、ゆっくりと呼吸を繰り返した。

「助産師をやってていつも思うんですよ。昔々のずっと昔から、女の人はこうやって女の人を労ってきたんだろうなと。昔は男が狩りでいない時なんか、女だけで過ごしますよね。子供を守って。だから女性は本来、痛みや苦しみを分かち合うのがうまい気がします」

美歩は低く囁くような声を出した。このまま眠ってくれてもいいと、ゆっくりと話す。

「狩りって。どれだけ昔の話ですか」

佐井さんは目を閉じたまま、くすくすと笑った。

分娩につく緊張感も嫌いではないが、こうして母親たちと触れ合える時間が、美歩は好きだった。自分は妊産婦の母親でも、娘でも、姉妹でもない。偶然に病院で出逢っただけだ。それでもこうして触れ合っていると、繋がっていく瞬間があり、身を委ねてもらえる心地よさや、自分の手が命を育む手伝いをしているのだという喜びを感じる。人は人を労わって守って、命を繋げてきたのだと信じることができる時間だった。

「ちょっと有田さんっ」

ノックもなくドアが開くと、巣川が顔を出した。緩やかに流れていた部屋の空気が一転する。

「ここ辻門さんに代わってもらって、師長室に来てちょうだい。今すぐ」

その甲高い声に、佐井さんがびくりと体を震わせた。何事かと驚きながら、佐井さんの胸の上にバスタオルをかけていると、続いて辻門が入ってきた。辻門も困惑の表情を浮かべている。美歩はベッドに横たわる佐井さんに「すいません。ちょっと交代します」と頭を下げ、部屋を出た。

苛立ちのにじむ背中が、廊下の先に見える。美歩は一度大きく深呼吸して気持ちを切り替えると、一階の渡り廊下を抜け、病棟の一階にある師長室に向かった。

師長室に入ると、巣川が向かい合わせに置かれているソファのひとつに腰かけていた。

「そこに座って」

美歩がソファに腰を下ろすと同時に、巣川は組んでいた足をほどいて立ち上がりドアの鍵を閉めた。どうして鍵を閉めるのだろう。美歩の危険センサーがくるくると回転を始める。

「単刀直入にいうけどね、有田さん」

そう切り出した後、巣川はしばらく腕を組んで壁を睨んでいた。美歩は黙ったまま口が開くのを待つ。

「昨日、戸田さんに会いに行ったらしいわね。彼女が休日のところをわざわざ」

「はい」

どうしてそのことを知っているのか疑問に思ったが、巣川は早口で質問を重ねてくる。

「どうして行ったの？」

「どうして、と言われましても。たまには後輩とゆっくり話すのもいいかと思って」

「それで？」

「それで、とは？」

「何を相談されたの？」

「何をって……」

巣川が右手の人差し指をこめかみに突き立てた。自分はいままでの会話のどこで失敗したのだろうと考える。怒らせるようなことを、口にしただろうか。

「有田さん。私が院長にあなたの反抗的な態度を報告したら、すぐにでも解雇できるのよ」

こめかみから指を離し、その指で巣川が美歩の眉間を射貫く。

「解雇って、そんな……。私が何をしたって言うんですか」

巣川は自分の思いのままにならないスタッフを、これまでに何人も切ってきている。

助産師に限らず、看護師や看護助手や医療事務も。彼女に嫌われてもここでやっていけるのは草間くらいだろう。

「草間派だからって安心してるのね」

苛立ちを募らせた目で巣川が睨んでくる。この小さな病院に、派閥などあるのだろうか。草間派が自分と理央だとしたら、あとのスタッフは何派になるのか。

「あの人だって私に対してこれ以上失礼な態度をとるようなら、こちらにも考えがあるのよ。もっと待遇をよくして募集かけたら、あの人より仕事ができて、さらに品性もある助産師なんていくらでも雇えるの。それをわかっていないのよ、彼女。自分が頂点だとでも思ってるのかしらね」

薄い笑みを浮かべ、巣川がわざとらしいため息をつく。

「まあいいわ。とにかく、戸田さんが話したことは誰にも漏らしてはいけないわよ。わかってるとは思うけれど、それは結局戸田さん自身の汚点に繋がるんだから」

「汚点？　どういうことですか。私、特に何も聞いてないんですけど」

美歩がむきになると、巣川は意地悪く笑った。

「ま、嘘はついてないようね。よろしい。あなたの正直なところは合格。さっきは解雇って言っちゃったけど、このまま働いてちょうだいね」

吊り上げていた目を細め、作り物の笑顔を見せる。攻撃の姿勢から突如親密を装った態度。彼女独特のアップダウンに、さすがに全身の力が抜ける。

「戸田さんのことには、もう首をつっこまないでちょうだい」

理解ができないまましかたなく頷くと、巣川は満足そうに立ち上がってドアの鍵を開けにいった。美歩も腰を上げ、ドアまで歩きながら書類や私物が所狭しと積み上げられている部屋の中を見渡す。風が吹いたり地面が揺れたりしたら、瞬く間に崩れ落ちて足の踏み場はなくなるだろう。不安定で混乱している室内は、彼女そのもののように思えた。

「じゃあ、もう行っていいわよぉ」

口端を持ち上げて微笑む巣川から逃れるように身を翻し、美歩は部屋を出る。

佐井さんはもう帰ってしまっただろうかと思いつつ、外来棟の処置室に向かった。

それにしても、巣川の気分の浮き沈みはこのところ手がつけられなくなっている。美歩がここへ来た三年前は、今よりも少しはましだった気がする。もちろん当初から気分にむらがあって、気にいらないことがあるとヒステリックに怒鳴ったりはしていたけれど、ここまで制御不能な感じではなかった。今の巣川は腹の中に回虫がいる犬みたいにいつも落ち着かない様子で苛々している。

処置室に戻ると、中には辻門だけがいた。ベッドのシーツを取り替えているところだった。

「すいません辻門さん。おっぱいマッサージ代わってもらっちゃって」

「いいのいいの。それより、どうしたの」

辻門が切れ長の目を美歩に向ける。

「まあ……よくわからないんですけど、注意されました」

「美歩が怒らせちゃったの？　珍しいじゃん」

「草間派とか言われましたよ」

「うそ、何それ。派閥あったんだ、この病院」

辻門が楽しそうに笑うので、

「草間さんも私も、師長の言うことを聞かないと解雇だ、みたいに脅されちゃいましたよ」

美歩は調子に乗って唇を尖らせる。

「えっ、それ笑える。だったら誰がお産とるのよぉ。師長、お産とれないじゃん」

辻門が腰を折って笑い、どんよりした気分が少し持ち上がった。働いていると、いろんなことがある。誰かに嫌なことを言われることも、数え切れない。でもそんな嫌味にしても経験と自信を積み重ねていくにつれて、はね返せるようになってくる。満員電車で足を踏まれるくらいのものだ。ただやっぱり苛立ちや不満をぶつけられた時は気分も落ちるし、心も濁る。だからこんなふうに愚痴を聞いてくれる同僚がいることはありがたい。

「叱られたことなんて、気にしないでいいから。更年期に突入したんじゃないの、彼女」

「更年期ってここまで影響するんですか」

「ホルモンが変化する時期って、女はおかしくなっちゃうもんよ。ほら、美歩も小学校高学年の頃に感じなかった？　クラスの女子が急に揉めだすじゃない。みんな意地悪になっちゃってさ。グループができて女子同士こそこそ、ひそひそ、ってやつ」

「ああ、わかります。ありました。それまでみんな子供らしくわいわいやってたのに急に女子特有のじめっとした感じになって」

「それそれ。あれもホルモンよ。ホルモンバランスが乱れると、女って精神的におかしくなるのよね。困ったもんよ」

女の一生はやっかいな感情の連続よ、と辻門は額の汗を拭うふりをした。

「それにさ、師長と院長、もう別れる寸前らしいよ。院長は切りたくて、師長が必死でしがみついてる感じなんだって」

「それほんとですか」

「うん。医療事務員の松本さん、知ってるでしょ。彼女から聞いたの。本職は諜報（ちょうほう）活動？ってくらいすごいよ、松本さんのデビルイヤー」

美歩がくすくすと笑っていると、

「男にとっちゃ不倫なんて金魚すくいと同じよ」

辻門がやりきれないといった表情になる。「裸電球の下の金魚。赤くてヒラヒラしてて。胸を衝かれて衝動的にすくってはみたけれど、持って帰るのはちと面倒。家で飼える場所はありません、どうしようってね」

歌うように口にして、でも辻門はどこか同情的な顔つきのまま「妻帯者にすくわれても、救われません——」とおどけてみせた。

「そうそう。救われないといえば、しゃれになんない話、聞いたんだけど」

辻門が急に声のトーンを落とした。ドアを開けて廊下に人がいないか確認しに行く。

「美歩にしか話せないと思って。草間さんに聞かせると本人に直接問いただしそうだし、巣川師長に相談するなんて論外だから」

いったん口を閉ざす辻門を見つめた。

「どうしたんですか」

「佐野先生のことなんだけど」

「佐野先生？」

体を引くようにして身構えると、

「今日ね、外来の診察に来た妊婦さんから聞いたんだけど」

と辻門は、耳に息がかかるくらい口を近づけて「佐野先生に関するね、おかしな噂が立ってるんだって。ストーカー行為っていうのかな」と囁く。

辻門は美歩の反応を待つようにしていったん口を閉じ、

「私も真偽を確かめたわけではないから、なんとも言えないけど。でもやっぱりそうした噂が出るのはよくないと思うのよね」

と慎重に言葉を続けた。

「その噂、誰が言い出したんでしょうか」

「誰がというんじゃなくて、けっこう広まっているみたい。もう何度も見られてるんだって、佐野先生が中野駅の周辺で若い女の子に言い寄っているとこ」

「何度も？」

美歩はいつか医療事務の松本から聞いた話を、すぐさま思い出す。あの後いろいろなことがあって、そんな話を聞いたことも忘れていた。本当のところ信じてもいなかったので、軽く流していた。

「私ももちろん初めは信じなかったわよ。でも……」

いつもはさばさばとした話し方をする辻門がためらっている。美歩はその顔をまじまじと見て、と次の言葉を待つ。

「でも?」

「思い当たるふし、あったの」

眉間に皺を刻み、辻門は声を潜める。

「なんですか? 思い当たるふしって」

美歩が目を瞠ると、辻門は少し迷った後、

「綱島温雨さん」

という名前をため息と同時に吐き出した。

「綱島温雨ってたしか……」

温雨のことは美歩も憶えている。

たしか健診もなく飛びこみでの分娩だった。健康保険証も持っていない、まだ高校生みたいな……。

「私も初めは信じてなかったんだけど。佐野先生が言い寄ってるところを見たというのが、綱島さんと同室だった人でね。一度や二度くらいなら気にしないけどって」

「そんなに頻繁に?」

「そうらしいのよ」

辻門は、噂の真偽を佐野に確かめるべきかどうか迷っているのだと顔をしかめた。

どちらにしても、噂が広まって佐野がやめでもしたら、病院はたちまち機能しなくなる。院長はあの調子だし、非常勤の医師にも、いつ手を引かれるかはわからない。

「私ね、実は佐野先生って嫌いじゃないのよ」

深刻な空気を和らげるように辻門が明るい声を出した。

「口数は少ないし、何考えてるのかわからないけど、でも仕事はきちんとするでしょ。当直の日に眠っているところを起こしても、絶対に五分以内で来てくれる。非番の時ですら、可能な限りは駆けつけてくれるもん」

「まあ確かに、ドクターコールしてからすぐに現れますね」

「判断も迅速で、手技もある。的外れなプライドもないから、ここで手に負えないと判断したら大きな病院に搬送もする。患者のためなら頭だって下げられる」

「草間さんも前に同じことを言ってました」

「とにかくこれ以上おかしな噂が広まらないように、私たちも気をつけていかないとね。美歩も何か聞いたら私に教えて。時期を見て草間さんにも相談してみるつもりでいるから」

辻門の言葉に頷くと、美歩はシーツ交換の続きを手伝う。

「やっぱり日本の病院は清潔ねえ。乳房のマッサージ一回ごとにシーツを交換するなんてマラウイでは考えられないよ」

辻門は日に焼けた肉厚の手で、手際よくシーツをさばいた。外国でボランティアをしている彼女の話はどれも、美歩にとっては遠い世界のことだ。お産をとるために手漕ぎの舟に十時間以上も揺られ、山奥の小さな村を訪れた話。三歳を過ぎても立つことのできない子供の家に、毎日牛乳を届けた話。子供が歩けるようになるまでは、自分も日本に戻らないって決めていたのよ——。辻門が語ってくれる出来事のひとつひとつが美歩の胸に残っている。

「辻門さんを見ていると、もっと頑張らなきゃと思います」

「美歩は頑張ってるじゃない」

「いえ、辻門さんみたいに、どんな場面でも頼りになる人になりたいっていうか」

「そんなたいそうなことじゃないよ。私はね、自分を必要としてくれる場所にいたいだけなの。私にとっては、それが生きるってことなのよね。だから必要とされるように努力してる。それだけ」

辻門が笑いながら、はいだシーツを美歩に押しつけてくる。美歩も笑い返して、リネン室に持っていくためにシーツを折りたたんだ。

ここで働けてよかったと思う。自分の仕事に誇りを持てるかどうかは、先を歩く人がどんな生き方をしているかにかかっている。彼らの背中がどう見えるかだ。

辻門の後ろ姿は眩しい。でもいつかは追いつくつもりでいる。ローズでの後輩は理央しかいないけれど、彼女の目に自分の背中はどんなふうに映っているのだろうか。

10

辻門と話をしてから十日余りが過ぎ、七月も半ばにさしかかる頃、美歩は電車の中で佐野を見かけた。日勤を終え、新宿で中央線に乗り換えてマンションに戻る途中だった。

佐野の姿を目にしてすぐに、中野という地名が頭に浮かんだ。中野駅は新宿と美歩の住む荻窪の中間にある。

もしかして、中野に――?

佐野に気づかれないように、美歩は車内の混雑に埋もれるようにして、車両の隅に移った。人の後ろに隠れながら、佐野を目で追う。今日は平柳が当直なので、彼はオフのはずだった。

電車が中野駅のホームに入った時はもう、心に決めていた。佐野がもしこの駅で降りたら、自分も降りよう。鼓動を速くしながら佐野の動きを追い、中野駅で降りる人の列に彼が並んだ時点で、美歩もドアに向かった。

慣れた様子で駅の北口改札を抜けていく佐野の、かなり後方を美歩は歩く。佐野は美歩に気づく様子もなく前だけを見ていて、後を追うのはそう大変なことではなかった。これだけ大勢の人がいるのだ。意志的に探さなくては、人が人に見えない。ぼんやり歩いていると、すぐに行き場を見失ってしまう、そんな雑踏の中を佐野は脇目もふらずに進んでいく。

佐野がストーカーをしている――。無責任な噂を本気で信じているわけではない。誰かが悪意を持って流していることも考えられる。もしくは恋人が中野に住んでいて、その女性が綱島温雨に見間違われただけということもある。

憶測の中で話をしてもしかたのないことで、辻門の言う通り佐野に直接訊くのが一番早いのではないだろうか。

賑やかなアーケード街に佐野が入っていくので、美歩も人混みをぬうようにして小走りで追いかけた。しばらくまっすぐ進んでいた彼が、ふと姿を消すように折れた横道には飲食店がひしめき合い、室外機から吹き出す生ぬるい風が、顔にも体にもまとわりついてくる。

ひびの入ったアスファルトの地面。嗅覚を直に刺激するような食べ物の濃い匂い。息苦しいくらいに狭い路地を抜けてから十五分ほど歩いただろうか。

住宅街の一角で佐野が立ち止まったので、美歩も足を止める。二人の距離は三十メートルくらい。もし彼が後ろを振り返ったなら、自分の姿は完全に彼の視界に入るだろう。身を潜めたくても、辺りには電信柱くらいしか立っていない。

だが佐野は振り向くことなく、顔を上に向けた。空を眺めるように立ち尽くしている。なんだろう。何を見ているのだろうと美歩も同じ方角の空を仰ぐと、ぽたっと頬に雨の雫を感じる。

引き戻してくるかと美歩は後ずさったが、佐野がまた歩き出した。さっきより早足になっているのは、雨の気配を感じたからだろうか。美歩はバッグの中から折りたたみの傘を取り出した。

顔を覆うようにして傘を差し、佐野の後ろ姿を再び追いながら、綱島温雨の姿を思い出す。その攻撃的な物言いにスタッフは腹を立てていたが、化粧を落とした彼女は高校生といっても通るほど幼く、いつも不安気に眉根を寄せていた。抱っこひもで結わえるわけでもなく、細い両腕で赤ちゃんを抱え、飛びこんできた日と同じ服を着て退院していく姿はどこか寂しそうで、美歩の記憶にも残っていた。そういえば、退院した日も雨が降っていた。傘を持っていなかった彼女に傘を差しかけた人がいて――そうだった、佐野が彼女に駆け寄っていた。

雨がかなり強くなってきたところで、佐野が一棟の建物の前で足を止める。月極め駐車場に隣接する、壁全体が淡いピンク色に塗られた二階建てのアパートだった。建物の向かって右側に外階段があり、ドアが六つ、一階と二階に三つずつ並んでいた。

老朽化した建物に壁だけ色を塗り直した佇まいは、壁の色のせいかカラオケボックスのようにも見える。

美歩は注意深く周囲を見渡した。噂が本当ならばどこかに温雨がいるかもしれない。「まさか」という思いの反面、「もしかすると」と疑う自分もいる。

二階の道路側の部屋のドアが開き、中年の女性が中から出てきた。ドアに鍵をかけた後、外廊下を歩き階段に向かっている。美歩はとっさに前を向き、通行人のふりをする。アパートを見上げていた佐野も、さりげない動きで建物の裏側、美歩の視線の届かない場所に姿を消した。

女性が歩き去ると、再び姿を見せた佐野が一階の外廊下に入りこみ、三つあるドアの、一番奥の前に立った。美歩は佐野がよく見える辺りまで近づき、彼の様子を眺めた。佐野の手がドアの横の壁に伸びる。呼び鈴を押しているのだろう。

ドアが開き、中から誰が出てくるのか――。

美歩は鼓動を速くしながら、佐野の背中を見つめていた。だがドアが開く気配はなく、諦めたのか佐野がこちら側に振り返った。

美歩はとっさに傘で顔を隠す。佐野が早足で外廊下を戻り、今度は建物の裏側に回っていく。

これ以上近づくと気づかれる不安もあったが、美歩も建物の裏側が見える場所まで歩いていく。佐野が奥の部屋の窓を、のぞきこんでいる。カーテンのせいで中の様子は見えないはずだが、窓に額を押し当てるようにしていた。不審者にしかみえない行動だが、その後ろ姿に切羽詰まったものを感じ、どうしても目が離せない。雨がさらに勢いを増していく。

五分以上はそうしていただろうか。

佐野が、窓にくっつけていた顔をゆっくりと剝がし、歩き出した。離れていても彼の全身が力を失くしているのがわかる。美歩は佐野に背を向けて、来た道を足早に戻る。駆け足で、今度は佐野の歩くずっと先を行き、左へ曲がる路地を見つけて横へそれた。数分の隔たりの後、佐野が通り過ぎていくのを息を詰めて見つめていた。

大粒の雨が勢いよく降り始めたのに、来た時より緩慢な足取りで佐野が駅に向かって歩いていく。

美歩はもうその後を追わなかった。雨滴に紛れた後ろ姿が視界から消えると、足元から疲労が這い上がってきた。マイクがハウリングしているような音が頭の中で回り始める。赤ちゃんの泣き声みたいに、神経に直接響く感じがした。

佐野が立ち去ってしばらくしてから、駅までの道を歩いた。雨は本降りになってきたが、寒くはないので急ぐつもりはない。自分が彼の後を尾けていることを、いっそ気づかれたほうがよかったのかもしれない。そうしたら直接「何をしているのか」と訊けた。こんなにもやもやした気持ちだけが残ることもなかった。行き交う人々が傘を広げている。どこからか、カレーの香辛料の匂いがしてきたが、空腹は感じられず、高まっていく雨音を、ぼんやりと聞いていた。

11

更衣室には、制汗スプレーの甘い香りが混ざり合って漂っていた。普段は閉じている窓が開いていて、湿気を含んだ夏の風が部屋の中に入ってくる。美歩が窓を閉めてエアコンをつけると同時に、大きな音を立てて入り口のドアが開いた。

「お疲れさん。有ちゃん、夜勤よろしく」

いつもの朗らかさで、草間が片手を挙げる。

「よろしくお願いします」

「どうしたの？　元気ないわよ」

草間はつばの大きな帽子をとりロッカーの扉を開くと、美歩を振り返った。

「そんなことないです。昨日は早く帰って、睡眠も充分ですよ」

本当は、ほとんど眠っていない。雨に濡れながら窓にかじりついて、アパートの部屋の中をのぞきこんでいた佐野の姿が、頭に浮かんで消えないのだ。

昨日のことを草間や辻門に話したほうがいいのかどうかと思い悩んでいたが、あのアパートに綱島温雨がいることを確認したわけではない。あの後気づいて表札を見に行ったけれど、六つのどの部屋にも表札など出されていなかった。

「だったらいいんだけどね。今日はスーパームーンよ、覚悟しといてね」

「スーパームーン？」

「月が地球に最接近する日と、満月が重なった時に見える、大きな月のことよ」

「なんか、赤ちゃんを引っぱる力もすごそうですね。そういえば昨日は雨で月が見えなかったな……」

温雨のお産からもうひと月が経ったのかと、まだ明るい窓の外に目をやる。

「まあぼちぼちいきましょう」

草間は手際よく着替えを済ませて「トイレに行きたいから」とさっさと部屋を出ていった。何をやるのも本当に早いと感心する。だがそうでもなければ正職員として夜勤もしながら男子を四人も育てるといった芸当はできないのだろう。草間の明るい顔のおかげで曇りっぱなしの気分が少し晴れる。

深夜の分娩が二件続き、午前四時を過ぎた頃ようやく椅子に座れた。

「さすがに今日は疲れたわあ」

喉の奥を震わせてため息をつき、草間が大きく伸びをする。首を左右に倒すたびに関節の音が鳴った。

「草間さん、だいぶお疲れなのでは？」

「まだまだいけるわよぉ。でもまあ、さすがに年々きつくなってるわね」

「少し仮眠してきてください。私が病室と新生児を看ますから」

今夜の産婦は二人ともが経産婦で、五時間に満たないお産だった。経産婦の分娩時間の平均は七、八時間といったところなので、早いお産だといえる。巡回の時、分娩を終えたばかりの産婦が病室で泣いているのを見かけた。月を眺めていたのだという。いつもより明るくて大きな月が西側の空にあり、見とれていたら急に涙が出てきたのだと、彼女は幸せそうに笑った。

「そうね。今日のところは有ちゃんに甘えちゃおうかな」

草間は欠伸（あくび）をかみ殺し、

「でもその前に」

と人差し指を美歩の鼻に向ける。

「有ちゃん、私に何か隠してるでしょう」

不意打ちだったので、不自然なくらいに顔が強張る。

「やっぱりね。最近表情が暗いなと思ってたのよ」

クーラーを利かせすぎたのか、噴き出した汗が冷えていく。美歩は鳥肌の立った腕をさすりながら、視線を足元に落とした。

「何かあった？」

包みこむような優しい声が、静かに響いた。

視線を外したまま黙っていると、「巣川師長のことでしょ？」と草間は首を傾け、「この前ね、辻門ちゃんから少しだけ聞いたのよ」

と声の調子を落とす。

「巣川さんが有ちゃんを呼び出したんだって？　産婦さんの対応をしていたあなたをわざわざ捜して、辻門ちゃんと交代させてまで？」

草間が確かめるように話すので、美歩は黙って頷く。

「何か言われたの？」

「……戸田さんのことです。もう首をつっこむなって。あと、反抗的な態度をとったら解雇だと言われました」

美歩は顔を上げる。

「そうだったの……。困ったもんね、師長も。何を考えてるのかさっぱりわからないわ」

いつもの愚痴ではなく深刻な表情で長いため息をつき、「巣川さんも昔は真面目でだけど今よりずっと若くて、彼女、目を瞠るような美人だった……」

「彼女が私のいた病棟に入職してきたのは、彼女が二十五歳の時だったの。当たり前

一生懸命だったのよ」と草間は話し出す。

巣川さんて、プライドが高くてやりにくい——そんな声が他の助産師たちからは聞こえていた。でも、草間はそうは思わなかった。彼女は想いをうまく表現できない人なんだ。そんなふうに心配していた。

もちろん並外れて不器用なところもある。点滴のルートを取るのも下手。ルートが取れそうな太い血管が他に何本もあるのに、一番細い血管に針を刺してしまうようなセンスのなさ。この仕事は頭がいいだけでは勤まらない。高名な四年制の大学を卒業したという彼女を見て、改めて感じた。それでも、「どんなに不器用な人でも、十年間同じことを誠実に続けていれば、それなりの仕事ができるようになる」落ちこむ巣川にそう声をかけ続けた。本当にそうだから。彼女は苦しんではいたが、彼女なりの精一杯で業務をこなそうとしていた。きっとあのまま努力し続けていたなら、彼女はいい助産師になれたはずだ。今でも、そう思っている。

でも、あの事件が起こってしまった。

巣川が初めて自力でお産を取り上げたあの夜。草間は非番で、その場にいてやれな

かった。

分娩を終えた直後だった。男児を出産したばかりの母親の容態が急変し、巣川は医師を呼んだ。

つい数分前まで赤ちゃんに母乳を含ませていた母親が、顔を歪めて全身を震わせていたという。痙攣発作だった。

医師が処置をしている間中ずっと、巣川は母親の枕元で名前を呼び続けたらしい。

「分娩室でも我慢強い母親だった。だからその時もただ、我慢して押し黙ってるのかと思った」のだと、後になって巣川は話した。

だが結局、医師が処置を施しても、母親の意識が戻ることはなかった。羊水塞栓症。羊水や羊水中の胎盤成分――胎児の髪や便、脂肪などが母体の血中に入りこみ、その物質が血流にのって肺に到達し、塞栓を起こす。産婦の死亡例としては珍しくなく、誰に責任のあることでもない。医師はそう説明した。発症頻度は全分娩の〇・〇三パーセントと稀ではあるが、母体の死亡率は六〇から八〇パーセントと極めて高いものだった。

巣川がまともに働けなくなったのは、その一件からだ。どれほど慰めても、自分を責めることをやめず、日に日にやつれていく巣川に対して、これ以上は無理だと周りがストップをかけた。

「それから半年ほど、巣川さん休職したのよ。それで次に職場に現れた時は、以前の彼女とはずいぶん感じが変わっていたわ」

ひたむきな姿を消し去り、攻撃的にふるまうことで、自分自身を維持するようになったのだ。彼女の変化の陰に何があったのかと、周りにいた誰もが訝しんだ。休職中の巣川に、何が起こったのか——。

業務を適当に流し、ミスを犯しても反省することがなくなった彼女に対し、もちろん草間はきつく注意し、忠告もしたが、何ひとつ聞き入れようとはしなくなった。

「ねえ、有ちゃん。この仕事をしていると、辛い思いもいろいろあるでしょう？　もっと別のやり方があったんじゃないかって自分を責めることや、力不足が怖くなることも。悩むことは苦しいけれど、だからって悩まなくなったらもう助産師としては終わりよ。辛い出来事をあっさりと忘れてしまったら、この仕事を続ける資格なんてない。私たちは生まれてくる子とその家族の、人生を預かっているんだから」

巣川がこんなふうになったのは自分のせいかもしれない。時々ふとそう思うのだと草間は苦笑する。指導的立場にいたのに、彼女がおかしな方向に進むのを止められなかった。野原院長に乞われてこの病院についてきたのは、自分と同様に巣川も声をかけられていたからかもしれない。このまま彼女を見放すわけにはいかないという切羽詰まる気持ちがあったから——。

「そうだったんですか」

　美歩の胸の中に、すとんと落ちてくるものがあった。草間の、巣川に対する複雑な感情。二人の間には、美歩の知らない十九年間がある。

「私は、彼女のことをただ嫌っているわけじゃないの。彼女もそうなんじゃないかって思ってるんだけどね、私としては」

「そういえば、最後の最後では、草間さんの指示に従ったり……しますよね、巣川師長」

「そう。本当は彼女、すごく弱い人なのよ。自分に自信がなくて、いつもびくびくしてる。それを、野原院長と関係を続けることでごまかしてる。休職中に起こった彼女の変化は、野原院長とつき合うようになったからよ。つき合ってる男に権力があっても、そんなもの、彼女の生きる力にはならない。そのことを彼女は二十年近くも気づけないでいるの。有ちゃんは、ひとかどの助産師になりなさい。そうしたら、絶対にぶれない強さが自分の中にできるから。仕事をするって、生きることなのよ。真剣に働くってことは、真剣に生きるってこと」

「でも私はまだ、そこまで助産師である自分に、自信はもてないです。この仕事に向いているのかもわからないし……」

「そう？　でもね、助産師って本当に楽しい仕事よ。昔は『むかえびと』と呼ばれてたの、知ってた？　命を一番最初に迎える人だから」

むかえびと……。初めて耳にする言葉だった。

「私たちむかえびとは、どんな時も芽生えた命の味方よ。命の手触りを知る私たちだからこそ、この世に無意味な命などないことを信じて、働かないといけないの。有ちゃんはきっと、それができる人よ」

草間は言いきると、ふと力を抜いたように笑う。立ち上がり、「仮眠室で横になるわ」と部屋を出ていく後ろ姿に「おつかれさまです」と声をかける。

美歩は新生児室に向かった。蛍光灯に照らされて眠っている新生児の顔を一人ずつ、時間をかけて眺めていった。

穏やかな新生児の寝顔に見入っていると、どんな時よりも強く、自分の仕事の重大さを感じる。触れると溶けそうに柔らかで、でも命の熱さがあって。無力でか弱い存在を守っている。自分はこの使命感をずっと持ち続けられるだろうか。

コットに眠る赤ちゃんの手に、指で触れた。小さな手のひらが、強い力で美歩の指を握ってきた。絶対にぶれない強さ——自分にとってそういうものがあるとしたら、いま感じている、この胸の熱さなのかもしれない。

12

荻窪から電車に乗りこむと車内は空席だらけで、美歩は余裕の足取りで席に座った。冷房の風を感じながら携帯を取り出し、まだ二時を少し回ったばかりなのを確認する。今日はせっかくのオフなので、新宿で買い物でもして気分転換をすると決めてきた。ただ、快適な場所に腰を落ち着けると同時に睡魔が襲ってくる。美歩は胸の前でバッグを抱えるようにして、体を前に傾けた。慢性的な睡眠不足が自然と瞼を閉じさせる。

目を閉じると夜勤中に草間と話したことが蘇ってきた。今よりずっと若い頃の巣川のこと、仕事への在り方が、生き方そのものを変えてしまうということ。それから……佐野のことも。

雨の中を歩く丸まった背中や思いつめた顔が、瞼の裏に浮かんでは消えて――。シートにもたれ、ぼんやりしているうちに意識が遠ざかっていく。

夢だということをはっきりと意識しながら、夢を見ていた。電車の揺れも、前の席のおばあさんたちの話し声も、頭の奥の方から聞こえてくる。

——真田晃一くんっていうの。

美生に向かって、そう話しかけている自分がいた。晃一の話をしているので、夢の中の自分はおそらく高校三年生。彼氏と呼べる人ができたのは、生まれて初めてのことだった。

——う、うん、うん。

写真を見せると、美生は片方の口端を思いきり横に引いて笑った。

晃一がサッカー部に入っていることや自転車通学をしていることなど、美歩は思いつくままに口にする。普段は学校から帰ってすぐに自分の部屋に行ってしまうくせに、われながら勝手なものだ。

——有田って、進学どうすんの？

新しいクラスに替わったばかりの時、晃一と偶然席が隣になった。

——看護学校に行く予定。

——へぇ。そうなんだ。大学？　専門？

——専門。できれば都立に行きたいんだ。学費安いから。

何の根拠もないのに、晃一は「有田なら絶対大丈夫」と親指を立てた。大丈夫と告げられて、そういえばこの男子はいつも自信満々だなと可笑しくなった。でもそんなふうに断言されると、やっぱり嬉しい。

――真田くんは、どこ受けるの？

――おれ？　おれは……。

目と口が同時に開くくらいに偏差値の高い大学名を挙げ、「でも現役では無理だから、一浪してから合格の予定」と声を出して笑った。

彼が希望通りの大学に合格したのは、美歩が看護学校の一年目を終える頃で、「将来は飛行機に関わる仕事がしたい」と工学部に進んだ。

美生には晃一とのことをなんでも打ち明けた。どこで遊び、何を食べたか。親には内緒で行った蓼科（たてしな）への一泊旅行も、美生にだけは隠さず話し、「またカメラ？」と彼に面倒がられるくらいたくさんの写真を撮って美生に見せた。どんなささいな話でも、美生は手足を揺らし、喜んでくれた。

美生にできないことを全部、自分が代わりにやっていこう。幼い時はあれほど反発していたくせに、その頃の自分は、姉の生きられないもうひとつの人生を生きようと思っていた。自由に外に出て、好きな人と会って話をして――。

不自由な暮らしをしているのに誰をも恨まず、ただ穏やかに過ごそうとしている美生のことを尊敬するようにもなっていた。お母さんを独り占めしてもいいよ。それくらいしないと、お姉ちゃんだってやってられないよね。そう思えるくらいには大人になっていた。

そして看護学校の二年生の終わりに、美歩は晃一に手紙を書いた。なぜあんな手紙を書いて彼に読ませたのか、その時の心情をはっきりと説明することはできない。ただ当時は美生の状態が悪く、入退院を繰り返していたために、不安を聞いてほしかったんだと、今は思う。

手紙の内容は、美生のことだった。それまでも姉がいることは話していたけれど、病気については黙っていた。

有田の浮わついていないところが好き。他の女とはどこか違うような気がする。晃一は自分のことをそんなふうに褒めてくれたから、美生のことを話すことで、彼の目には長所として映っている自分の静けさが、とたんに不憫(ふびん)な暗さに取ってかわるんじゃないだろうかという怖さもあった。小学生の頃、参観日に美生が現れた時にみんなが見せた同情と好奇の入り混じった視線が忘れられなくて。でも彼なら、という気持ちも大きかった。彼なら強い言葉をくれるかもしれない。親指を立てて「大丈夫」と不安を取り去ってくれるかもしれない。

——これまで話せなかったけど、私の姉には脳性まひという病気があります。

手紙はそんな書き出しだった。初めはサインペンを使っていたが、あまりに書き損じるので、最終的にはシャーペンで書いた。書いては消しを繰り返し、書き上げたのは深夜だった。両親は美生の病室に泊りこんでいて、家には誰もいなかった。

――重いよ。

手紙を読んだ、晃一の言葉だ。

――将来的にはそのお姉さんの面倒を美歩が看るってことだろう？　それはそれで家族なんだから当たり前のことなんだろうけど、それを今おれに言われても……。

晃一は、沈鬱な表情を隠さなかった。その表情を見て、自分が間違ったことをしたのだと知った。ただ彼の「大丈夫だ」という言葉が欲しかっただけなのに。苦悩させるつもりなどほんのわずかもなかったのに。

――ごめん。

多くの意味のこもった「ごめん」を受け取り、美歩は頷く。その手紙だけが理由ではないのだろうが、その後磁力が切れたように二人はもう引き合わなくなった。

美生が亡くなったという連絡も、晃一にはしなかった。すでに連絡を取り合うことはなくなっていたので、一度も会ったことのない美生の死を伝えられても戸惑うだけだろう。

晃一も自分も、まだ二十歳だったのだ。彼を責めるつもりは今でもない。彼の夢が叶っていて、どこかで飛行機に関わる仕事をしていたらなと思う。空に飛行機が飛んでいるのを見つけると、少しは胸が痛むけれど、もう思い出になっている。

でもあれから一度も、本気で誰かを好きになっていない。

駅員のアナウンスで夢から醒める。よかった。乗り過ごさないですんだ。

乗客もまばらな車内を見回すと、年配の夫婦や子連れのママ友グループ、女子学生たちが楽しげに話している。他人の目に、自分はどう映っているだろう。疲労感を漂わせ、昼間の電車で眠りこける三十前の女の姿に、人はどんな想像力をかき立てられるのか。

美歩自身は、なんとなく同業者がわかる。以前、同僚が「何やってもドキドキしない。毎日の仕事に刺激がありすぎて心臓強くなりすぎちゃったよ」と嘆いていた。肝がすわりすぎると婚期が遠のく、とも。たしかに助産師学校の友達は独身が多いような気がする。

そろそろ新宿に着くので降りる準備をしていると、車内の一点に吸いつけられるように目が止まった。一番端のドアの前に見知った男が立っているのが見え、心臓が脈打つ。

佐野が、窓から外を眺めていた。

眠気が消え去り、美歩は佐野の背中を凝視する。今日は非番なのだろうか。鼓動がどんどん速くなり、彼から目を離せなくなる。

「あれって……」

佐野が立つドアの向かい側に、大勢の乗客の中にいたとしても目を引くであろう、派手な外見をした女の姿があった。濃いメイクをし、体のラインに沿うような大人びた服を着ているので、入院中の印象とはずいぶんと違うけれど、間違いない。綱島温雨だった。

温雨は、携帯の画面を凝視している。美歩は二人から顔を隠すため、俯き加減に座り直した。

これはやっぱりそういうことなのだろうか。

佐野は温雨の後を尾けているのだろうか。

美歩は顔を隠しながら、時おり上目遣いに二人の様子を窺う。佐野も温雨も無表情のまま電車に揺られ、美歩には気づいていない。

電車が新宿駅に到着した。美歩は降りようと思って立ち上がったが、佐野が振り返り、すぐ側まで歩み寄ってきたので慌てて顔を伏せる。自分には気づいていないようだ。佐野が先に降りるのを確かめた後で、一番後方に並んだ。

ホームに立つと、いくつもの背中に視界を塞がれ佐野を見失ったが、髪を明るい色に染めた温雨の姿を追うことはできた。ある程度の距離を取って、細く尖った背中についていく。分娩の時は、皮の伸びきった腹を大きく膨れさせ、カマキリが卵をつけているようだった姿も、スリムな体型に戻っている。

彼女の後をついていくうちに、その数メートル後ろを佐野が歩調を合わせるようにして歩いていることに気づく。美歩はこの時、佐野がどこまで行くのか確かめようという気持ちになっていた。背筋が熱くなり、二人の関係を自分が確かめてやるんだという思いに突き動かされた。

温雨は携帯をいじりながら歩いているので、佐野に気づく素振りもない。胸元が大きく開いたVネックのシャツを羽織り、黒地に白の花模様の細身のスパッツ、ハイヒールを履いた姿からは、乳飲み子を持つ母親にはとうてい見えない。

温雨がエスカレーターに乗りこむと、佐野もその後ろに続く。美歩は、二人からかなり離れた辺りで息を潜めた。電車が発車する音に全身がびくりと反応する。

美歩は二人を見失わないように、人混みをかき分けて歩いた。ラッシュの時間帯ではないとはいえ、都心の駅にはいつだって人があふれている。「すみません」「すみません」と人の脇をすり抜けながら隣にある山手線のホームにたどり着き、二人が乗った電車に滑りこむ。

温雨と佐野が乗りこんだJRは、恵比寿方面行きとは反対方向で、電車が走り出してからは、どの駅へ向かっているのだろうと不安になってきた。

夢中で追いかけてきたものの、どうすればいいのかわからず、目白(めじろ)駅で降りようかと二人を肩越しに振り返る。それと同時に携帯の画面にあった温雨の視線が、窓の外に移された。

池袋に到着すると温雨が降りる気配を見せ、美歩も彼らとは離れたドア付近に立つ。電車を降りてからも携帯を片手に早足で先へ進む温雨は、佐野に気づくことはなさそうだった。美歩も二人から距離をとりながら歩いていく。

エスカレーターで地上まで上がると、温雨は人を押しのけるようにして進んだ。駅前に広がるデパートや高層ビルを見上げながら、美歩は、温雨とその後ろを歩く佐野を追いかける。目を離せばすぐさま、二人の姿はビルの陰に埋もれてしまうだろう。ロータリーには空車のタクシーが列になって客を待っている。耳障りな騒音が混ざり合う炎天下で、美歩は一瞬だけ足を止めた。このまま温雨を追っていけば、自分が見知らぬ喧騒に巻きこまれるような予感がした。もうよそうか。きっと彼女の向かう場所は、自分には関係のないところだろう。

それでもまた歩き出したのは、佐野がまっすぐに温雨の後を追っていたからだ。温雨の姿を見逃すまいと歩き続ける彼の背中から、目が離せなかった。

温雨と佐野、二人の後を尾けて「ＤＶＤ館」の看板があがる小さなビルの角を曲がった。パチンコ店やインターネットカフェの前を通り過ぎ、「ロマンス通り」を抜けると道幅が狭くなり、空気が重くなっていく。ビニールカーテンがのれんのように入り口を覆う店が増え、空になったペットボトル、プラスチック製のビールケース、水色のポリバケツ、捨てられているのか置いてあるものなのかも不明な雑多なものが、視界を埋める。入り組むように建ち並ぶ細長い雑居ビルが風俗店であることに気づいてはいたけれど、途中で引き返すことは考えず、慎重に後をついていく。

三十メートルほど先で、温雨と佐野が立ち止まった。ピンク色のネオンで縁取られた看板の、すぐ手前だ。看板にはアニメの少女のイラストが描かれている。

二人の顔ははっきりと見えるが、何を話しているかまではわからない。佐野が一方的に詰め寄っているようで、苛立った温雨が佐野を振りきろうとしている様子だった。

「どしたの？」

別の店の看板の陰に隠れるようにして二人のやりとりを見ていると、見知らぬ男が寄ってきた。白い半袖のワイシャツにスラックスを穿いていて、一見勤め人のような格好をしているが、笑った顔に前歯はない。年の頃は五十くらいだろうか。

「どこの店？」

「えっ？」

「お姉さん、どこの店で働いてるの？　うちに移籍しない？　他より絶対待遇いいからさ」

通行人がほとんどなく、暇つぶしにからかってやろうとしている雰囲気が、口元から漂っている。唇を閉じていればそうでもないのに、いったん口を開くと男から崩れた雰囲気が染み出してきた。

「うち、月五十万はかたいよ。お姉さんみたいに素朴なのを好きな客もけっこういるからねぇ、条件だけでも聞いてよ」

後ずさる美歩に、男はなお迫ってくる。

そばに寄られると、煙草(たばこ)の臭いが鼻をつく。身を捩って「いえ、いいです」と走り去ろうとした時、

「うるさいっ」

という甲高い声と鈍い音が聞こえた。

音のする方に視線を向けると、佐野が片手でこめかみ辺りを押さえ、首を傾けている。

「あぁ。殴られちゃったねえ、しつこくするからさぁ」

唖然としている美歩の側で、男が愉しんでいる。

「見てた？　あのおっさん、思い切りぶん殴られてたよ。入ったねえ、ありゃあ」

下を向いて痛みをこらえる佐野の膝を、温雨がヒールの先でさらに足蹴にする。美歩は片手で自分の口元を押さえるようにしてその光景を見ていた。

「たまにいるんだよなぁ、入れあげちゃうおっさんが。十も年下の風俗嬢なんて、どう考えても身を滅ぼすだけだってのに」

腕組みをして見物を続ける男が、耳元で囁く。男の煙草臭い息が、美歩の胸を重く塞いだ。

「そういえばあの男、前にも見たことあんなぁ」

「ほんとですか?」

「うん。たぶんあの男だ。くたびれた感じの三十男。そういや前に会った時も昼間だったなぁ。堅気じゃねえな。こんな時間にふらふらしてんだからさ。そう、ポケットに手をつっこんで、こういった目つきだよ」

男は細い肩をわざとらしくいからせ、やぶ睨みをしてみせると、

「おっと。まさかお姉さんの旦那ってか?」

一瞬だけ真顔になった。

「ないです、ないです。知らない人です」

「まあな。嫁にこんなとこまで尾けられる間抜けな旦那もいないか。っていうか、あのおっさん、ラムネの男って線もあり、か」

ズボンのポケットから扇子を取り出すと、男は自分の手のひらを打ち、パチンと音を立てた。

「ラムネ?」

「あの娘の名前。もちろん本名じゃないよ」

「ラムネさん……は、結婚はしてるんですか？」

「さあ。それは知らないけど腹がでかくなってるのを見たことあるから、旦那もいるかもしんねえな。目立つくらいにでかくなってるってことは、もう堕ろしたりできないだろ？　あんま詳しくないけど、そういう法律があるだろ」

「中絶が認められるのは二十一週六日目までです」

「詳しいなあ、お姉さん。あんた子供いんの？　おれが見たラムネの腹は、どうみてもパンパンだったから、結婚つうかガキはいるんじゃないかな」

自分の腹の前に手をやり、膨らみをなぞる仕草で腹の大きさを示すと、男はにやりと笑った。

話をしながらさりげなく体を寄せてくる男と距離を取りながら、美歩は佐野を見ていた。佐野は何かを手に握りしめ、必死の形相で温雨に渡そうとしていたが、突っぱねられている。温雨の手を取り、自分の手の中のものをなお摑ませようとし、温雨がそれを拒む。それを繰り返している。やりとりの間に押し合いになり、佐野のズボンのポケットから何かが落ちた。落ちた物が佐野の足先に蹴られ、看板の下に滑りこむ。

温雨が佐野を足蹴にして店の中に駆けこむと、その後ろ姿を見送っていた佐野が両肩を落としたのがわかった。彼の落胆に、なぜか胸が冷たくなる。いったい、二人の間に何があったというのだろうか。

佐野はしばらくの間、何かを訴えるようにその場に立ち尽くし、美歩はそんな彼を見つめていた。

「あっ、えっ、ちょっと隠れさせてくださいっ」

慌てたのは、佐野がこちらに向かって歩いてきたからだ。

まずい、来る。美歩のいる場所にまっすぐに向かってくる。美歩は側にいた男を振り返った。このままだと、真正面から出合ってしまう。美歩は必死で身を潜める場所を探す。

今のやりとりを並んで眺めていた男は、何事かと目を見開いた後、

「こっちこっち」

と手招きしてきた。『くりいむドリーム』の看板の陰に身を潜めていた美歩は、男の手招きに応じて店内に入る。こんな場所で出くわしてしまったら、言い訳ができない。職場で合わす顔がない。

両手を胸の前で組み、うな垂れるようにして来た道を戻ってくる佐野を、美歩はガラス越しに見ていた。こちらに視線が向けば美歩の姿は見つかるはずだが、佐野は一瞥もくれずに歩き去っていく。

佐野の姿が完全に見えなくなると、美歩は男に礼を言って店を出た。二人がもみ合っていた場所まで行き、看板の足元に落ちていた四角いものを拾う。

佐野が落としたものは、財布だった。

茶色の革製で、角が擦り切れ、使いこまれている。財布が落ちていた辺りに白い紙きれがあったので、美歩はそれも拾い上げた。ボールペンの黒い文字で、何か書かれている。

これは、佐野が温雨に渡そうとしていた——？

メモには電話番号らしい数字が並んでいて、隅に『かえる』とあった。都内の局番ではない。別荘か何かだろうか。帰ったら電話しろということなのかな……。どちらにしても自分には関係のないことだ。それなのに、必死で温雨を追う佐野の顔が繰り返し思い出される。

「お姉さんは、あの男が好きで、でもあいつはラムネに入れこんでる。そんなとこか」

いつの間についてきたのか、男がすぐ側から話しかけてくる。

「そういうんじゃないんです」

見かけよりずっと親切な男に力なく笑い返した。

「いろいろありがとうございます。悪いんですけど、今いる場所が、駅から見てどの辺りか教えてもらえますか？　池袋に来たことは何度かあるんですけど、この方面を歩くのは初めてで……道がよくわからないんです」

美歩が訊ねると、男は名刺の裏に簡単な地図を書いてくれた。

「その気になったらいつでもおいで」と肩を叩かれ、苦笑いを返す。『おっとり猫池袋店　三宅須磨夫(みやけすまお)』男の名前とマネージャーという文字が印刷されたその名刺を、美歩はポケットの中にしまった。

13

翌朝、淡い黄色のロンパースを着た大成を抱いて、新藤さんがナースステーションに顔を出した。

「入院中はお世話になりました」

一ヶ月健診に来たのだと、菓子折りを手渡してくれる。

「あっという間に一ヶ月ですね。あ、ちょっと待ってくださいよ」

机の引き出しに保管しているカメラを取り出し、壁の前に大成を抱く彼女を立たせた。

「はい撮りますよ」

美歩が声をかけると、新藤さんが大成の手を自分の頬に当てた。きれいにメイクをした彼女が、満面の笑みでフレームの中に収まっている。オッケー、いい笑顔。美歩はカメラをパソコンに接続し、印刷した写真を新藤さんに手渡した。

「これ、お菓子のお礼です」

「わあ、よく撮れてますね。ありがとうございます。大成もいい顔してる」

トートバッグを肩にかけ、食い入るように写真を見つめる新藤さんが嬉しそうに笑う。「夜中の授乳で寝不足だ」「大成の頭が重くて、手首が腱鞘炎になってしまった」

それなりの悩みは口にするものの、晴れやかな顔をしていたので順調に過ごせているのだと安心した。

「じゃあ気をつけて。この次の健診でまたお会いましょう。あ、でも何か困ったことがあったらすぐに来てくださいね」

エレベーターまで新藤さんを見送り、そう声をかけた。

退院した後の数ヶ月間は、母親にとっては心身ともにきつい時期になる。お産は病気ではないと昔から言われるが、極限まで力を振り絞り、もちろん傷も残っている。だから出産後しばらくは体を休めなくてはならず、里帰りという手段が慣習になってきたのだ。産後の無理は年齢を経てから症状が出てくるともいわれる。美歩は、ひとりで頑張ってしまいそうな新藤さんに対して、「大成ちゃんのためにも無理はしないでくださいね」と、手を振った。

さあ、仕事に戻ろう。気持ちを切りかえるように踵を返すと、廊下をこちらに向かって歩く佐野と目が合った。ゆったりと大股で歩く白衣姿はそれなりに威厳があって、昨日、温雨と揉み合っていた彼とはまるで別人だ。ばつが悪くて、会釈だけすると視線を外した。そんな美歩の気持ちに気づくはずもなく、佐野は表情を変えずにすぐ横を通り過ぎる。

佐野は今日、外来の担当だった。自分の持ち場は病棟なのでほっとする。できれば接触がありませんように——。振り返って、佐野の後ろ姿を見送った。白衣の両ポケットに手をつっこみ、やや前傾姿勢になって歩く背中が、遠ざかっていく。

「何見てるの？　有ちゃん」

背中から声をかけられ振り向くと、腕組みをした草間が立っていた。

「ああ草間さん。どうしたんですか？　何かいいことでもあったんですか」

草間の満面の笑みに美歩が眉をひそめると、

「ありかもね、有ちゃんと佐野先生」

と草間が声のトーンを落とし耳元で囁く。

「何ですか、それ」

「佐野先生、悪くないと思うわよ。仕事には誠実だし裏表ないし」

草間の言っていることの意味がわかり、美歩は顔の前で思い切り手を振った。

「裏表じゃなくて裏裏ですよ、あの人の性格は。誤解のないように言っておきますけど、私は優しい人がいいんです。優しくて、親切な……たとえば俊高さんみたいな人がタイプなんです」

最近は会えば挨拶を交わす仲でもあるし――と心の中で呟く。

「俊高さん？　如才なさすぎて私は好きじゃないなあ。佐野先生にしときなさいって。有ちゃんと佐野先生の雰囲気って似た感じがするんだけど」

「似た雰囲気とか、言わないでくださいよ」

「あら本当よ。二人とも何かしら重いものを背負っているというか、切実というか」

真顔で盛り上がる草間に「それより草間さん、今日は外来の担当じゃないんですか」と返した。

「あ、そうだ。私、助産師外来で相談受けてたのよ」

と草間の声が高くなる。

「妊婦さんを待たせてるんですか」

「そうなの。例によって出生前診断の件でね。私がひと通りの説明をしたんだけど、他の助産師の意見も聞きたいって」

それも大事なことね、と草間が続ける。生命倫理が絡む難しい問題については、助産師の個々でもいろいろな考えがあるから、ひとりの助産師の説明だけでなく、いろいろな人の意見を聞く方がいい。

「ここに戻れば辻門ちゃんがいるんじゃないかと思ったんだけど」

草間はナースステーションに視線を向けた。

「辻門さんはいま分娩についてます。他の人は……あれ、どこ行ったのかな。草間さん、あの……相談、私でよかったら受けさせてもらえませんか」

思い切って言ってみる。やっぱり私も前に進みたいから。草間は一瞬驚きの表情を見せたが、心を決めたように頷き、

「じゃあ任せるわ」

とカルテを手渡してきた。


美歩は受け取ったカルテを手に、外来棟の一階に向かう。病棟の二階から続く渡り廊下を通り、気持ちを落ち着かせるようにゆっくりと歩いた。ガラス窓の向こう側のバラ園には、今は一輪の花もないけれど、濃い緑色の葉が茂っている。美しかったバラの花を散らせた後、過ぎ去った季節を惜しむことなく息吹く緑は、いつも自然の強さを教えてくれる。

歩きながらカルテに目を通し、妊婦の情報を頭に入れる。

『本間真美子(ほんままみこ)さん、四十二歳。三年前の妊娠では羊水穿刺(せんし)が原因で妊娠四ヶ月で流産。その後不妊治療を経て今回が二度目の妊娠』

ひと通り記憶した頃、助産師外来の部屋についた。白衣の襟に手をやり服装を整えた後、ドアをノックする。

「お待たせしてすみません。助産師の有田です」

ドアを開けて挨拶をすると、入り口に背を向けて座っていた女性が、肩越しに振り返った。

「本間です」

小さな声で呟くと、本間さんは忙しなく目を瞬かせる。

「よろしくお願いします。どうぞリラックスしてください」

美歩は笑みを返し、彼女の向かい側に腰かけた。

「助産師さんは、七〇分の一という数字をどう思いますか？　四十二歳の基準値は二九五分の一ですよね。それに比較するとずいぶん高くありませんか？」

短い自己紹介を交わした後、本間さんは落ち窪(くぼ)んだ目をまっすぐに向け、早口で話し出す。彼女は胎児の染色体異常の有無を調べるためにトリプルマーカーという血液検査を受けていた。その結果、七〇分の一の確率で胎児に染色体異常があると診断された。

「トリプルマーカーの検査結果は確率でしかないということは、前もってご存じでしたか？　カットオフ値――つまり基準値と言われるものです」

この検査は異常の有無を確定できるものではない。自身の年齢の平均的な確率に比べて高いか、低いか。その数値をどう捉えるかは個人差がある。

「そんなことはわかってます。前回の妊娠の時も受けてますから。前回は六四分の一だって言われて心配になって……。だからさらに羊水検査を受けたんです。羊水検査で陰性の確定がほしかったんです。それで羊水穿刺っていうんですか、あの長い針をお腹に刺す検査をしたら流産してしまって……」

結局、お腹の子供に異常はなかったのに、羊水検査をしたばっかりにだめになってしまった。その時も二年間の不妊治療を経てようやく授かった命だった。

今回もまた七〇分の一という決して低くはない数字が出て、羊水検査をするべきなのかどうか悩んでいる。本間さんはひと息に話し、深いため息をついた。

「そうですか……。羊水検査で……」

羊水検査は、採取した羊水で胎児の細胞を培養し、染色体異常や代謝異常の有無を診断するものだ。検査じたいは二十分ほどで終わるが、子宮の中に針を刺し羊膜にも穴が開くために、破水や感染のリスクは高まる。最悪の場合、本間さんのように流産をしてしまうことも。

「私もう四十二歳なんです。一回目の妊娠がだめになって……。いまお腹の中にいる子はそれから四度目の体外受精でやっとできた子です」

本間さんがさっきから人差し指でテーブルの表面をなぞっているのを不思議に思って見ていたが、その指先は『70』という数字を描いていることに気づく。

「確率というのは、あいまいな基準ですね。もし確率が一〇〇分の一だったらどうですか。分母が大きければ安心できますか」

動き続ける指先を見つめしばらく考えてから、美歩は静かに語りかける。

「やっぱり助産師さんは羊水検査をしたほうがいいと思うんですね。でも羊水穿刺をして、また流産したらどうしたらいいんでしょう。もうこれきり妊娠できないかもしれないのに」

本間さんの声が震えていた。指を動かすのをやめて、美歩の言葉を待っている。

「残念ですが、私に答えは出せないんです。私以外の助産師も、答えを出せる人はいないと思うんです。母親である本間さんに、納得のいく答えを見つけてもらうしかない……頼りない言い方で申し訳ないんですけど」

生まれる前に断ち切るということは、そこにあったはずの喜びや幸せもゼロにしてしまうということだ。もしかするとゼロではなくマイナスになっていくこともあるかもしれない。その針の振れ方は、それぞれの価値観によって大きく変わる。

美歩の言葉に、本間さんの指先が再び動き始めた。

「ねえ助産師さん。他の人のデータ、ありませんか。たとえば私の七〇分の一より確率が高かった人で無事に出産した人ってどれくらいいます？」

「データ、ですか」

「記録が残っているでしょう？　教えてください。ネットを見ていても誰が書きこんだものなのかわからないし、嘘か本当かもわからないでしょ」

本間さんの声がしだいに熱を帯びていく。美歩はためらいつつも「ちょっと待ってくださいね」と言い残し部屋を出た。そうしたデータが有効かはわからないけれど、不安に押しつぶされそうな本間さんの気持ちは伝わってくる。

ナースステーションに駆け足で戻り、パソコンの前に座った。診断結果や検査値のデータは残されているはずだが、本間が求めるようなものがあるかどうか。

「無理だな……全部は拾えない」

カルテ上の記録は残ってはいても、そこから全ての妊婦の値を拾い上げるのは難しい。検査後の経過をたどるには、カルテを個々に読みこんでいく必要があった。妊婦の中には、この病院で検査だけを受けて分娩は違う病院でするケースもあるので、本間さんが期待するようなデータを集めるのは不可能に近かった。パソコンの前で顔をしかめ、長い息を吐き出す。

「何してるんだ。きみ、もしかして諜報員か何かなの？」

背中に低い声が響いた。いつのまにか後ろに佐野が立ち、こちらを見ていた。

「病院の不正を暴くようなデータでも探してんのか」

にこりともせずに言うので、とても冗談には聞こえない。いつもならスタッフの業務になど関心を示さずに通り過ぎるのに、屈むようにして画面をのぞきこんでくる。

「そんなんじゃないです。いま助産師外来の途中なんです。トリプルマーカーの値と、その後の妊娠経過の関係を知りたいって妊婦さんが希望されたんで」

データを集計したくて検索していたが、到底無理。今それに気づいたところだと、美歩は説明する。

「そんなの知ってどうするんだよ」

抑揚のない声で言い放つ佐野の顔を見ながら、財布のことを考えていた。目の前の無愛想な人が、若い女にしつこく言い寄っていた昨日の男と同一人物だとはとても思えない。

「なんだ、寝てんのか」

佐野が美歩の目の前に手をかざして、ワイパーみたいに振って見せる。

「あ、すいません。ちょっと考えごと」

佐野は鼻息だけで笑うと、

「どこ？」

と腰を伸ばす。

「その妊婦さん、どこの部屋にいるの？　きみじゃ無理そうだから、おれ行くわ。外来棟の相談室でいいの？」

美歩の返事を聞く前に佐野は歩き始め、白衣の前ボタンを上から順にとめている。エレベーターに向かって進む彼の後ろを、美歩はすぐに追った。

佐野を伴って部屋に戻ってきた時は、戸惑いの表情を浮かべていた本間さんだったが、むしろ今は積極的に佐野の話を聞こうとしていた。医師に「診察上では胎児に異常はない」と断言してもらえればそれなりに気持ちは楽にはなるかもしれない。

「集計されたデータというのはありません。そもそも、データを見ても本間さんの不安な気持ちはなくならないと思いますよ。ただ医師として言えるのは、エコーなどの診察の所見では現在までに胎児に病気は見つかっていないということです。まあそれもたまたま映らなかったということもあるかもしれませんし、一〇〇パーセントという診断ではないです」

「たとえば、です。あなたが羊水検査を受けます。異常はありません。他の検査もできる限りします。それも異常ありません。元気な赤ちゃんが生まれます。でも、その赤ちゃんが十歳になっても二十歳になっても三十歳になっても、元気なまま健やかに育つという確率も一〇〇パーセントではないんです」

佐野はソファに座って、テーブルの向こう側の本間さんをじっと見つめる。美歩は佐野の背後に立ったまま、二人のやりとりを聞いていた。迷っている彼女はもっと、ソフトな語り口を望んでいたはずだろうが、佐野の言葉は強くて重い。

「それは……そうですけど。でも、どうしようもなく心配なんです。もし子供に病気があったとして自分に育てられるのか、夜も眠れないくらい苦しいんです」

「本間さんのお気持ちは理解できますよ。病気を持ったわが子の誕生を望む親などいません。それは一〇〇パーセント言い切れます。何も僕はあなたの考えを否定しているわけではないんです。いや、本音をいえば納得のいくまで検査をしてほしい。そして納得してわが子を産んだなら、一生守りぬくという気概を持って母親になってほしいと思いますね」

静かな迫力が佐野にはあった。この人はこんなことを、母親になる妊婦に対して思っていたのかと、彼の言葉を新鮮な気持ちで受け止める。

これまで、佐野はどうして産婦人科の医師になったのだろうと不思議に思っていた。難しい手術をこなし人命を守りたいなら、他科を選んでもいいはずだ。激務と訴訟の多さで敬遠されている産婦人科を選んだ理由が、美歩は以前から気になっていた。

「どうしたらいいですか」

本間さんの視線が、助けを請うように美歩を捉える。

「私は……、本間さんが納得できるようにお手伝いできたらと思います。羊水検査をご希望なら、受けられたらどうでしょうか。前回の検査で流産されたからといって、今回も同じようなことが起こるとは言い切れませんし」

普段なら検査を勧めたりしないが、彼女にとってはその方がいいような気がした。

「たとえそれが流産につながってもですか？　一生子供を持てなくなっても？」

本間さんは首を振り、恨めしげに顔をしかめている。

顎を上げ、視線を上の方にずらしていた佐野が、大きく息を吸いこんだ。そして本間さんに視線を戻し、穏やかな表情を見せる。

「何のための子供なんですか？　子供はあなたの人生のために生まれてくるわけじゃないですよ。彼らは、彼らの人生を生きるためにこの世に誕生するんです」

きっぱりと言い放つ佐野の横顔を、美歩は見つめた。佐野の言葉が胸に深く響く。当たり前のことなのに、産科の現場にいる自分たちですら、時おりその当たり前のことを忘れてしまう。不満げな表情はそのままに、「そうですね……」と本間さんが弱々しく立ち上がった。

「おれは出生前診断を否定しているわけじゃないんだ。技術がそこまできているのだから、利用する人はすればいいと思ってる。検査方法がある以上、その結果を受けて産まない選択をすることがあっても、それは非難されることではない。ただ、自分の選択が果たして正しかったのかと悩み続ける妊婦も中にはいるだろう？　いろんなことが事前にわかるようになって、世の中はかえって混乱してるよ」

佐野が伸びをして、背を反らした。本間さんが部屋から出ていった後もソファに座り、足を前に投げ出している。

「ほんとに……。私たち助産師も、戸惑うことばかりです。不安を完全に取り払うことは難しいですし……。うちで実施しているマーカーの検査結果ですら妊婦さんは動揺しているのに、この先出生前診断がさらに精密になって、一般化していったら、産まない選択をする人がさらに増えるかもしれませんね」

美歩は佐野の言葉に頷く。

「子供が生まれる前に、その子の健康のことをまったく考えないのも問題だけど、考えすぎてがんじがらめになることってあると思うよ。どうやっても生まれてみないとわからないことって、絶対にあるから。昨年の春から始まった出生前診断――ＮＩＰＴの血液検査費用は二十万円前後だったか？」

「そうですね。今はどこもそれくらいだと思います。事前のカウンセリングは一時間でだいたい五千円くらいだって聞いてます。でも実施している病院がまだ少なくて、先着順に受け付けているそうですよ。希望者が多いらしくて」

「出産費用以外に二十万も必要だとしたら、子供を持つことのハードルが、またひとつ高くなるなあ……」

佐野は白衣のボタンを外すと両方のポケットに手を入れて左右に引っ張り、前をはだけた。そして全身から力を抜き、ソファにもたれる。目を閉じたのでしばらく休みたいのかと思い、

「じゃあ私はこれで」

足音をさせないようにして入口のドアに向かう。本間さんの対応に一時間半近くかかってしまったので、草間が何事かと思っているだろう。助産師外来の予約の枠は、通常三十分から一時間と決まっている。

美歩が部屋を出ようと、ドアを開けた時だった。

「おれの財布、どこにあるか知らない？」

佐野の声が、背後から聞こえてきた。

眠っているとばかり思っていたので驚きながら振り返ると、佐野は目を瞑ったまま、

「落としたんだ」

と続ける。「まあ金はそんな入ってない。茶色の変哲もない安物の財布だけど」

瞼を閉じているので、寝言でも口にしているかのようだ。

「さあ……知らないですけど。カード会社に連絡は？」

そう答えてから、しまったと思う。いったんとぼけてしまったらもう「知らないふり」を突き通すしかない。自分の勇気のなさに肩がすくんでしまったが、佐野には見えていない。

「カードは入ってない。ただ、免許証を入れてるから困ってる。落とした場所もだいたいはわかってるんだ」

ふと目を開いた佐野が、レントゲンフィルムを見るような視線を美歩に向ける。視線から逃れるように美歩は後ずさった。ドアのノブに、腰骨がぶつかる。

「鎌倉の大仏が開眼したわけでもないのに、そんなにびっくりしなくてもいいだろ?」

佐野が片方の口端を持ち上げ、意地の悪い顔を見せる。ひょっとすると佐野は、昨日美歩が後を尾けていたことを知っているのかもしれない。だからさっきも私のこと、諜報員って……。

「あの、私……」

しどろもどろになっているところに、ドアが開いた。

「あ、見つけた。ここだったのね」

外来棟まで走って来たのか、辻門が肩を上下させながら美歩の腕を引っ張った。

「ちょっと来てくれる? 手が足りなくて」

「あ、すいません。じゃ、ちょっと失礼します」

ちらりとだけ佐野の方を振り返る。問題を先延ばしにしただけだが、とりあえずほっとする。佐野の視線を背中に感じながら部屋を出ると、周りの酸素が急に増えたように感じた。

「ごめんね、佐野先生と何か話してた？」

前方を早足で歩いていた辻門が訊いてくる。

「いえいえ、何もです。助産師外来の続きであの部屋にいただけですから。むしろ辻門さんが来てくれて助かっちゃった」

ほっとして息を吐くと、辻門は不思議そうな顔をしてから、

「それより、まだ出ないのよぉ」

と梅干を食べた時のように口をすぼめる。

「朝に陣痛が始まった妊婦さんですか？」

「ううん。そっちは結局帝王切開になってね。いま草間さんが入ってる」

「じゃあ別の人？」

「うん。身長一四四センチの妊婦さん」

「あっ、昨日陣痛がきて来院した人ですね。お母さんが小柄なのに、胎児の推定体重が三七〇〇グラムっていう」

「そうそう。その人なんだけど、赤ちゃんが下りてこないんだよね。一回目の促進剤

は入れたんだけど」

「でも母体の身長、胎児のサイズを考えると、そこそこの陣痛と娩出力がないと……」

「でしょう。で、迷ってんの」

外来棟から病棟まで、一階の渡り廊下を通り、そこからエレベーターで二階の病棟まで上がると、辻門と美歩は陣痛室に続く廊下で駆け足になった。二人とも無言になり、けっこうなスピードで走る。走りながら美歩は「仕事、仕事。仕事に集中」と頭の中で繰り返す。佐野の財布のことを頭から追い払い、陣痛室のドアの前で、辻門から申し送りを受けた。

「妊婦さんを四つん這いにして、陣痛を強くしようとしたけどだめでした。導尿も実施済み。アクティブチェアにも跨がって、ゆらゆら揺れてもらって刺激を与えたけれど、これもだめ。どうにもこうにも児頭が高くて下りてこない。陣痛がきてからもう三十時間」

お手上げ、というふうに、辻門は両手をペンギンの羽のようにして首を振った。

「ドクター報告は済んでるんですか」

「もちろんしましたよぉ。でもさっき佐野先生と美歩が一緒にいたということは――今日の病棟は誰が担当でしょうか?」

「せいかーい。促進剤の増量を提案したんだけど、『破膜したらいいだろう』ときたもんですよ」

「院長」

「破膜……？　胎児の頭の位置がそんなに高いのに、ですか」

赤ちゃんを包んでいる膜を人工的に破る破膜の処置をすると、羊水が体外に流れ出るので、陣痛が早まったり強くなったりすることが多い。ただたいていは、子宮口が全開になってからやむを得ずに行う処置で、胎児の頭が高い位置にある場合は適切ではない。臍帯が出ることや、下垂することがあるからだ。それに、子宮内の圧力が変化することで胎児にストレスがかかる。最悪の場合は、圧力の変動が、胎盤の剥離という事態を引き起こすこともある。

「院長、本日も非常に残念なジャッジでしょ」

辻門の舌打ちに、

「ですね」

と美歩もため息で返す。

申し送りを終えたところで、美歩は辻門の後を引き継ぐ。辻門は二時までの勤務で、この後はボランティアの用事が入っているらしい。

「ごめんね、後任せていいかな」

「もちろんです」

「破膜の指示は気にしないでいいから」

「そうですね。もう少しだけ自然破水を待ってみます」

陣痛促進剤を使用するにあたっては同意書に妊婦のサインが必要だが、破膜に関しては同意を得ることなく病院側の判断で実施できる。だからこそ、人工破膜をする際は慎重になる。赤ちゃんを包む膜を破るということは、細菌感染のリスクも上がり、ただ単に分娩を早く進めるために破膜という選択をしたのでは、助産師としての腕が問われる。これも、草間の受け売りだ。

「そうだ。その妊婦さんに関しては、帰り際に私から佐野先生に状況報告しておくよ」

「えっ、佐野先生ですか」

「うん。院長はいまオペに入っちゃってるでしょ。だったらもういっぱいいっぱいよ、きっと。こっちの指示まで出せないわよ。平柳先生もオペについちゃってるし、もしこの妊婦さんまでカイザーになっちゃったら佐野先生に任すしかないでしょ」

「そ、そうですね。じゃあ報告お願いします」

美歩が頷くと、持っていたカルテを手渡して辻門は去っていく。

分娩室に向かう前に、美歩はカルテを開いて情報を読みこんだ。巻物のように長くなった記録紙も、見落としなく確認していく。

あれ——巣川師長？

思わず視線を止めたのは、巣川が周囲を窺いながら薬剤室に入っていったからだ。

どうしていま、彼女がここにいるのだろう。今日はたしか夜勤のはずなのに？　夜勤帯までにはまだ三時間ほどあるのに——。

「……巣川師長？」

なんとなく気になって美歩が薬剤室に向かうと、中から出てきた巣川とぶつかった。

「ひっ」と目を剝いて変な声を出す巣川の表情に、こっちが驚く。

「あ、あの……。何されてるんですか？」

巣川の手には白いビニール袋があり、質量のある何かが、ビニールの底を膨らませている。美歩の視線が自分の手元にあることに気づくと、巣川は黒目を左右に忙しく動かし、ビニール袋を握りつぶした。そして胸が膨らむほど深く息を吸いこみ、

「あなたに関係ないでしょ。私はあなた方には想像もつかないほどの業務に日々追われているの」

と、早口でまくしたててくる。

「今日って、巣川師長は夜勤ですよね。なのにどうしてこんなに早く……」

「あなたには関係ないって言ったの、聞こえなかった？　それより、あなたこそ何ぼ

やっとしているの。早く持ち場に戻りなさい」

落ち着きを取り戻した巣川は声色を変え、命令口調になる。美歩はそれ以上何も訊けなくなった。場の空気を切るようにして巣川が歩きだし、美歩はその後ろ姿を見送る形になった。なんなの、いまのは。どうして自分がこんなに怒られなきゃいけないんだろう。むかむかと腹が立ってきて、美歩は気持ちを静めるために頭を振る。

「無事に赤ちゃんを取り出せますように。いまはそれだけを考えよう」

呟きながら、これから訪れる緊張の時間に集中するように気持ちを切り替える。頭の中から余計なことが消えていき、目の前の妊婦に全ての神経が集中できるように
——。

14

受け持ちの分娩を最後まで見届け、病院を出た頃には午後六時を回っていた。美歩はバス停に向かって歩く。気温は高かったが空気は夜のものに変わっている。

辻門から小柄な妊婦の分娩を引き継いだ後、一時間ほどを経て妊婦は自然破水をし、無事に女児を出産した。

「院長から人工破膜の指示が出ていますが、もう少し待ちたいんです」

そう伝えると、佐野が促進剤の増加の指示を出してくれたので、最終的には一番いい形での出産ができた。ただ分娩はうまくいったけれど、肩にかけたバッグは重い。

バッグの底には佐野の財布がまだ残っている。分娩の時に佐野と顔を合わせたが、結局最後まで財布のことは言い出せなかった。美歩が新生児を取り上げ、蘇生処置をし、胎盤娩出をしている間も会話はなく、彼は臍の緒を切ると、カルテを書いてすぐに分娩室を出ていってしまった。財布が重しのように、美歩の肩にのしかかる。

頭と体に残る熱を冷ますつもりで、美歩は夜空を見上げてみたが、月はまだ出ていない。

歩きながら、美歩はさっき聞いた院長の話を思い出していた。

「戸田理央の代わりに、新しい助産師の募集をかけることにした」

ナースステーションに院長が現れたのは、日勤帯から夜勤帯に申し送りをしている時だった。

「どういうことですか。戸田さん、やめるんですか」

誰もが息をのむ中で、草間が院長に問い返した。

「まだ正式に退職願は出てないが、このところたびたびの欠勤もみられるようだし、放置はしておけないだろう。現場から、突然休むことがあって迷惑だという声も出てる」

院長は威圧的な口調で言い切ると、スタッフひとりひとりの顔に視線を合わせてくる。

「たびたび、と言いましてもきちんと連絡は入れてきますし、代理の者がいない時は、無理をしてでも出勤しています。夜勤もこなしていて、重要な存在です。現場としては、彼女の退職などまったく考えられません」

草間は院長の顔を冷ややかに見据えた後、

「有田さんはどう思う？」

と視線を美歩に移した。

「私もよくやってると思います。たしかに、このごろ休むことはありますけど……でも、怠けてるって感じじゃなくて、ほんとに体調がよくないっていうか――」

美歩は草間の目を見て頷く。

「戸田さんのこともですが、それよりも巣川師長が最近、精神的に不安定なように感じられるのですが、院長はどう思われますか？」

草間が院長に向かって声を張った。草間の言うように、巣川の不安定な様子は、以前に増している。分娩が立てこみ、手が足りない状況でも、頭痛がするからと自室にこもってしまうのだ。ヒステリックな性格は以前からだが、最近はどこで針が振り切れるかわからない怖さがあった。ミスともいえないささいな内容で、スタッフをなじってくることが続き、つい二週間ほど前にはパートの助産師が同時に二人、「巣川師長の指示には従えない」と草間のもとに言いに来たらしい。

草間の訴えに、その場にいる全員が同じ気持ちで院長を見つめる。もともとスタッフのチームワークはいい職場だ。草間が仕事を仕切り、手の回らないところは辻門がフォローをしてきた。二人の下で美歩や、時間に制限のあるパート助産師たちが動く。師長のリーダーシップは機能しているとはいえないが、この二人がいれば業務は回せてきた。力不足とはいえ美歩や理央も日々成長している。先輩の背中を追いながら、必死で経験を積んできたのだ。

「このところ巣川師長は、突然怒鳴り散らしたり、業務を途中で投げ出してどこかへ行ってしまうといった無責任な行動を繰り返しています。師長というより、社会人としても責任を全うしておられないように感じます」

草間の言葉に、美歩や他のスタッフが口々に同意する。

「それは、誰のせいだ」

「誰のせい、と言いますと?」

草間が顔を歪めた。

「ボイコットされていると聞いたんだが。自分の指示を、スタッフがいっさい聞かないという報告を受けてるんだ。誰かが扇動してるんじゃないか。そういう状態に追いこまれたらどんな人間でも彼女のようになるんじゃないのか」

院長が大げさに首を振った。

「それ、本気で仰ってるんですか」

草間は聞き返したが、院長は背を向けると、そのまま部屋から出ていってしまった。


バス停に着くと、ちょうどバスが入ってくるところで、美歩は恵比寿駅行きのバスに乗りこんだ。下り坂をバスに揺られながら、草間と院長のやりとりをもう一度頭の中で再現してみる。

もしかして、院長は理央をやめさせたがっている——？　院長の話を思い出しながら、ふとそう感じた。

理央の話は中断したけれど、草間が何も抗議しなければ、理央を退職させるという流れになっていたはずだ。

正職員の助産師の募集。そんなことは、何年も前からやっていることだ。正職員は常に不足している。新しい助産師を募集するために理央を退職させる必要など、ないはずだった。

やめさせたい理由が何か他にあるのではないか。院長の話を聞いている時に覚えた違和感。それが何なのか、美歩は考える。

体は疲れているけれど、気力はまだ残っていて、ふと仕事帰りに理央の所に寄ってみようという気になった。

理央と気まずく別れた後、一度ラインを送ったが返信はなく、職場で顔を合わせても仕事上の話をするだけだった。「避けられているのかな」と疑うと、以前のように気楽には連絡ができなくなっていた。

バスの窓から暮れていく外の景色を眺め、深呼吸をする。そうだ。今から理央にラインしてみよう。

携帯を取り出して『おつかれさま。話したいことがあるんですが、今から家に寄っていいですか』と短い文章を作った。文面を三回読み返してから、人差し指で送信ボタンを押す。

恵比寿駅に着くまでに、理央からの返信はこなかった。既読にすらなっていない。けれど、今日はオフのはずだから、家にいるかもしれないし、とにかく今日の院長の話を耳に入れておきたいと思った。

理央から返信のないまま彼女のマンションに着いた。

七時を過ぎて日は落ちたものの蒸し暑さはさほど変わらず、風もないので全身から汗が噴き出してくる。マンションの玄関部分に住人の郵便ポストが並んでいて、理央の部屋番号のポストからは、郵便物がはみ出していた。元気になって、どこか出かけてるのかな。でもせっかく来たのだからと思い、美歩は無人のエレベーターに乗りこみ、四階のボタンを押す。

チャイムを数回鳴らした後、

「有田です。いますか？　ごめんね、ここまで訪ねてきちゃった」

ドア越しに声をかけた。中からは何の応答もない。携帯に電話もかけてみたが、留守番電話に切り替わってしまう。やっぱり留守かとも思ったけれど、でもドアに耳を寄せると人が動くような気配を感じ、

「戸田さん、話があるんだけど」

ともう一度だけ話しかけてみた。それでもドアは開かなかった。

これ以上は迷惑になると思い、「体に気をつけてね」とだけ告げて、もう諦めて帰ろうとした時だった。ドアの向こう側で物音が聞こえた。床に物が落ちるような音だ。

「戸田さん、いるの？」

振り向きざまに、美歩はドアを叩く。

「いたら開けてっ」

ドアに指の骨を甲高く打ちつける。

「有田さん……？」

細く開いたドアの隙間から、小さな声がした。

「よかった。戸田さんいたんだ」

「ごめんなさい。寝ていました」

ドアが半分まで開くと、Tシャツにスウェットを着た理央が起き抜けの姿で現れる。サイズが大きいのか、長すぎるスウェットの丈が理央の足先まですっぽりと覆っている。

「ごめん、寝てるとこ起こしちゃった。また出直すね」

「いえ……どうぞ入ってください。全然掃除してなくて恥ずかしいですけど」

玄関先に立つ理央の全身を改めて見ると、少し痩せたように感じた。病棟のユニホームを着ているとわからないが、Tシャツの布地に透けて鎖骨が浮かぶほど肉が落ちている。体のどこかに穴が空いて、そこから気力が漏れ出てしまったようなやつれ方だった。

「どうぞ。ごめんなさい、こんなものしか出せなくて。今日は買い物に行ってないんです」

理央が氷水の入ったコップを、ローテーブルの上に置いてくれる。

「気を遣わないでね」

コップの中の氷が、パチパチと音を立てている。

「さっき、ラインもらってたみたいですね。全然気づかなくて……」

ローテーブルを挟んで向かい側に座る理央が、ぼんやりとした表情で小さな声を出す。

「いいの、いいの。私こそ、休んでるところに襲撃かけて」

「最近、おかしな時間に寝てしまうんです」

視線をテーブルに落としたまま理央が力なく笑う。

「あの……この前は有田さんに変なこと言ってしまって、申し訳ありませんでした」

「この前？」

「一緒に食事した日です。せっかく美味しい店に連れていってもらったのに」

「いいよ、気にしてないよ。それより戸田さんの体調のほうが心配だよ。最近、勤務中も辛そうな時あるし。ちゃんと食べてる？　痩せたでしょう？　プロの目はごまかせないよぉ」

軽く口にしたつもりが、理央の表情がいっそう翳り、黙りこんでしまった。コップの中の氷がいつの間にか溶けてなくなっている。どちらもが言葉を探して視線だけが絡み合う、気まずい沈黙が流れる。

「あ、そうだ」

美歩はバッグに入れておいたガラスの瓶を取り出した。ジャムに使うような瓶には、バラの花びらで作られたポプリが入っている。バラの管理をしている庭師が、今日病棟に届けてくれたものだ。

「はいこれ。戸田さんにあげる」

毎年、この季節になるとこんなふうにスタッフに贈ってくれるので、美歩はいつも心待ちにしていた。今年はピンクと白の色合いのものを選んだが、理央のイメージにぴったりだ。

「え、でも……いいんですか？　有田さんのなのに」

「私は明日、別のをもらうから。まだたくさんあったよ」

理央の顔が微かに綻ぶ。蓋を外して、瓶の中をのぞきこむようにして鼻を近づけている。

「いい香り。ありがとうございます」

バラの香りに自然と空気が和らぎ、目を合わせて笑みを浮かべた。

「そういえば、佐野先生がね――」

何か盛り上がるネタをと思い、美歩は、佐野を尾行した話をすることにした。初めは驚いて言葉を失っていた理央だが、話が進むにつれて両方の目に力がこもる。美歩自身もあれほど心を悩ませていたはずなのに、こうして順を追って話していくうちに興味深い出来事に思えた。

「それで、有田さんがいまも佐野先生の財布を持ってるんですか」

「うん。早く返さないとまずいよね」

「まずいですよ、どうするんですか」

「こっそり鞄（かばん）に戻しておくことも考えたんだよ、私も。でも佐野先生、鞄なんて病棟で持ち歩いてないし」

「白衣のポケットに入れるのはどうですか」

「どのタイミングで？　無理だよ」

「じゃあ、落とし物を届けるって感じで交番にでも届けちゃいます？　病院の近くの」

「それいいかも」

「あっ。でもだめかあ。落とし物を届ける時って、住所とか名前とか交番で書くんですよ、たぶん」

「えっ、そうなの？」

「はい。定期券を拾って交番に届けた時、たしかそんな感じだったと思うんです」

理央の言葉に頷きながら、なかなかやっかいなことになっているなと、美歩は怯（ひる）む。こんな噂話をしている間にも、佐野は困っているだろうし……。

「直接渡すのが一番いいんじゃないですか」

「へ？」

「佐野先生、何も言わないような気がします。『どうも』って普通に受け取りそう」

久しぶりに彼女らしい快活な声を聞いて、美歩は少しだけ安心した。話題提供者の佐野にとりあえずは感謝だ。水の入ったコップに口をつけ、理央がひと口飲んだ。彼女の細く白い喉が、ゆっくりと動く。

「直接渡すなんて、やっぱりできないよ。後を尾けてたこと、訊かれるかもしれないじゃない」

理央がくすくすと笑うのを聞きながら、たしかに佐野なら何も詮索しないかも、と思う。

ひとしきり佐野の話で盛り上がった後、

「戸田さん、何か悩んでることあったら言ってね」

と理央の目を見つめた。美歩は、夕方のミーティングで出た院長の話を、ひと通り理央に伝える。

「ご迷惑をおかけして申し訳ないです。私も院長から、その話はされてるんです。自分としては退職はしたくないんですが、でも……」

「でも？」

「もしかしたら、私はローズをやめた方がいいのかもしれません。このまま残っていると、もっとご迷惑をおかけすることになるかもしれません」

　理央の目に、暗さが戻った。

「それ、どういう意味？」

　悩みがあるなら話してほしい。さり気なく言えたつもりだった。だが理央はそのまま口を閉ざしてしまう。

「いずれ有田さんと草間さんには話します。でも……あと少しだけ待っていただけませんか」

　思い詰めた様子に、美歩は頷くしかなかった。あと少し、というのがどれくらいなのか。このまま残っているともっと迷惑をかける、とはどういうことなのか。訊きたいことはあったけれど、

「わかった。草間さんにもそう伝えておくね」

　と美歩は明るい声を返した。

　肉の落ちた理央の首筋を見ていると美生のことが頭に浮かんだ。理央の顔が美生の顔に重なっていく。うっすらとした不安が、水中に落としたドライアイスの冷たい煙のように立ちのぼってくる。

「有田さん、私……大丈夫ですから」

　美歩の胸の内を読むように、理央が無理に笑う。よぎった不安を打ち消すように、

美歩も笑顔を見せた。

15

理央のマンションを後にして、自由が丘の駅に向かう頃にはもう、八時半を回っていた。草花の濃厚な香りが夜の空気にたちこめている。都会では、街の匂いは、夜の方がより濃く感じられる。季節は夏の盛りに向かおうとしていた。

この辺りは高級住宅地なのか、少し横道にそれると立派な門構えの邸宅が並んでいる。庭にブランコを置いている家もある。気ままに道を折れたりしながら、散歩のつもりで駅までゆっくりと歩いた。方角さえあっていればそのうち駅に着くだろう。

歩いているすぐ横を車が通り過ぎ、数メートル先で急停止した。ブレーキ音に驚いていると、運転席から人が降りてくる。

「有田さんでしょう？　どうしたの、こんなところで」

車から降りてきた人影が話しかけてきた。

「野原さん？」

電灯の灯(あか)りの下、俊高の笑顔が胸を衝く。

「こんな所で会うなんてね。何してるの？」

スーツ姿の俊高がにこやかに目の前に立った。

「通り過ぎた時ちらっと見えて、もしかして有田さんかと思ったんだ。よかった。当たってたよ。どうぞ、乗って。送っていくから」

俊高が丁寧な動作で助手席のドアを開けてくれる。後ろから車が迫ってきていたので、ためらっている間もなく美歩は助手席に乗りこんだ。俊高は後方の車に片手を挙げて会釈すると、滑りこむように運転席に戻り、車を発進させた。

どこを走っているのか全然わからなかった。口元に笑みを浮かべてハンドルを握る俊高の横顔を、さりげなく見つめる。こんな場所で偶然会えるなんて——。日焼けした肌が健康的で、笑うとできる目尻の皺が優しげだった。

「いま仕事帰りなんだ。有田さんは？　買い物でもしてたの」

「いえ、私も仕事帰りで……。戸田さんがこの辺りに住んでるから、ちょっと寄ってみたんです」

俊高が「そうだったの」と言いながら、エアコンの風量を強くした。冷風が美歩の汗ばんだ顔や首筋や腕を直接冷やす。

「家まで送るよ。この近く？」

「そんな。いいです、いいです。自由が丘の駅で降ろしていただけたらありがたいです」

美歩が首を横に振ると「ワンメーターの距離は行かないんで」と砕けた口調で俊高が笑う。

「それならどこかでケーキでも食べようか。遅くまでやってる店が、この近くにあるんだ。有田さん、疲れてるみたいだから」

美歩が返事するのを待たず、俊高がハンドルを右に切った。この辺りには詳しいのか、狭い路地をいくつも曲がり、邸宅の一角を改装してある洒落た店の前で車を停める。建物の壁に沿ってきらめく控えめなイルミネーションが、クリスマスシーズンのようだった。

「美味しいケーキを食べたら元気出るよ。有田さんにはいつも頑張ってもらってるから、院長に代わって労いますよ。さあ、行こう」

さりげなく背を押され、美歩はドアに手をかけた。そのままドアを押して車の外に出ようとしたその時、俊高の携帯が鳴った。画面を見た俊高は微かに眉をひそめた後、耳に携帯を押しつける。「今仕事帰りなんだ」「その話はまたゆっくりね」「きみが決めるといいよ。ぼくはそれでいいから」「だから、いま長話はできないんだって」電話から漏れる女性の声に対して、俊高はソフトな口調で答えている。耳を塞ぐわけにもいかず、美歩は電話が終わるのを息を潜めるようにして待った。

「妻でした」

電話を切ると、俊高が小さくため息をつく。妻……。そうだ。この人には奥さんがいるのだ。それなのに私ときたらやたら緊張なんかして、バカみたいだ。俊高を前にして恥じらっていた自分こそが恥ずかしい。雇い主と使用人。そう思えばケーキも二、三個はいけそうだった。

車から降りると、店の前で黒色のレトリバーが伏せて眠っていた。陶製の置物かと見間違うくらいに美しい犬だった。

「おっと。いつも寝てるんですよ、こいつ。剝製と間違えるでしょう?」

俊高が犬を見て目を細める。

寝そべっている犬の脇をすり抜け、俊高の後について店内に入ると、リンゴを煮たような甘い匂いが漂ってくる。

「わぁ。美味しそう」

ガラスケースの中に並ぶケーキを前に、美歩は思わず声を上げた。十種類以上はあるだろうか。繊細な飾りが施されたケーキに目を奪われる。

「どうぞ。好きなだけ選んで」

「じゃあ私はこれを」

美歩は洋ナシのタルトを選んだ。俊高が「もうひとつ頼んだら?」と勧めるので、ショコラに観覧車のような砂糖菓子が飾ってあるものを指差す。俊高は甘い物が苦手だからとエスプレッソを注文していた。

「甘い物を召し上がらないのに、こんな素敵なお店、よくご存じですね」

「雰囲気が好きなんだ。都内のカフェならけっこう知ってるよ」

店内は広く、空席はたくさんあったけれど、一番奥の窓際の二人席に俊高は腰を下ろした。テーブルには小さな花瓶が置いてあり、白いスイートピーが飾られている。すれ違って挨拶をする間柄から一気に距離が縮まり、こんな場所にまで来てしまった。相手が既婚者とはいえ、突然訪れたドラマみたいなシチュエーションにしばし酔いしれる。妻がいてもいなくても、素敵な人を前にすれば女子は無条件に蕩けてしまう。

席につくと間もなく、ウエイトレスがケーキを載せた皿をテーブルに置いた。

「そういえば、緊急で助産師を募集するようだね」

上品な所作でエスプレッソを飲んでいた俊高が、ふいに話題を変えてくる。

「どうして野原さんがご存じなんですか」

「院長に相談されてたんだ。僕の大学時代の友人が、医療機関の人材派遣会社を経営してるんで、院長がそこからすぐに派遣してもらうようにと言ってきてね。その友人ってのがもともとは医者なんだけど、会社経営の方が楽で実入りもいいって。……あれ、どうかした？」

「いえ、なんでもないです」

院長はなにをそんなに急いでいるのだろう。これまでにも、スタッフが足りない時期はいくらでもあったのに。

「どうしたの、手が止まってるよ」

俊高に促されて、美歩はケーキを口に運ぶ。

「この店の味、口に合うかな」

「はい、かなり美味しいです」

「それはよかった」

肩の力を抜くと、自分がとても空腹だということに気づいた。職場で走り回り、理央のことが心配でここまでやってきて、本当はくたくたに疲れている。俊高の優しい口調とケーキの甘さが、院長に対するもやもやを溶かしていく。

カップのコーヒーを飲み干すと、俊高はナプキンで口を押さえ、

「ところで有田さん。仕事帰りにわざわざ後輩の家を訪ねるなんて、職場で何かトラブルでも？」

と声の調子を変えた。

ローズの人事にも関与しているからだろう。俊高が心配そうに眉根を寄せる。

「トラブルではないんですけど、戸田さん、最近元気がないみたいで」

美歩はさっきの理央の様子を思い出しながら、言葉にする。

「何があったのか、本人から聞いたの？」

「まあたぶん……悩みごとがあるんじゃないかと」

「その悩みの内容を、有田さんは戸田さんから聞いた？」

「そんなに深くは……」

「こんなこと、僕が口出しすべきじゃないかもしれないけど、無理に介入しないほうがいいんじゃないかな。病院内の人間関係に悩んでいて、有田さんにも言いにくいのかもしれないし」

「人間関係？」

美歩は、俊高の顔を凝視する。理央の度重なる欠勤の理由が、病院内の人間関係？誰とでもうまくやっていける人だと思っていたので、そう断言されるのは意外だった。

でも――。理央の部屋で見た、男性とのツーショット写真を頭の中で思い出す。理央はその写真を隠して、たしか「いずれ話します」と言ったのだった。もしかすると、その相手は美歩の知る人なのかもしれない。今までの理央なら、もっと気楽に気になっている人のことを教えてくれたから。

あの写真の男性が、もし美歩も知っている人だとしたら……。

美歩の頭の中に、一人の男性の顔が浮かんだ。

「佐野先生」

俊高がすぐ目の前にいることも忘れて、思わず口に出していた。佐野と理央、そして温雨の顔が脳裏をよぎる。三角関係。そういうことか。

「佐野先生がどうかした？」

「いえ、なんでもないです。忘れてください」

言い淀む美歩を、俊高がじっと見つめてくる。もし理央が佐野と何かあって悩んでいたとしたら、自分はついさっき佐野と温雨の話題を出してしまった。理央はどんな顔をしてた？　考えなしの自分は、彼女の複雑な心境を見過ごしたんじゃないだろうか。

俊高はしばらくの間押し黙っていた。だが美歩がもう一度「いま口にしたことは忘れてください」と伝えると、ゆっくりと口を開いた。

「有田さんだから信用して話すんだけど、僕も佐野先生のことは気になっているんだ。実はローズに来てもらう時にも相当揉めてね。報酬を時給にしてくれと言ってきたり」

「時給？」

「そう。緊急での呼び出しの多い産婦人科医の場合、そのほうが手元に残る金額が多かったりするだろう？　とにかく、佐野先生は金への執着が強くて。それに――」

「それに、なんですか」

「院長に対しても反抗的なところがあるようでね」

「反抗的って？」

「さあ……はっきりとは知らないけど、スタンドプレーというのかな。院長に指示を仰ぐ前に自分で何もかも決めて行動してしまうと聞いてるよ。でも彼には技術があるから、簡単に解雇することはできないんだ。ただ、そんな好き勝手に振る舞える人物なら、スタッフを苦しめるようなことをしていても不思議はないかもしれないね。あくまで憶測の話だけど」

美歩は俊高の目を見て、あいまいに頷く。これまで考えもしなかったことだが、俊高の言葉には妙な説得力があった。理央の心を壊したのは、佐野かもしれない。

外に出ると、生ぬるい空気が体にからみついてきた。どんよりと暗い気分に胸を塞がれ、あんなに美味しかったケーキの味もすっかり忘れてしまっている。

「ありがとうございます」

支払いをすませた俊高に、美歩は小さく頭を下げる。

「こちらこそ。有田さんといろいろ話せて楽しかったよ。それから、これ。僕のラインのID。なんかあったらいつでも相談に乗るから」

四角いメモを俊高が差し出してきた。レジ前に置いてあったカフェのカードの裏面に、アルファベットが並んでいる。

「なんでも、気になることがあったら連絡してください。有田さんには二十四時間対応するよ」

俊高の親切に困惑していると、背中をそっと押された。今すぐ理央の所に戻って、佐野のことを訊いてみたい。そんな思いが頭をよぎったが、すぐに思い直す。俊高に駅まで送ってもらっている間、美歩はほとんど何も話さずに暗がりの景色を眺めていた。

16

翌日、日勤を終えて病院を出ると、外はまだ昼間の明るさだった。いつもより早く上がれたので、五時を少し過ぎたばかりだ。今日は一日中気持ちが落ち着かず集中力も途切れがちで、何事もなく勤務を終えられたことに正直ほっとしている。憑かれたように温雨の後を追う佐野、生気のない理央の顔、そして俊高が口にした佐野に対する評価――。考えることが多すぎて、息苦しくなる。自分は何ひとつ変わっていないのに、周りの景色がめまぐるしく移ろい、その場でぐるぐる回っているようだった。

携帯を取り出すつもりでバッグを探ると、指先に硬いものが触れた。

「あ……」

財布のことを、すっかり忘れていた。佐野は今日非番だったので返す機会もなかったが、さっさと心の重しを取ってしまいたくなって、ため息をつく。

ふと、温雨のアパートに寄ってみようかという気になった。

脈絡のない思いつきも、反芻してみると正しいことのように思えてくる。佐野が温雨のアパートにいるとは限らないが、もしその場で出会えたなら病棟でするには気まずいような話も、できるかもしれない。

心を決めると、胸の詰まりが少し軽くなる。

中野駅で電車を降り、記憶に新しい道順を思い出しながら歩いた。商店街を抜けてから信号を渡って、人通りの少ない方へと向かっていく。十五分ほど早足で歩き、アパートが遠目に見えてくると、自然と歩幅が狭くなった。理央のことを問い詰めたいという気持ちと、顔を合わせた時の気まずさを怖れる気持ちが交互に浮かんで、歩くスピードがどんどん遅まっていく。

アパートに近づき、壁のピンク色が見えてきた時、女の罵声が耳に入った。

あれは……温雨の声だ。

美歩はアパートのすぐ側まで駆け寄り、耳を澄ます。

「だからぁ、ほんとにうざいからっ」

外階段の陰に身を潜め、廊下をのぞきこむと、視線の数メートル先に温雨がいた。

ドアの前の狭い通路で、男女がもみ合っている。温雨と向き合っているのは、佐野だ。

「これ以上しつこいと警察に通報するからねっ」

佐野が頭を動かして、温雨の部屋の中に視線を伸ばしている。ドアを背に立つ温雨が、そんな佐野を追い払うように、目を吊り上げて叫んでいた。

「なんなの、いいかげんにしてよっ」

温雨の両手が佐野の胸辺りを押し、佐野の体がわずかに揺らぐ。不安定になった佐野の膝を、サンダルが蹴り上げた。

「あんたには関係ないでしょっ」

「そういうことじゃないだろうっ」

二人が烈しく言い合うのを、美歩はしばらく呆然と眺めていた。部屋に上がりこもうとする佐野を、温雨が必死に食い止めようとしている。どう見ても常軌を逸しているように見えるのは佐野の方だ。佐野を止めなくてはいけない――美歩の足が、無意識に前に出る。二人に向かってまっすぐ進んでいたその時、

「誰よあんた?」

温雨が美歩に気づき、顔をひきつらせた。佐野も動きを止めて、二人のすぐ後方で立ち尽くす美歩を凝視している。

「あの……私」

口ごもっているところに、

「ちょうどいい。きみも一緒に来てくれ」

佐野が温雨を押しのけ、強引に部屋の中に入っていく。脱ぎ飛ばしたスニーカーの片方が、通路に転がってきた。美歩は屈みこんでスニーカーを拾い、彼が入っていった部屋の中に目をやると、部屋から鼻を覆いたくなるような異臭が漂ってきた。

「ちょっと、何すんのよっ。やめてよっ」

温雨がサンダル履きのまま佐野を追いかけて部屋に上がり、金切り声を上げる。

「早く入って来い」

佐野が低く太い声で美歩を呼んだので、その声に引っ張られるようにその場で靴を脱いだ。四つ切り画用紙ほどの狭い玄関先に、何足ものヒールやサンダルが積み上げられている。

「う……」

部屋に上がると喉が痛むくらいの刺激臭が鼻をついた。

美歩は思わず目を瞠る。

床のクロスが見えないほどゴミや物が散乱し、生ゴミなのか糞尿なのか、得体の知れない臭いが混ざり合って目の粘膜を刺してきた。黒い虫が部屋の隅に転がるカップ麺の容器に群がり、息を吸いこむと吐き気をもよおした。１ＤＫの小さな空間そのものがゴミ箱のようで、開けっ放しの押入れからは、物が崩れ落ちかけた状態で止まっている。

「こんな……」

美歩は手で口を塞ぐ。こんな状態でよく人が暮らしていけるものだ。床に散乱している紙屑(かみくず)は、よく見るとひからびた便のこびりついた紙おむつだった。

「そこの黒い鞄を取ってくれないか」

部屋の隅にしゃがみこむ佐野が、肩越しに振り返る。彼とは二年以上一緒に働いているのだ。抑揚のない話し方をしていても、緊急事態であることはわかる。

美歩に背を向けたまま、忙しげに手を動かしていた佐野が、

「聴診器出して」

とリレーのバトンを受け取るように、手だけを美歩に向けて伸ばした。美歩はバッグの中から聴診器を探し、その手に載せる。佐野の肩越しにのぞきこむと、汚れた雑巾のようなものが見えた。

これは、なに……?

美歩は両目を見開き、息を止める。佐野の手の中にあるのは、染みだらけのロンパースを身に着けた新生児――いや、違う。新生児ほどの大きさだが、温雨が出産した赤ん坊だとしたら、もう一ヶ月になっているはずだった。

「すぐに搬送する。救急車呼んでくれ」

胸の音を聴いた後、佐野が散乱していた洗濯物の中からバスタオルを取り出し、床に敷く。

「やめてよっ。救急車なんてっ」

ヒステリックな声を上げて温雨は叫ぶが、子供を隠す必要がなくなったからか、さっきまでの怒鳴り声ではない。むしろ怯えが含まれている。

「極度の脱水に加えて栄養失調。体温もかなり高いんで感染症に罹患している可能性もある。このままだと、死ぬぞ」

傍らで騒ぎ立てる温雨の腕を強く引っ張り、佐野が凄んだ。

「綱島さん、こんなになるまで……どうして?」

子供の皮膚は、干からびた土のようだった。夥しい数の湿疹が、首や胸や腕を覆い、そこから黄色の膿が染み出ている。湿疹が潰れた部分は血や膿がこびりついたまま瘡蓋になっていた。皮膚からというより、子供の全身から異臭が発せられている。

佐野がどれだけ触れても泣き声を上げることもなく、呼吸をしているのかすらわからない。聴診器を当てるためにはだけられた胸は骨の形がくっきりと浮かび、首周りや脇の下には湿ったたまご色の垢が付着していた。

美歩が救急車を呼んでいる間に、佐野が子供をバスタオルの上に横たえ、点滴の準備を始める。腕に針を刺しても、痛がって泣くこともしない。もはや声帯の力も腹筋も、泣く気力すら残っていないのだろう。

「だめだな、脱水のせいで血管が縮みきってる。針が血管に入らない」

佐野が苛立ち、舌打ちをした。美歩はそんな佐野の横顔を息を詰めて見つめていた。美歩は自分のバッグからハンカチを取り出し、キッチンに向かう。カップ麺の容器があるなら、湯を沸かす鍋くらいは置いているはずだ。乱雑なキッチンを視線で掘り起こすようにして鍋を捜す。「あった。これで……」手持ち鍋で湯を沸かし、その中にハンカチを浸した。

「赤ちゃんの腕、温めてみます。もう一度やってください」

湯の中で温めたハンカチを、子供の腕に押しつけた。こうすれば血管が膨らみ少しは針が入りやすくなる。動いても針が抜けないように、通常は手の甲に針を打つことが多いのだが、いまは血管にさえ入ればどこでもいい。とにかく針が進入できそうな血管を見極めていく。

佐野は右手で針を持ち、左手で慎重に皮膚を撫でている。佐野の指先がゆっくりと皮膚の上を滑り、わずかな血管の膨らみを探し当てていく。

「よし、入った」

佐野の声と同時に、美歩は注射針をテープで皮膚に固定し、点滴を落とし始めた。

「点滴台がないな」

佐野が額の汗を拭い、眉をひそめた。点滴のパックをぶら下げておく台がないので、佐野は立ち上がり、自ら点滴パックを持っている。

「そうだ、針金ハンガーを代用しましょう。綱島さん、ハンガーありますか？」

美歩は温雨に向かって声を張った。つい今まで金切り声を上げていた温雨は、佐野が処置を始めると、抵抗を諦めたのか部屋の真ん中に置いているソファに座った。しみだらけのソファにもたれ、テレビを観ている。画面からこぼれる不自然なほどの高笑いは、子供の微かな息遣いをかき消す。

「綱島さん、ハンガーをお借りしたいんです」

温雨の耳元で、もう一度繰り返した。近くで見るとソファにはいくつもの焦げ痕があった。吸殻が灰皿に山盛りになり、何本かははみ出してテーブルを汚している。

温雨はテレビから目を離さない。

「点滴パックをひっかけるために、ハンガーをお借りしたいんです。針金でできたハンガーありませんか？　クリーニング屋さんでもらうやつです」

美歩は部屋の中を見回した。引越しの最中でも、ここまで乱雑にはならないだろう。ハンガーひとつでも見つけるのは難しいかもしれない。

「勝手に探せば」

「わかりました。探します」

美歩は、床に積もる雑多なものをかき分けるようにして部屋の中を歩いた。脱ぎ捨てられたままの洋服やスパッツ、ストッキングにブラジャー。スナック菓子の空き袋、使用済み紙おむつ、雑誌にレンタルビデオ屋の袋——。

テレビのすぐ横にクローゼットのような扉があったので、取っ手に手をかけた。何度か前に引いたが、何かがひっかかっているのか簡単には開かない。仕方がないので思い切り力を込めて引っ張ると、中からふきこぼれるように物が落ちてきて、視界を塞いだ。ブティックのバックヤードにも収まりきらないほどの洋服が、申し訳程度の収納スペースに詰めこまれていた。洋服の多くにはまだ値札がついている。

中に黒い針金のハンガーを見つけたので、手を伸ばして洋服から外した。足元にできた堆(うずたか)い服の山を跨ぎ、ハンガーを手に佐野の側に戻る。

「佐野先生、これを点滴台の代わりに——」

美歩は針金ハンガーの両端を上向きに曲げ、フックのような形状を作った。それをカーテンレールにひっかけ、フック状の部分に点滴パックをかける。

「救急車が来ても、点滴はこのまま持っていくから」

「救急車には佐野先生も？」

「同乗する」

美歩はソファに寝転がっている温雨を振り返り、

「救急車が着いたら綱島さんも一緒に行きますから、仕度をしておいてください。赤ちゃんの着替えとかおむつとか。吸い慣れた哺乳瓶の用意も」

と伝えた。聞こえていないのか、聞こえないふりなのか、温雨からはなんの反応もない。

美歩は顔を近づけ、もう一度、今度は耳元で同じ言葉を繰り返した。

蠅を振り払うように温雨の手が動く。

「綱島さん？」

美歩が肩を揺すっても無視を決めこむ様子に、腹立たしさがこみ上げてくる。どこも見ていないような目をして、答えない。温雨が無視を続けるので、美歩は自分でキッチンに立ち、必要な物を探した。だがキッチンも、ビールやジュースの缶、ペットボトルなどで埋め尽くされ、探し物が簡単に見つかるとは思えない。

「あっつう……」

床に転がっていたペットボトルを踏みつけた。靴下の裏から冷たい感触が染みてくる。飲み残しの液体が入ったままのペットボトルがそこらじゅうに転がっていて、腐敗臭を発している。美歩は茶色く汚れた靴下を脱ぎ、ジーンズのポケットにねじこんだ。

流し台には、苔のような緑色が側面にびっしりとはびこっている。この中で哺乳瓶を見つけられても、使える状態ではないだろう。

「綱島さん、赤ちゃんは母乳で育てているの？」

見たところ哺乳瓶もなければ粉ミルクの缶もない。冷蔵庫を開けてみたが、ミキサーにかけたようなドロドロに溶けた漬物と缶ビール以外何も入っていない。

「哺乳瓶の乳首はどこのメーカーのを使ってますか？」

救急車で病院に着いたら自分で買いに走ろうと思い、美歩は温雨に訊ねた。横になっていた温雨は、ソファにもたれかかるように座り直し、足を折り曲げている。

「ミルク？　そんなのやってない」

温雨が目線を上げて、美歩の顔を見る。汗で化粧が剝げたせいか、その顔は寝起きのようにぼやけている。

「母乳だけで育ててたの？」

ふてくされた表情で頷く温雨の肩に触れた。仕事に出ていない時間に、授乳をしているのだろう。だとしたら長時間何も飲まずという日もあったに違いない。事態は想像以上に深刻なことになっている。

「名前は？」

「……綱島温雨」

「あなたの名前じゃなくて、赤ちゃん。お母さんの名前は、うちの病院で産んでくれたから知ってるよ。赤ちゃんの名前は？」

「ああ。アツシ」

「アツシくん。どんな字を書くの？」

温雨は人差し指を前に突き出すと、空気の中に字を示した。

美歩が微笑むと、「好きなアーティストの名前」と温雨が微かに口元を緩めた。

「篤志くんね。いい名前」

「母子手帳はどこにある？」

美歩の言葉に、温雨がキッチンを指差す。自分で捜す気はないようで、「たぶん」と面倒くさそうに首を傾ける。美歩はゴミと生活用品がごちゃ混ぜになったキッチンに分け入り、ファッション雑誌やトイレットペーパー、ブランドのロゴが入った紙袋などが散乱している山を、手で崩していく。

「救急車が着いた」

佐野が、キッチンまでやってきた。右腕で子供を抱え、左手は自分の頭上より高く上げて点滴を持っている。佐野の腕の中にいる子供は、物音に瞼を震わせることもなく、窪み落ちた目も閉じられたままだ。

「救急車？　何も聞こえませんけど……」

「おれは聞こえたよ」

それから十秒もしないうちに、美歩の耳にも確かにサイレンの音が聞こえてくる。

「綱島さん、行きますよ。篤志くんと一緒に救急車に乗ってください」

美歩はソファに座っていた温雨の腕を取った。彼女の顔はテレビの画面に向けられていたが、その目は何も見ていない。

「あたし、行かない」

「何言ってるの」

「もうすぐ店だから」

「店？」

「仕事。……次ドタキャンしたらクビだって言われてるから」

美歩の手を振り払い、温雨が背を向ける。

神経を擦るようなサイレンの音が耳に届き、部屋のガラス窓に明滅する赤い光を映した。

「仕方がない、おれたちだけで行くぞ」

佐野はスニーカーを履いて、玄関を出ようとしていた。美歩はその場から動こうとしない温雨を振り返り、「病院に着いたら連絡しますね」と言い残して佐野の後に続く。いったん玄関を飛び出してから、佐野の鞄が部屋の中に置いたままであることに気づき引き返すと、温雨はさっきと同じ姿勢で固まっていた。

自分が産婦人科の医師であることを伝えた佐野は、救命士と一緒になって子供の受け入れ先の病院を探した。救命士がいくつかの病院に連絡をしたが、ＮＩＣＵが満床で断られることが三件続き、四件目の新宿区にある救命救急を担う病院でようやく受け入れを許可される。

「状態はかなり悪い。車中で急変ということもある。鞄からアンビューを出しておいてくれ。あと点滴もなくなりしだい新しいのに交換する」

美歩は佐野の指示通り、呼吸困難が起こった時に酸素を送るためのアンビューバッグを準備しておく。点滴パックも速やかに交換できるように自分の手元に置いた。佐野は温雨の部屋で測定した血圧や脈拍を救命士に申し送り、心電計の装着を始めている。

――頑張って。

美歩は分娩の時のように語りかける。

――あの部屋でお母さんのこと待ってたんだよね。お腹がすいてたまらなかったね。おむつも濡れて気持ち悪かったね。でもずっと待ってたんだよね。生まれてから三十日間も、あの部屋で一人きりで頑張ってきたんでしょう。だから大丈夫。あなたは強い子なんだから大丈夫。あと少しの我慢だから、頑張れ。

手を伸ばして頰に触れてみた。水分を含んだ瑞々しい感触はなく、老人の頰のように乾燥し、なのに皮膚だけは薄くて脆い——。全身を撫でても擦っても篤志からの反応はなかった。痩せこけた頰はもはや、ミルクを吸いこむ力も残っていないのだろう。

「この子は助かるよ」

美歩の心の中を読んだように佐野が呟いた。

「見ろ、心臓がしっかりしてる」

心電図のモニターを指差して佐野が大きく頷く。ポタ、ポタと落ちていく点滴の雫が、子供の体内に入っていくのを美歩は黙って見つめていた。この子は助かるよ——佐野の声を何度も何度も頭の中で繰り返した。

病院に到着し、佐野が医師や看護師に申し送りをしている間に、美歩は子供に必要なものを買いに行った。産科のある病院では、売店に行けば必要なものはたいてい揃う。「足りないものは売店に行けばありますよ」とこれまで妊婦に説明してきたが、こうして自分が買い揃えるのは初めてだった。

哺乳瓶、紙おむつ、肌着、ベビーウエア……思いつくままカゴに入れてレジへ向かうと、財布にあった一万円では払いきれなくなった。ベビーウエアと肌着を一枚棚に戻し、支払いを済ませ病棟に戻る。

佐野が、ナースステーション前のロビーにいた。どこを見ているわけでもなく腕組みをして、ぼんやりと立っている。

「先生、もう申し送りは済んだんですか」

美歩が声をかけると、佐野がはっとしたように振り返る。

「医師への申し送りは今終わったところだ。これからソーシャルワーカーと話をするんで、待ってる」

ぼんやりしていたわけではない。この人は、怒っているのだ。振り向いた顔を見て、そう思った。もちろん美歩にではない。おそらく、温雨に対してでもない。彼の内からどうしようもない怒りがただ湧いているのを感じていた。

病院を出ると、空には星が瞬いていた。月も南方の低い位置にあり、きらめきに目を奪われる。

「さっきはいろいろ手伝ってもらって、助かったよ」

病院の正面玄関から駐車場に続く廊下を並んで歩いている途中で、佐野が立ち止まった。

「いえ……そんな、偶然通りかかったんです。あ、えっと、偶然じゃなくって」

話しているうちに、心拍がとたんに上がり始める。きっと佐野は不審に思っているに違いない。どうして美歩が温雨のアパートに現れたのか。子供の処置や搬送をしている間に、自分が彼を尾けて来たことを、すっかり忘れていた。

「私、先生が綱島さんにつきまとっていると思ってたんです」

それらしい嘘が頭に浮かばず、思いきって口にした。

薄暗い電灯の下で、佐野の表情がどのように変化したのかわからない。それが救いでもあり、恐ろしくもあったが、美歩はこれまでのことを順を追って打ち明ける。佐野は黙って美歩の話に耳を傾けていたが、所々で小さく息を吐いたり、首をひねったりしていた。

「そういうことか」

さほど気にもしていないふうに、佐野が苦笑する。

「どうしてきみがあの店にいるのか、気にはなってたんだ」

「あの店って?」

「風俗店。きみが客引きの男と仲よく喋ってるから、なにか事情があるのかと思ってたんだ。助産師の給料だけでは暮らしていけない、特別な事情でもあるのかってね」

佐野は自分の言葉に頷く。

「それならそうと、私に直接訊ねてくださいよ」

「そんな、やたらに立ち入ることはできないだろ? 他人のプライベートに」

「だから誤解です。私、あの店で働いてるわけではないですよ」

駐車場を横切るようにして歩き始めた佐野に、美歩は並んでついていく。

佐野はまた口を閉ざし、スニーカーの底を引きずるようにして歩く。子供を病院に搬送してきた時の切迫した表情は消え、もう「何を考えているのかわからない」いつもの佐野に戻っていた。

——先生、篤志くんの状態が安定するまで、病院にいましょうよ。

ソーシャルワーカーとの話し合いを終えた佐野に、美歩はそう促した。だが彼は「いや」と首を振り、自分たちはただ子供を取り上げた病院の医師と助産師だからと言い切った。この先は福祉に任せるしかないから、と。ここまで執拗に温雨と関わっていたのにと、美歩は肩透かしを食らった気持ちになったのだ。

「明日、子供の状態を見に来ますか?」

「明日は朝から外来で、たぶん夜まで体が空かない。電話で容態の確認はしようとは思うけど」

「心配じゃないんですか」

「心配だよ、もちろん。回復してほしい。でもここから先は自分にできることもないし——。そうだ、どこかで飯でも食って帰ろうか。いつの間にかもう九時前だ」

駐車場を抜けて大通りに出ると、佐野は左右を見渡す。

「タクシーに乗って見知った場所まで、といきたいところだけど、実はたいして金を持ってないんだ。この辺の店でいいか？」

ズボンのポケットに右手を差しこむと、佐野はグーの手を美歩の前に突き出し、手品の種を明かすみたいに手を開けた。手のひらに、湿って縒れた千円札が三枚と、小銭が載っている。

「食事はご馳走するつもりだけど、ラーメンくらいしか……」

こんなふうに困惑する佐野の顔を、初めて見るような気がした。いつものポーカーフェイスが崩れ、新鮮な気分になったが、すぐに佐野の「金を持ってない」理由に思い当たる。美歩は肩からかけていたバッグの中に手をつっこみ、底にあった財布を摑むと、おそるおそる目の前に差し出された佐野の手のひらの上に載せた。

「ごめんなさい。先生の財布、私が持ってました。言い出せなくて……」

美歩は佐野の顔を見ずに頭を下げる。

「ああ――」

気の抜けた声が、頭の上から落ちてきた。

「やっぱりきみだったのか。けっこう捜したんだぜ」

「すみません」

「いや。拾ってもらったことには感謝してるよ。でも今日はきみが奢れよ」

おそるおそる顔を上げ、上目遣いに見上げた佐野の顔は、微かな笑いを含んでいた。

美歩はほっとして、でも実は自分も財布にほとんど金が残っていないことを打ち明ける。もしかすると家に帰る交通費すらないと告げると、佐野は「困ったもんだ」と呟き、「交通費も持たずにどうやって帰るつもりだったんだ」と笑った。

財布が戻ってきたから、ラーメンをやめてちょっとした中華にしようかと歩き出す佐野の隣に、美歩は並ぶ。ほっと力を抜き、夜の景色に目をやった。

17

小さな中華料理の店で食事をすますと、佐野は「それじゃあ」と最寄りの地下鉄の駅に向かって歩き出した。用事があるのだという。アルコールも飲まなかったので、病院からの呼び出しに備えてのことかとも思ったが、そうでもないらしい。美歩はなんとなく気になってしまい、いったん別れたものの駆け足でその背中を追った。辺りは薄暗く、少しでももたもたしていると彼の姿は雑踏の中に消えてしまいそうだ。

「先生、用事ってなんですか」

美歩が息を切らしながら肩を叩いたので、佐野は一瞬驚きの表情を見せたが、すぐに素に戻り「ちょっと池袋まで」と落ち着いた声を出す。

「池袋？　……綱島さんを迎えに行って、二人で病院に行くってことですね」

問い返す声が不自然に尖ってしまう。

「違うよ」

「じゃあどうして池袋に？」

食い下がる美歩に、佐野が苦笑いする。

「一緒に来るか」

答えを待たずに佐野がまた駅に向かって歩き出したので、その後ろをついていく。歩調が速くて、駅の構内ではその姿を見失わないように小走りになった。

「切符代、あるの？」

券売機の前で佐野が振り返った。

「ぎりぎり足りるんじゃないかな……と」

「ここから直接池袋に行くわけじゃないんだ。一度広尾に戻ってそれから」

「広尾？」

「乗り換えもあって面倒だけど。自宅まで車を取りに行って、それから向かうつもり」

明日の勤務は大丈夫かと佐野が訊いてきた。美歩が「大丈夫」と答えると、小さく頷く。

「でも……私が一緒だと、やっぱり迷惑かな」

「そうでもないよ。むしろいてくれたほうがいいかもな」

佐野はズボンのポケットに財布をしまい、改札に向かって歩き出す。

電車の中で、佐野は吊り革を手に目を閉じていた。美歩は時々横目で、彼の寝顔を眺めた。夜勤明けで、そのまま仮眠を少しだけとって日勤に入ったり、休日なのに院長からの呼び出しで緊急のオペに入ったり。彼の働きぶりは勤勉を通り越している。

「佐野先生は金への執着がすごいから」という俊高の言葉を思い出す。広尾にある高名な産婦人科病院からの引き抜きを受けた理由は、ローズの高い報酬——。美歩はさりげなく佐野の全身に目をやる。生地が薄くなった洗いざらしの綿シャツに、皺だらけのチノパン。スニーカーもつま先の部分は擦り切れていて、身に着ける物に金をかけるタイプでもなさそうだ。高級マンションにでも住んでいるのだろうか。それとも高級車が趣味とか。あれこれ想像を巡らせていると、薄く目を開けた佐野と視線がぶつかってしまい、慌てて目を逸らし、外を眺めた。

佐野の自宅マンションに寄った後、車で池袋に着く頃には、もう十一時前になっていた。雑居ビル一棟を壊してできた、街の窪みのようなコインパーキングに車を停めて、温雨の働く店に向かう。夜のネオン街は、息苦しくなるような重い光で満ち、昼には見ない顔つきをした男たちが、練り歩いている。どの店の看板も強い光で客を引き、アルコールの臭いと脂っぽい体臭で、空気が澱んでいた。

温雨が勤める店の前まで来ると、佐野は小さな路地を通り抜け、店の裏側に回った。従業員は、昼間は表の入り口から、夜間は裏から出入りするらしい。

店の裏側には堆く積まれたビールケースや潰れかけの発泡スチロール、なぜか半裸のマネキン人形などが所狭しと置かれていて、出入り口というよりゴミ置き場のようだった。側に立っているだけで気分が悪くなりそうで、美歩は、この場所から少し離れないかと佐野の腕を引っ張る。通りかかる人が、決して好意的ではない視線を自分たちに向けてくるので、そんな視線からも逃れたかった。

「きみは視力、いい方か？　おれは目が悪いんで、距離があると人の顔がわからないんだ」

「目、悪いんですか？　知らなかった」

だからいつも目を細めて処置や手術をしているのかと納得する。定番の不機嫌そうな顔つきは視力のせいなのかもしれない。

「コンタクトはしないんですか？　そんなんで仕事大丈夫なんですか」

「裸眼で〇・七はあるので、まあいけるさ。眼鏡は視界に縁があるみたいで好きじゃないし、コンタクトは手入れが大変そうでおれには向かない」

「そんなに神経質になることもないですよ。私なんてコンタクトを入れるケースを持ち歩いて、適当に着けたり外したりしてますし、仕事の時だけ着けたらいいんじゃないですか」

目の前を若い女が何人も横切っていくが、化粧も身に着けている服も、バッグまでもが似ているので、たしかに温雨を見逃してしまいそうだ。睫毛(まつげ)を増やし、黒々と目を縁取り、不自然なほど大きく見せた瞳はどれも同じに見え、顔の違いがわからない。佐野は腕時計で時間を確かめると「もうそろそろ出てくる頃かな」とまた出入り口のすぐそばに移った。

「綱島さんの勤務時間まで把握してるんですか」

「遅くても、夜の十二時までには店は終わる。まあそこから遊びに行ったりしているみたいだけどな。さすがに店を出てからの行動までは把握してないよ」

「綱島さんのこと、どうしてわかったんですか？　子供があんな状態になってるって」

「……飛びこみの分娩だったし、家族の面会もなかったから」

「それだけで？　そんな条件の産婦さんは他にもたくさんいますよ」

「うん、それもそうだ。実は、彼女は——」

佐野が口を開いた時だった。

ドアが開き、中から出てきた若い男が、美歩と佐野のことを睨んできた。煙草を吸い、こちらをけん制してくる。水玉柄の蝶ネクタイが、雨滴を浴びた昆虫みたいにくたびれている。

「なんだよおまえら」

怒鳴り声とともに、男が火の点いた煙草をこちらに投げつけてきた。直線で向かってくるオレンジの炎に美歩は一瞬身がすくんでしまったが、佐野の手が素早く煙草を払いのける。炎がフィルターを焦がす音が、足元で聞こえた。投げ捨てられた煙草の火は、路上でまだ小さく燃えている。

「何してんだ。おまえら」

男が体を揺らすように、近づいてきた。憎悪のようなものがその目に浮かんでいて、身震いがする。誰というわけではなく、世の中に対する憎しみ。不満を少しずつ膨らませながら、いつか爆発することを望んで、引火を待っている。

「ちょっとですね。待ち合わせをしているんですよ」

こんな所で揉めるわけにはいかない。いまにも殴りかかってきそうな男に笑みを向け、美歩はバッグの中から財布を摑み出した。たしか、この中に入れておいた――

「この方と私、知り合いなんです」

『三宅須磨夫』と印刷された名刺を、男に見せる。

「『おっとり猫』のおっさんと？」

「はい。三宅さんと懇意にしています」

「まじか」

毒気を抜かれたように、男が素の声で驚いてくる。隣で佐野が下を向いて笑う。

「あ、あれじゃないか」

佐野が声を上げた。

さっき男が出てきたのと同じドアが開き、扉の向こうから温雨が出てきた。

「綱島さん、車で来たんで、病院まで送るよ」

佐野が温雨に向かって声を張り上げる。温雨がその場で立ち止まり、こちらを窺っている。暗がりの中に、迷惑そうに歪む彼女の顔が浮かんだ。

「何だよおっさん」

男がまた、低い声でがなり立てた。佐野は男の顔をちらりと見て一度だけ視線を絡ませると、また温雨に向き直った。男が佐野の襟元を摑もうと、腕を伸ばした時、

「いいって。やめてよ。で、どこにあんの、あんたの車」

温雨が男の体を押し戻しながら、佐野と男の間に割って入った。呆気に取られた男を残して、二人は早足で歩いていく。美歩も慌てて、その後ろをついて歩いた。

佐野がパーキングの料金を支払っている間、美歩と温雨は無言で車のすぐ側に立っ

ていた。

「ボロ車」

独り言なのか美歩に向かって話しているのか、温雨が佐野の車に向かって舌を打つ。シルバーのハイエースは、たしかにかなり年季の入ったもので、どこかでぶつけた凹みも数箇所にあった。駆け足で車に戻ってきた佐野が運転席のドアを開けて「乗って」と声をかけてくる。

助手席に温雨が座り、美歩は後部座席に乗りこんだ。温雨が荒っぽくドアを閉めると同時に、車は走り出す。

「で、誰あんた。まだいんの？」

静まり返った車の中で、初めに口を開いたのは温雨だった。雷が遠くに聞こえ、雨が降り出してくる。車の中にいても雨音が高くなっていくのがわかる。タイミングよく車に乗れた、濡れずにすんだな、と窓の外を眺めていた美歩は温雨の声に視線を戻す。

「私はローズ産婦人科病院で助産師をしている有田と言います。綱島さんのお産の時についていてたんだけど、忘れてますよね、さすがに」

温雨が斜め後ろを振り返り、ちらりとだけ美歩の顔を見た。自己紹介した美歩に対して、彼女は何も返さない。

「子供が退院してからのことだけど」

　前置きもなく、佐野が切り出す。

「その話、無理。今聞きたくない」

「何度も言ってるけど、きみ自身も助かることなんだ」

　二人のやりとりを、後部座席から眺めていた。話を聞いているうちに、佐野が子供を保育園に入れることを勧めているのだとわかった。温雨は苦々しく舌打ちを返すと、バッグの中から煙草を取り出して吸い始める。佐野が窓ガラスをわずかに開けた。

「このままの状態にしていたら、また同じことになるぞ。子供が命を落とすという、最悪な事態を招くことになる。そうしたらきみは働くことさえできなくなるんだ」

　生ぬるい外気と雨粒が、わずかな隙間から車内に入ってくる。温雨が手を伸ばしてエアコンの風量を上げた。

「だからぁ。店長が給料明細を出してくんないんだって。あたしもいちおうは頼んでみたんだから」

　まだ火の点いた煙草を窓から投げ捨て、温雨が新しい一本をバッグから取り出し、口に挟んだ。口をすぼめてライターで火を点ける。一瞬だけの小さな火が、車内に浮かんだ。

「明細を出さないのは店が所得隠しをしてるからだ。そんな店で働くことじたい間違ってる。何度もそう言ってきたじゃな――」

「んなの、わかってんのよっ」

温雨は手のひらで窓ガラスを叩き、佐野の言葉を遮る。

「あたしだって篤志のこと預けたいと思って、役所に行ったんだよ。でも、書類を提出しろとだけ言われてさあ。その書類っていうのがよくわからなくて、しかも多いし。そんなの集められるかって嫌になったの。でも、あんたに言われたから、給料明細を出してくれって店長に頼んで……『そんなものない』って言われたんだよ。これ以上どうすればいいの？　それに、あんた知ってる？　夜間預かってくれる認可外託児所って、バカ高いんだって。それってさ、金のない親子は餓死して死ねってことだよね」

温雨が振り返って、美歩を蔑むように笑った。座席のシートにもたれかかり、鼻と口から煙を吐き出し、急に黙りこむ。

生活保護の申請、母子家庭としての登録、母子寮や乳児院の存在――。佐野は言葉を噛みくだいて説明するが、温雨の耳を素通りしていく。

「役所とかに見張られんの、嫌だし」

それでも話し続ける佐野に向かって、最後は怒鳴りつけるようにして言うと、温雨が座席の上で丸くなって眠り始めた。

病院で赤ん坊を産んだ直後の彼女は、たしかに母親の顔をしていたのだ。愛しいものを見る目でわが子に触れていた。でもいまはそんな時間があったことを、彼女はとうに忘れてしまっている。

病院で温雨を降ろし、夜間緊急出入り口の前まで見送ると、佐野は車に戻った。温雨に付き添って子供の様子を見に行くものだと思っていたので、美歩は意外に思った。「じゃあここで」と出入り口で別れた時、温雨自身も唖然としていた。

「先生は付き添わないんですか」

美歩の問いかけに、

「親戚でもないし、今は主治医でもないから」

と佐野はそれ以上何ができるのかというふうに首を傾げた。

「心配じゃないんですか」

「病院から、容態は安定しているという連絡はもらった」

「でも……」

「あとのことは福祉に託すしかない。次に繋げば、そこには必ず心ある大人がいるさ。本気で子供を守ってやりたいと願う大人が、この国にはまだまだいるとおれは思ってるから。ただ、その繋ぐことが今は難しくなっている。あの母子のことも少し前に役所には通報してしてたんだ。役所の人が、温雨のアパートを訪ねたりもしていなかったらしいが、いつも留守らしくてね。今日こうして子供を発見できたから、これでようやく福祉が介入できる」

赤信号で停まると、佐野は携帯に着信履歴がないか確かめている。

「疲れたな。家まで送るわ」

ハンドルを握ったまま、佐野がため息をついて瞬きを繰り返す。

「運転、代わりましょうか」

信号が青に変わってもなかなか目を開こうとしない佐野の肩を、美歩が叩く。驚くほど素直な様子で、佐野が「いいの?」と顔を上げ、ウインカーを左に出して車を路肩に寄せた。

「雨が強くて視界が悪いぞ。大丈夫か」

佐野が車の外に出て助手席に回りこむ。美歩もいったん車から降りて、運転席に移った。助手席に腰かけた佐野は、シートの位置を後方にずらして足を前に投げ出すようにしている。美歩は運転しやすいようにシートとミラーの位置を直し、カーナビに自宅の住所を打ちこんだ。

「綱島さん親子はどうなるんでしょうか……これから」

カーナビの画面を確かめ、美歩は車を走らせながら、佐野に問いかけた。雨は弱まる気配もなく降り続け、ワイパーで拭っても拭っても、視界は水浸しになる。

「彼女がこの状態を変える気がないのなら、乳児院が引き取ることになるだろう。母親のもとに戻しても、おそらく同じことが繰り返される」

佐野がゆっくりと目を開き、窓の外を見つめた。

「こういうこと、よくなさるんですか」

「こういう、とは？」

「今回みたいな。点滴パックや薬を持ち歩いて、虐待から子供を救うような……」

美歩にも「この母親は危ないな」と感じることがこれまでに何度かあった。そんな時は地域の福祉課と連携して、見守りを頼んだりもする。でも助産師としてできるのはそこまでで、個人的に家を訪ねるようなことはない。プライバシーの問題ということもあるし、何より自分に余裕がない。

「いや、いつもしていたら体が持たない。薬も知り合いの小児科医に分けてもらったものだし、こんなケースは今回が初めてだ。ただ綱島温雨は――」

佐野がふと口をつぐみ、表情を曇らせた。信号のライトのせいで、車内が赤く染まっている。

「昔のことだけど……自分が取り上げた子供の記事が、新聞に載ったことがあってね」

信号が青に変わり、騒音が再び車内になだれこんできたけれど、体の左側だけは精巧なレコーダーのように彼の声を拾う。

「母親の交際相手だった二十歳の男に、頭蓋と胸の骨を砕かれて殺された、という内容だった。その記事を読んで、なんというか……これまで感じたことがないくらいの烈しい怒りが湧いたよ。赤ん坊を殴り殺したその男を、この手で殴り殺したいと思うくらいに。おれにとって、その子は特別だったんだ。九割九分死産だと判断していたところから蘇生した子供だった。あれほどの奇跡的な回復に、それまで一度も出合ったことがなかったから」

仮死状態で生まれてきた子供だった。正常なら両手をバンザイにしてこぶしを握り、大きな声で泣きながら生まれてくる。だがその子はもうすべてを諦めたようにだらりと両腕を垂らしていた。

出産直後の「心拍」「呼吸」「筋緊張」「反射」「皮膚の色」の状態を示すアプガースコアは〇点。満点は十点となるのだが、その子はどの項目にも点をつけられなかった。温めたタオルで全身を包み、足や手や背中を擦っても、叩いて刺激しても、助産師が声をかけても、なんの反応も示さない。

正直なところ、何をしてもだめだろうと思っていた。でも最後に一度だけと、終了の線を引くような気持ちで声をかけたのだ。

――おい、おまえはここで生きるんだろう？

助産師のひとりが子供を納めるための箱を持ってきて、別の助産師は死亡診断書を取りに行った。

――おい、目を覚ませよ。やっと生まれてきたんだぞ。

耳元で訴える自分の声に、蠟人形（ろうにんぎょう）のようだった子供が微かに瞼を震わせた。助産師の声には反応しないのに、自分が呼びかけると、何かを伝えるみたいに、子供が反応したのだ。

この子の死亡診断書は絶対に書かない。心の中でそう決めた。

非科学的なことは信じないが、その時だけは自分の気持ちが切れなければ、必ず蘇生できると信じた。もう一度、両方の手のひらで全身を擦った。自分の持つ熱量全部、子供に注ぎ込んだ。おまえは、生きるために生まれてきたんだ。

子供が息を吹き返した瞬間は、涙が出た。必死で生かした命だったから、子供の母親の名前は忘れていなかった。新聞の小さな記事を見落とさないくらい、はっきりと記憶していた。

ワイパーが水を弾（はじ）く様子を見つめながら、佐野はさっきから力なく笑っている。美歩はどうしてそんな笑い方をするのかを知っていた。自分も美生のいろいろを思い出す時、笑ってしまうことがある。悔しさや悲しみは涙や怒りを通り越し、いつしか無力な自分への嘲笑に変わる。

「綱島温雨の子供は、死なせたくなかった。行政の手を待っていたのでは間に合わないことが、この世にはたくさんあるんだ。彼女を、子供を見殺しにするような母親に、したくなかったんだ」

雨がボンネットに叩きつけてくる。その雨音にかき消されるほどの小さな声で、佐野は言った。フロントガラスに雨水と赤信号の色が滲んでいた。同じ夜でも雨降りの夜のほうが、晴れた日の夜よりずっと暗い。

佐野は何かを考えこむように目を閉じると、そのまま口も閉ざした。彼が眠ってしまったと思い、美歩は車を走らせる。

美歩のマンションに着いたので、佐野の体を揺すり起こした。運転を代わってから渋滞もなく、三十分足らずでここまで来たが、あと十五分で日付けが変わる。長い一日だった。

「着いたのか？　眠ってしまって申し訳ない」

佐野が助手席のドアを開け、車から降りようとする。ラジオの雑音のような凄まじい雨音が耳を衝く。

「あ……」

いったん開けたドアを閉めて、佐野が助手席に座り直し、美歩の顔を見つめてきた。

「ありがとう」

言い忘れるところだったと、佐野が頭を下げる。

「いえ。そんな、別に」

美歩は胸の前で手を振って小さく返す。

「じゃあ」

と佐野が再びドアを開けようとした時、チノパンのポケットから携帯電話の着信音が聞こえてきた。

「病院からですか」

美歩が眉をひそめると、佐野はボタンを押しながら無言で頷き、携帯を耳に当てる。

今夜の当直は、たしか院長だ。

「もしかして、呼び出し？」

電話を切った佐野が、むっつりとした表情を浮かべている。

「腎機能の悪い妊婦の分娩だそうだ。すぐ来るように言われたよ」

「院長からですか」

「そうだ」

車のドアを開けた佐野が、雨の中を走って運転席側に回ってきた。運転席のドアを開け、美歩に降りるように促してくる。

「私が病院まで送ります」

目を見開く佐野の顔がすぐ側にあった。

「私も病院までついていきます」

もう一度美歩が告げると、佐野は驚きの表情のまま体を引くようにしてドアを閉め、車の前を今度はゆっくりと歩いて助手席に戻ってきた。助手席のドアを開けるなり怪訝そうな表情を浮かべて、美歩の顔を凝視する。

「どうして？」

佐野が車内に体を潜りこませると、シートはもちろんギアやダッシュボードや、その周辺のものに水滴が染みていく。

「財布を返さなかったことのお詫びです」

「いいよ、そんなの」

「いいえ、気がすみませんから。先生は眠っててくださって結構ですから」

美歩はギアをバックに入れ、車を切り返した。これから病院に戻り、手術に入ったら朝まで眠る時間は取れないだろう。ほんの少しの間でも休んでほしかった。

「先生はよくローズで働けますね。特別な理由があるんですか」

バッグからハンカチを取り出し、佐野の手の上に置いた。佐野が「どうも」とハンカチを受け取り、顔と首筋を拭う。

「別に……まあ報酬がいいからな」

「それだけですか？　こんなに忙しいのに」

「どこもこんなもんだよ。まあここは特にきついですけど」

人間の持つ能力で一番大切なのは体力に違いないと佐野は苦笑する。体力があればなんとか凌げるような局面がこれまで何度もあった。体力は気力を生み出し、気力は生きのびる力を蓄える。ここでの勤務はきついけれど、働けば働いたぶんだけの報酬があるので他よりもいいのだと、欠伸をまじえながら話す。

「お金がそんなに必要なんですか」

「金があればなんとかなる、なんてことはたくさんあるさ。正しいことをするにも金が必要。金って、貧しい人間の前を素通りして金持ちの所に集まるだろう？　院長が得ている過剰な儲けを、こちら側にも回してもらってるだけだ」

きっぱりと言い切られ、何と返せばいいのかわからず、美歩は黙りこんだ。雨音が沈黙を埋めてくれる。

「おれは昔から――」

雨の隙間に、佐野の声が静かに入りこんできた。「おれは昔から、親に捨てられた子供をたくさん見てきた。家が乳児院なんだ」

背もたれを起こし元の位置に戻すと、佐野が美歩の横顔に視線を当てる。

「えっ？」

「ああ、おれに両親はいる。うちの母親が乳児院を開設してたってだけで」

「先生のお母さんが？」

「ああ。おれが生まれた時にはすでに寮長をやってた。院の名前は『かえる園』っていうんだ。春になるとかえるの鳴き声がすごいから、それでかえる園。園に来る子供は、病院に置き去りにされたり、教会の前に捨てられたり。駅のトイレというのも、決して珍しい捨て場所ではなかった。乳児院は〇歳から三歳になるまでの子供を預かる所だから、三歳を過ぎるとまた別の施設へ移っていくんだが」

佐野がエアコンの風量を上げると、くもっていたフロントガラスがわずか数秒で透明になる。

実家は都内から三時間ほど車で走った所にあり、周りは田んぼしかない所なのだと佐野は話を続けた。

一軒の家と家の距離が数十メートルもあって、そんな田舎町のさらに外れた場所に、かえる園は建っていた。古い建物は景色に埋もれるくらいに色褪せていて、玄関の門の桜しか、自慢できるものはない。でも、本舎と庭の他にちょっとしたホールがあり、クリスマスや夏祭りなんかの催しには地元の人たちが集まってくる。

園の名前には、いつでも帰ってこられる故郷という意味もあるのだと母親から教えられた。

「おれの自宅は施設の敷地内にあったんだ。小さい頃はどっちが本当の自分の家だかわからなかったくらい、おれは園の中で過ごしてたよ」

なぜか敷地内に大きな窪みがあって、その隕石落下跡みたいな場所に、自宅が建っていたのだと佐野は笑う。

「乳児院に一般の子が好きに出入りしたりできるんですか」

「うちは民間委託だったから公立の乳児院より自由にやってたな。でも経営はいつも苦しかった。母がブルドーザーみたいな人で、これがいいと思ったらどんどん推し進めるんだ。たとえるなら……草間さんと辻門さんを足して、さらに倍ほどいかつくした感じだ」

「それはけっこうな……」

「そう。すごい人だった。昔は、どこの院も子供たちの服なんて揃いのものを身に着けさせてたんだろうけど、それを『ひとりひとり違うものを』って言い出したり。子供たちを風呂に入れる職員に『裸で一緒に入ってほしい』と頼んだりね。七五三の時、施設の子供たちは自治体から招待してもらえるんだ、お菓子をもらえてね。母は子供たちに着物を着せたいからって必死で予算を捻出してた。そんなだから『あの乳児院の寮長は見栄っ張りだ』と周囲からいつも陰口叩かれてたよ。でもうちの母は『親は子供のためには見栄を張るもんでしょう。見栄っ張りで何が悪いの』なんて気にもしてなかったけどな。きみは知ってるか？　昔、乳児院で暮らす子供たちは、雨の日の外の様子を知らなかった。雨降りの日は施設の中にいるもので、外を歩くことはできないもんだと思っていたんだ。どこの乳児院もそうだったはずだよ、雨の日は散歩も外遊びも中止になるから。それをうちの母は『雨だからって一歩も外に出ないなんておかしいわ。傘とカッパと長靴を買いましょうよ』ってね。『雨の日を楽しみましょう』と……」

　いろんな人とやり合って、時には父親とも口論になって、金のやりくりにいつも頭を悩ませて、それでも死ぬまで寮長をしていた母親だったと、佐野が懐しそうに話す。

「亡くなられたんですか？　お母さん」

「おれが大学六年の時にね。今わの際に、『産科の医師になって、生まれてくるすべての子を助けなさい』と言われてね。そんな、遺言みたいに告げられたら、誰だってその約束を破れるわけないだろう？　施設の子供たちには優しいのに、息子のおれにはいつも厳しい人だった。褒められた記憶なんて、ほとんどないよ」

　最期まで自分勝手な母親だったと、佐野は小さく息をつく。我儘（わがまま）に生きてるから百歳くらいまで絶対死なないと思っていたらあっけなく逝（い）ってしまった。

親のいない子供はいつも、雨降りの中にいる。

自分はそう思うのだと、佐野は言った。守ってくれる人のいない世界で、雨宿りできる場所を探している。

「綱島温雨は、うちの乳児院にいた子供なんだ。うちに来たのは生まれて間もない時だった。温雨という名前は、母に相談されておれがつけた。この子には温かい雨が降ってほしいと思って、そんな名前にしたんだ。彼女が飛びこみ出産でうちに来て、きみがカルテの名前を読み上げた時、すぐに思い出したよ、めったにある名前じゃないし」

佐野は美歩の目を見て頷くと、「少し……寝てもいいか」とシートを倒そうとする。

「いまごろお母さん、先生のこと褒めてますね。綱島温雨さんとその子供を助けたから」

美歩が笑うと、佐野は虚空を見つめてぼんやりした表情を浮かべた。やがてその目は窓の外に移り、「雨、やまないかな」とぽつりと呟く。明日は遠足か運動会か——楽しい行事を控えた子供のような憂いが、その声にあった。

視界の先の方で稲光が見えた。音は聞こえなかったので、ここからは距離があるのだろう。通行人の傘が強い風に煽られ、灯りのついた店先には雨宿りをする人たちが肩を寄せ合っている。

窓の外に、見慣れた景色が白く煙って見えてくる。あと十数分もすれば、職場に到着する。今日は世界中でいくつの命が生まれるのだろうかと、美歩は月のない空を横目で見上げた。やっぱり……雨降りの夜はいつもよりずっと暗い。

ローズの駐車場に車を停めたが、美歩は佐野を起こすかどうか迷い、しばらく寝顔を眺めていた。鍵をつけたまま車から降りると、雨はやんでいて、濡れた地面が外灯の白い光を反射している。

「悪い、熟睡してた」

助手席のドアが開く音に振り向くと、佐野が空に顔を向けて佇んでいた。「雨、やんだな」と呟く。

遠くから救急車のサイレンや、鳥や虫の鳴き声や、濡れた地面を滑るタイヤの音が聞こえてくる。

「綱島さんはこれからどうするんでしょう」

佐野の横顔に訊いてみる。

自分の声が夜の隙間に潜りこみ、思いもかけずに深刻な響きになっていた。

出産したことも、自分を求めて泣き続けた赤ん坊がいたことも全部、記憶からそぎ落とすようにして生きていくのだろうか。すべてを忘れて何事もなかったように暮らしていくなんてことが、そう簡単にできるものなのだろうか。子供を産んで、施設に入れて。お腹が空っぽになった温雨が、また以前と同じように生きていくのだとしたら、なんのための新しい命だったのだろう。

「彼女の中に、母親としての何かは残るんじゃないかな」

低い声が湿った空気に滲む。

「母親の中に生涯残るものを、子供は必ず置いていく。命を宿すということは、そういうことだとおれは思う。その命が生まれても生まれなくても、育っても育たなくても、一度母親になった人には何かが与えられるんだ」

送ってもらって助かったよ、と佐野は話を切り、「じゃあ」と手を挙げて歩き出した。

「おつかれさまでした」

長い夜にため息をつき、美歩は雨がやんだ空を見上げる。振り返ると、通用口の灯りの下にいる佐野が、扉を開けて中へ入っていくのが見えた。

18

佐野と別れて家に戻ると、夜中の一時半を回っていた。恵比寿駅で最終電車になんとか乗りこんだのが、十二時四十八分。今日も長い一日だったな、と風呂を沸かして冷えた体を温める。痺れるようなお湯の熱さに、心と体がゆっくりとほぐれてくる。今頃、佐野はハイリスク出産に向き合っているのだと思うと、後ろめたいような切ないような気分になった。

風呂から上がり、携帯を片手にいつものコククジラの映像を眺める。

自然の中には絶望と希望が渦を巻くように混在し、それは自分たちの暮らすこの場所でも同じだ。

美歩と美生が一番好きだったのは、旅の途中で母親とはぐれてしまったコククジラが、目指してきた北の海を目前にシャチの群れに取り囲まれてしまうシーンだった。柔らかい肉を求めて待ち伏せしていたシャチが、容赦なく襲いかかってくる。漆黒の群れが子供のコククジラを挟みこみ、押さえつけ、海に沈めていく――。母とはぐれた子供のコククジラに歯向かう術は何もない。逃げることもできず、母を呼ぶ鳴き声だけが、海の凪に哀しく漂う。

もう――だめだ。

ここまで必死で泳いできたコククジラが力尽き、深く深く沈められていく。

それが海の世界。自然の摂理。

大半のコククジラの子供たちは、こうして大人になることなく海の藻屑と消えていくのだ。

だがその時、とてつもない速さでコククジラに向かってくる、巨大な生き物がいた。

ザトウクジラだ。

ザトウクジラは群れになり、大きな唸り声を上げながらシャチに向かって突進していく。そして尾びれ、胸びれでシャチの体を打つようにして、群れを分断させる。

慌てて逃げる敵の群れを、ザトウクジラは追いかけていく。完全に撃退するために、しつこいくらいに——。

沈められていたコククジラが再び海面に浮かび上がり、弱々しく、それでもまたひれを動かして泳ぎを再開する。

(もう、大丈夫)

コククジラの周りをゆっくりと泳ぐザトウクジラは、そんなふうに語りかけるのだろうか。自分より弱い生き物を守ろうとする本能が、ザトウクジラには具(そな)わっているといわれている。

(さあ、もうひと頑張り)

ベーリング海まであと少し。豊饒(ほうじょう)の海でたくさんの栄養を蓄え、短い夏が終わる頃になると、子供のコククジラは独り立ちをする。

ソファに寝そべりうとうとしていた美歩は、電話の音で目を覚ました。こんな時間に誰だろうか。立ち上がり、テーブルの上の携帯に手を伸ばす。

「はい？」

電話は、理央からだった。

『夜遅くに失礼します』

苦しそうな喘ぎ声が耳の奥をひっかき全身を粟立てる。

「戸田さん？　どうかしたの？」

『有田さん……私、苦しくて……。助けてください』

嗚咽の間から漏れる声に、背筋が冷たくなっていく。いつか、理央からこんな電話を受けるような予感があった。

「今すぐ向かうから。大丈夫？　待てる？」

できるだけ冷静な声で話しかけた。電話の向こう側から苦しそうな呼吸音が聞こえてくる。

すぐにタクシー会社に電話をかけ、車を呼んだ。マンションの玄関ホールの前でタクシーを待ちながら、いったい何があったのかという不安に押しつぶされそうになった。

タクシーの中で、救急車を理央の家に向かわせるべきかどうか迷っていた。「今すぐ行くから」と理央に告げ、ほとんど何も考えずに飛び出してきたが、まずは彼女の状態を確認することが第一だったんじゃないだろうか。だが理央も免許を持つ医療者なのだ。救急車を呼ぶ判断ならできるはずだ。美歩に助けを求めてきたのだから、おそらく致命的な傷は負っていない――。

理央に電話をかけてみるが、返答はない。数分空けて繰り返しかけたが、呼び出し音だけが切れ目のない鎖みたいに続いている。

理央のマンションのすぐ前でタクシーを停め、支払いをすますと、美歩は思いきり駆け出した。エレベーターを待つ時間ももどかしく、階段をひと息に上がる。途中で何度もつまずきそうになりながら、なんとか理央の部屋の前にたどり着いた時には息がきれ、ドアの前でしゃがみこんでしまう。

ドアのチャイムを鳴らしても返事はない。

「戸田さん、有田です。戸田さん？」

荒々しい呼吸音を頭の中に響かせながら、ドア越しに叫んだ。痰が絡んだ喉元に、錆びた鉄のような味がせり上がってくる。ノブを回すと鍵はかかっておらず、思い切り引っ張った弾みで体が後ろに倒れそうになるのをこらえ、部屋に入っていく。

「どうしたの……大丈夫？」

ベッドの上で、理央が体を折り畳むようにして横たわっていた。

両手で下腹部を押さえ、呻き声を上げている理央に、

「痛むの？」

と声をかける。

「どこが苦しいの？」

背に触れて訊いてみたが、理央は顔を歪めるだけで何も話さない。脈を取ろうと、下腹を押さえている理央の手を握った時——生臭い血の臭いがした。嗅ぎ慣れた臭いだった。心臓が胸を強く打つのを感じながら理央の体を覆う布団を剝ぐと、敷布団が血液を吸いこんで赤黒く染まっていた。

「この血……どうしたのっ」

低い叫び声が口を衝いた。思わず周囲を見回す。誰かに危害を加えられたのか。刺されでもしたのか。

「違うんです」

理央が弱々しく首を振る。

「違うって？」

「あ……ぼ、みたいです」

言葉がはっきりとは聞き取れず、美歩は何度も訊き返す。

横たわる理央は黒いスウェットを穿いていて、美歩は出血部位を確認しようとスウェットの前の紐をほどき下にずらした。血の臭いがさらに濃く鼻腔(びこう)に入ってくる。

「何？　何て言ったの？」

「流産(アボーション)……？」

さっきの理央の言葉の意味がやっとわかる。美歩が「妊娠してたの？」と訊ねると、理央は顔をしかめて頷いた。下腹が痛むのか、鳩尾に両手を置いたまま体を丸めて縮こまっている。

「こんな夜中に呼んでしまって……」

「そんなこと気にしないで。一人で辛かったでしょう」

「ごめんなさい」

「痛みは強くなってる？　おさまってきた？」

「さっきより……おさまってきたような気がします」

美歩は小さく息を吐く。これ以上の出血がなければ、安静にしていれば容態は落ち着いてくるはずだった。今までひとりで耐えていたけれど、痛みが消えずに美歩に助けを求めたのだろう。

「バスタオルはどこ？　ナプキンは？」

気力を振り絞り、美歩は立ち上がった。

理央はまだ苦しそうだったけれど、目を閉じて呼吸をする様子は自分が到着した時に比べて、悪くなった感じはしない。顔色も少しずつ戻ってきているようだった。

「この右腕、どうかしたの？」

理央に着替えをさせている時だ。腕に紫色の痣を見つけた。

どこかで烈しくぶつけた痕のような変色が、肘の内側についている。

「右腕？」

訳がわからないという表情で理央は首を傾けたけれど、質問の意味に気がついたのか、

「ちょっと……こけちゃって」

と顔を背けた。美歩は、皮膚に残る内出血に目を近づける。それに気づいた理央が、さりげなくパジャマの袖を下ろして隠すまで、美歩はその痕から目を離せなかった。

「血液の付いたものは全部処分しておくね」

ビニールのゴミ袋に、シーツとパジャマをまとめて入れる。血液と一緒に流れ出た肉片様の細胞組織もあったので、理央には見せないほうがいいと判断し、新聞紙にくるんでからビニール袋に押しこんだ。

「すいません、有田さんに汚れ物の後片付けまでさせて……」

「大丈夫だよ。それより、もうゴミ捨て場に出してくるね」

臭いが外に漏れないよう袋を二重にすると、美歩はきつく結び目を作る。

「本当に申し訳ありません……」

「マンションのゴミ収集場の場所を教えてくれる？」

理央が、エントランスを出てすぐ右にあると教えてくれた。取っ手のついた大きなダストボックスが三個並んでいるので、その中央の一番大きなボックスに入れておけばいい、と。

美歩は頷くと、ゴミ袋を持って部屋を出て、エレベーターに乗りこむ。血液を含んだシーツやパジャマは腕がつりそうになるくらいの重みがある。思った以上に出血があったのかもしれない。少し落ち着いたら病院へ連れていかなくては……。

この後の段取りを考えているうちに、エレベーターが一階に着いた。ゴミ袋を持つ手に力を込めて、エレベーターを降りる。

エントランスを出て右方向に進んでいくと、理央の言う通り白っぽいダストボックスが外灯の下に設置されていた。美歩は手前のボックスの取っ手を掴み、蓋を開ける。

その時、他のゴミに混じって、見慣れたものを見つけた。

どうしてこんなものが、一般ゴミの中に捨ててあるのだろう。

美歩はダストボックスをのぞきこんでいた顔をいったん上げて、周りに誰もいないかを確認する。そして、ゴミの詰まったボックスの中に手を差し入れた。

部屋に戻ると、ダストボックスに捨てずに持ち帰ったゴミ袋を自分のバッグの底に隠した。ゴミ袋の中には、理央の体内から流れ出た肉片様の組織が入っている。

「……ご迷惑をおかけしました」

体についた血液を温かいタオルで拭きとっている間、ベッドに横たわる理央が涙をこぼす。

「気にしないで。私のほうこそ戸田さんが妊娠してたって全然気がつかなくてごめんね。知らずに夜勤とか難しいお産とか任せて」

「そんな……私が黙ってたんです」

「でもこんな状態になるまで放っておいたらだめだよ。戸田さんは助産師なんだから。母体のことを一番に考えないと」

「……はい」

「ねえ、さっき右腕を見た時にね、内出血して腫れてたように見えたんだけど。どうかしたの？」

自分の憶測が事実だとしたら、恐ろしいことが起こっているのではないか。美歩は慎重に、理央の様子を観察する。

「知らない間にぶつけただけです」

理央は硬い表情のまま首を振った。

「本当？」

「はい、本当です」

「……そっか、わかった」

美歩が納得した顔を見せると、深くうな垂れていた理央の歯の間から小さな息が漏れる。

十週目に入ったところだったと、理央は話した。どうしよう、そろそろ病院に行ってきちんと検査をしなくてはいけない、と考えていた矢先だった。

黙りこんだまま目を閉じていた理央が再び泣き出すのを、美歩は声をかけることなく見守っていた。静かなすすり泣きが、室内に続く。

「……産みたかったんです」

理央が呟く。血の気の失せた顔が、一点を見つめている。やがて理央が目を閉じ静かな寝息をつくまで、ベッドを背もたれにして側に座っていた。

理央が完全に眠りに落ちると、美歩はそっと立ち上がった。

部屋に血液の臭いが充満していたので窓を開ける。熱風が流れこんで、室内が一気に蒸し暑くなった。

窓の外には、さっきまで雲に隠れていた月が、南西の空に見えた。月を見ていると頭に上っていた血がゆっくりと下がってきて、少しずつ冷静な思考が戻ってくる。

再び床に座り直して部屋の中を見渡した。以前、写真立てが置かれていた場所に目をやると、写真はやはり片付けられたままで、その部分だけ意図的にくり貫かれたようだった。

理央のお腹にいたのは、誰の子供だったのだろう。

人の部屋で捜し物をするなんて無礼なことだと詫びながら、それでも写真を見つけ出すつもりだった。

洋服ダンスの引き出しを捜し、テレビ台の扉も開けた。整理整頓された理央の部屋に無駄なものはない。キッチンの上の戸棚、押入れ、本棚の隙間――思いつくままに捜していくが、写真立ては出てこない。ひょっとして捨ててしまったのだろうか……。

――大事なものはお菓子の缶に入れて、植木鉢の下に置いてるんですよ。

どこを捜しても見つからず、諦めようと思った時、以前理央が口にした言葉が蘇った。そうだ、植木鉢の下のお菓子の缶。

理央が熟睡しているのを確かめた後、美歩はお菓子の黒い缶を植木鉢の下から抜き出した。そしてゆっくりと蓋を開ける。

「……あった」

心臓が大きくひとつ、脈を打つ。伏せられている写真立てを、震える指先でゆっくりと裏返した。

写真の中で嬉しそうに笑っている理央——幸せそうにはにかむ理央の隣に、美歩のよく知る人がにこやかな表情で立っていた。全身から力が抜けていく。体を支えていた首の力が抜けると頭が重くなり、そのまま床に突っ伏すように前のめりに倒れる。目を閉じると部屋に漂う血液の臭いが、いっそう濃く感じられた。

19

一本目のワインボトルが半分以上空いたところで、向かい合って座る俊高の足が美歩の足に触れた。アルコールのせいなのか、足先から順に体が火照っていく。ホテルの十五階にあるイタリア料理店の窓からは夜景が見渡せ、ほくそ笑む下唇のような薄く細い月が近くに見えた。

理央が流産したあの日、夜空に浮かぶ月は満月より少し欠けていて——あれからもう二週間が経ってしまっている。

「有田さんのほうから誘ってもらえて嬉しいよ。相談があるって言ってたけど、先に聞こうか」

俊高が控えめな笑みを口元に浮かべ、美歩のグラスにワインをつぎ足す。灯りの落ちた室内で、テーブルの上にあるキャンドルの炎が小さく揺れていた。

「突然誘って……ご迷惑かと思ったんですけど」

美歩は俊高の視線を外すように、俯く。

「まったく迷惑じゃないよ。二十四時間対応って僕が言ったの、憶えてる？」

俊高は微笑みながら瞬きをすると、デザートを運んできたウエイターに、二本目のボトルを注文しようとする。ワインの銘柄を繰り返し告げる声を、美歩は冷静に聞いていた。体は熱くなっているが、頭の中は冷めていて、早く酔いがさめるように冷水を喉に流しこむ。

「この店もたいしたことないな。あの程度のウエイターを置いてるなんてね。いい店だって知り合いから聞いてたんだけど」

「へっ？」

「いや、有田さんにどうしても飲んでもらいたいワインがあったんだ。店に置いてあるかって訊ねたらその銘柄自体を知らなくてね、正直驚いたよ。まぁいいか、二本目は別の場所で飲み直そうか」

俊高が眉をひそめるので、美歩も小さく頷いた。ワインの銘柄など自分はひとつも知らない。

「有田さんから相談があるって聞いて、実は真っ先に頭に浮かんだ人がいるんだ。あ、まずグラス空けてよ。さっきからあんまり飲んでないようだけど」

俊高に促されるままグラスを持ち上げたが、ほんの少し口をつけるだけにしておく。

「頭に浮かんだ人って?」

空になった俊高のグラスにワインをつぎ足し、首を傾げる。

「佐野先生。実は彼の噂、僕も最近知ったところなんだ」

困惑顔で頭を振り、俊高が顔を歪めた。どこからか、佐野と温雨のことがもう伝わっているのかと美歩は重い気持ちになる。弁解したい思いを抑えて、ワイングラスに映る自分の浮かない顔を眺めた。

「遊ぶんだったらもっとうまくやらないとなぁ」

俊高が不意に笑った。美歩の同意を求めるみたいに、目の奥をのぞきこんでいる。

「うまく、ですか?」

「語弊があったら失礼。地位のある大人が、つまらない相手と噂になるようなことをしていたらどうしようもないだろ?」

酒の入った俊高の口調は、しだいに辛辣になっていく。

「でも本気で好きになってしまったら、うまくやるなんてことできないんじゃないですか?　それに、つまらないかどうかは、他人が判断することじゃないですし……」

美歩の言葉を聞き流し、俊高は自分のグラスに残りのワインを注ぐ。

「草間さんが前に言ってたことがあるんです。本当に好きになると、人は自分のことより相手のことを大切に思うものだって」

「ないない、それは理想論だって。自分の日々の暮らしを楽しく充実させるために、恋愛はするもんだよ。本当とか、偽りとか、そういう線引きって必要ないよ。たとえば、僕が有田さんを好きで、二人で楽しめる時間があったらそれが正解だと思うけどな」

先のことも周りのことも、考えなくていい。いまこの時間が幸せであれば、それでいいんじゃないか——。俊高はキャンドルに息を吹きかけ、個室の灯りを落とす。そしてテーブルの上に身を乗り出すようにして美歩に顔を近づけ、そのまま唇を重ねてきた。一瞬のことで、美歩は固まったまま身動きできない。

「じゃあそろそろ行こうか」

ボトルのワインが空になると、俊高が腰を浮かせた。

「今日は外泊できるって言ってたから、部屋をとっておいたよ。部屋で飲み直そうか。あ、それから、有田さんのこと、美歩って呼んでいいかな」

俊高が美歩の手を握り、じっと見つめてくる。

宿泊客などどこにもいないかのように、ホテルの廊下は静まり返っていた。毛足の長い絨毯の上を、美歩は俊高に手を引かれて歩く。支払いを済ませ、店を出た時からずっと、手は繋がれたままだ。

「どうしたの、さっきからずっと無言なんだけど」

俊高は部屋のドアを開けながら囁く。右の耳に彼の熱い息を感じ、美歩は肩をすくめて下を向いた。ヒールのつま先だけを見て、逃げ出したくなる気持ちを抑える。

先に部屋に入った俊高がネクタイを緩め、上着をクローゼット内のハンガーにかけた。冷蔵庫のミネラルウオーターを取り出し、コップに注いでから口をつける。水を飲む喉の音が静まり返った部屋の中に一定のリズムを打った。

手の甲で口元をぬぐい、

「気分でも悪くなった」

と俊高が訊いてくる。

「ちょっと……酔ってしまって」

「横になる？」

視線でベッドを指すと、

「その重そうなバッグ、下ろしたら？」

と俊高が近寄ってきて、美歩の肩にかかるバッグに手をかけた。

「さっきから黙りこんじゃって、何考えてるの」

俊高が美歩の肩に手を回してきた。自然な動きで、彼の唇が美歩の額に軽く触れる。

「昔の……小学生の頃のことを考えてました」

「小学生？」

「はい。女子と男子でどっちが偉いか、みたいな喧嘩になって。それで勝負つけるか、ってことで、私が女子の代表みたいになっちゃって……。男子の代表と、給食の早食い競争をしたり、飛び降りられる階段の段数を競ったり。どんどんエスカレートして、最後はかたつむりをどれだけ長く口の中に入れておけるかっていう、バカみたいな――」

「かたつむり？」

「その勝負、私が勝ったんですけど、今でも口の中でかたつむりが蠢く感触をはっきり憶えてて……その感じが今蘇ってます」

「なんだ、それ。いつも思ってたけど、有田さんってかなりおもしろいよね」

芝居がかった仕草で俊高が笑う。笑いながら美歩の体に回された腕に力が込められる。右肩に彼の顎が乗り、さっき息を吹きかけられた右の耳に今度は舌が這わされたので、思わず身を捩った。

「シャ、シャワーを浴びませんか？　俊高さん、どうぞ先に入ってください」

苦し紛れの言葉が口から飛び出した。俊高がシャワーを浴びている間に、飲み物を用意して――。

「じゃあ一緒に入ろうか」

「え」

「そうしないと、僕が入ってる間に、美歩が逃げて帰りそうだから」

俊高は美歩の薄手のカーディガンを、みかんの皮を剝くみたいに簡単に脱がせると、拗ねたように唇を尖らせる。

「じゃあ、私が先に……」

美歩は俊高の胸を手のひらでそっと押し出すようにして離れ、バスルームに向かった。

このまま部屋を飛び出したい気持ちで、洗面台の鏡を見つめる。

(大丈夫?)

鏡の中の自分に問いかけた。

(大丈夫、やるしかない)

そんな問いかけを頭の中で繰り返しながら、美歩は着ていた服をひと思いに脱いだ。

ここまでついてきたのだ。やり通すしかない。

シャワーを浴び、白いバスローブを身に着けて部屋に戻ると、俊高が粘り気を帯びた目で美歩を見てきた。ソファに座って足を組み、ミネラルウォーターの残りを飲んでいる。

「少し酔いがさめたみたいです。先にシャワー使わせてもらってありがとうございます。俊高さんも、どうぞ」

美歩が促すと、今度は素直に頷いて、俊高が足早にバスルームに向かった。シャワーの水音が聞こえてくるのを確かめてから、美歩はグラスを二つ用意して、一方に砕いて粉にした薬を入れる。

薬は睡眠導入剤として使われる、ハルシオンだった。

壁にかかる鏡に向かって、深呼吸を一度してみる。怯えた顔をした自分が、鏡の中からこっちを見ていた。

水音が途切れてバスルームのドアが開くのと同時に、缶ビールを両方のグラスに注いだ。ハルシオンの入ったグラスを目の高さまで持ち上げ、粉になった薬が溶け込んでいるかを確認する。グラスの縁に鼻を寄せ匂いを嗅いでみたが、大丈夫、おかしな感じはない。

「ビール、いかがですか」

バスローブの胸の辺りをはだけたまま、ゆったりと歩み寄ってくる俊高にグラスを差し出す。

「気が利くね。ありがとう」

俊高がグラスを手にしてくれたのでひとまず息をつく。このまま一気に飲んでほしかった。薬の味も、ビールの苦味でなら紛れるだろう。俊高は美歩に体を密着させるようにして、ビールを口に含んだ。飲みながら美歩の顔をのぞきこんできたので、味の違いに気づいたのかと鼓動が速くなったが、喉を鳴らして飲み干してくれた。

薬の効能が現れるまで三十分。アルコールを同時に含んでいるので、もう少し早いかもしれない。ただあと三十分、話をするだけでやり過ごせるかどうか。美歩は捲れ上がったバスローブの裾を直し、会話の糸口を探す。

「俊高さんの奥さんはどんな方ですか」

「奥さん？　別に、普通ですよ。おもしろくもないし。派手だけど、たいして美人でもない」

「じゃあどうして結婚したんですか」

「どうしてかって言われてもね。ま、こんなとこでいいんじゃないって気になったからかな。きりがないしね」

俊高は、大きな動作で美歩の肩に腕を回し、押しつけるように体を寄せてくる。回された手が美歩の胸に触れていて、バスローブの襟元を指先が弄ぶ。

「そろそろ本当のこと言いなよ」

俊高が急に低い声を出し、真顔で美歩を見つめてきた。彼が話すたびに、熱い息が首筋にかかる。

「僕を騙したら大変なことになるよ」

冷めた声に身を硬くして、目を瞠った。前歯で下唇をきつく噛むようにして、俊高の顔を見つめ返す。

「うそうそ。冗談。そんなに驚かなくても」

険しい表情をふと緩めた俊高が、笑いながら美歩の首筋に顔を埋めてきた。

「でも、本当は疑ってたんだ。美歩と佐野先生ができてるんじゃないかって思ってたんで。実は、前に二人で車に乗ってるとこ、駐車場で目撃したことがあってね」

首筋から唇を離し、俊高が目だけで笑う。

「そんな顔しなくてもいいよ。そっちがどんな関係でも気にしないから。だから美歩も、僕の背景は気にしなくっていいんだ」

俊高は眠気など全然感じていないようで、やはり一錠ではなく二錠飲ませるべきだったと後悔する。バスローブを弄んでいた指先に力が込められ、俊高の指が腰紐の結び目をほどこうとしていた。

「美歩から誘ってきてくれて嬉しいよ。本当は……相談なんてなかったんだろ?」

俊高が腕を強く掴み、ベッドに引っ張っていく。捩っても逃れられない力に美歩は、

「ちょっと待ってください」

と声を上げた。

「あの、実は今すぐに連絡しないといけないところがあるんです。いいですか」

俊高の体を思いきり両手で押し返す。

俊高は一瞬だけ不機嫌な表情を見せたが、それでもすぐに笑顔らしきものを作り「どうぞ」と手のひらを上に向けた。美歩は「すいません」と下を向き、「俊高さん疲れてますよね。先に横になっててください」と精いっぱいの甘い声を出した。俊高は無言でベッドに入ると、肘枕で横たわる。横になったまま、美歩から視線を外さない。

バッグの中から携帯電話を取り出して、ラインの画面を開いた。誰に？　誰にラインを送ればいい？　俊高に背を向けているが、彼の視線が自分の背中にあるのがわかる。美歩は頭の中で、最も返信の早い友達を思い浮かべる。ああそうだ、ヨッチだ。いつもは「暇してるねぇ」と呆れていたけれど、今夜は誰よりもヨッチだと確信する。どうか入浴中ではありませんように。

『ヨッチ？　とにかくすぐに電話ください。至急でお願い！』

ヨッチにラインを送信して、後ろを振り返る。自分を見つめている俊高と目が合う。

「急用？」

「はい。あの……夜勤帯のスタッフに伝え忘れてたことがあって。今病棟に重篤な妊婦さんがいるんです」

適当な言い訳だったが、さして興味なさそうに俊高は頷き、「おいでおいで」をするように片手を挙げて美歩を呼んだ。美歩はのろのろとした動作でベッドに近づいていく。エアコンですっかり湯冷めした体が冷たくて、膝から下は感覚がなくなっている。俊高が腕を掴み、ベッドの中に引きこもうとしたので、美歩は彼の体の上に倒れこむようにして覆い被(かぶ)さった。俊高の体が、美歩の肌に熱く触れる。

三分くらいだっただろうか。俊高に抱きすくめられてから、三分――。

美歩のバッグの中で携帯電話が鳴り響いた。

「電話、出ていいですか」

美歩は跳ね上がるようにベッドから起き出すと、駆け足で音を追う。腰紐の結び目のほどけたバスローブが、肩からずれ落ちていく。

小さな舌打ちを背中で聞きながら、

「はい。有田です。ああ、その件ですね」

と携帯を耳に押しつけた。

ヨッチが『何言ってんの？　どうしたのよ？』と電話口で呆れている声に被せて、できるだけ電話を延ばさなくてはと一心不乱に話し続けていると、背後の気配がふっりと消えた。おそるおそる肩越しに振り返ると、俊高が肘枕をしたまま目を閉じているのがわかった。

　電話を耳に当てたまま、美歩は彼の口元に耳を寄せて寝息を確かめ、目で胸の上下の動きを見る。俊高が、完全に眠った――。ハルシオンは穴に落ちるかのように、突然眠りに入ることが多い。

「ありがとう、ヨッチ。助かった。詳しいことはまた今度話すね。ごめんね、切るよ」

　美歩は受話器の向こうで『なになになに？』と叫び続ける友人に心からの礼を告げると、携帯電話をバッグにしまった。はだけたバスローブをかき合わせて、静かに俊高に近づく。自然な寝息と規則的な胸の上下。大丈夫、俊高は熟睡している。美歩は大きく息を吐き出して、バッグの中に準備しておいたDNA細胞を採取するキットを取り出した。

　使用方法は家でシミュレーションしてきた。長い綿棒のようなスワブを被検者の口の中に差し入れ、内頬を撫でる。内頬の細胞を擦り取るのだが、痛みを伴うほど強く擦る必要はない。インフルエンザの判定で使うキットも、綿棒を鼻の穴に差しこみ鼻腔の粘膜を擦るが、「その要領でやれば大丈夫ですよ」と、病院に出入りしている検査会社の営業マンに教えてもらった。

「俊高さん？」

スワブを片手に、声をかける。大きめの声で呼んでも、俊高は目を覚まさない。美歩は俊高の顎の肉を片手で挟むようにして力を込め、口を開けた。スワブを口の中に差しこんで、内頬の肉を擦る。

「一本目は……これで大丈夫かな」

指先の震えも、意識を集中させるうちにおさまってくる。二回目、三回目も同じ動作を繰り返し、合計三本のスワブで検体を採取すると、美歩は息をついた。とにかく、うまくいったと思う。口を半開きにしたまま横になっている俊高を見下ろし、このことが公になったら大変なことになるだろうと背筋が冷たくなる。どれくらいの罪に問われるのだろうか……でももうやってしまったことだ。後には引き戻せない。バスローブを脱いで、服に着替えると、美歩は置き手紙を書く。

『夜勤でトラブルがあったようなので応援のために病院へ向かいます。有田』

枕元に手紙を添えておいた。

20

立て続けの分娩を二件終え、ようやく落ち着きを取り戻した分娩室の中に、美歩はひとりきりで立っていた。

俊高を眠らせ、内頬の細胞を採取してから二日が過ぎていた。これからすることが成功したら、自分の憶測が確かな事実になるはずだった。

時刻は午前四時を少し過ぎたところだ。灯りを最小限に絞り、懐中電灯を手にしているのは、分娩室の奥にある物品室で作業をするためだ。

物品室には医療廃棄物が専用のボックスに溜めてある。使用済みの空アンプルや針などが、それぞれ白、ピンク、黄のダストボックスに分別され回収日まで保管されている。ローズでは三週間に一度の間隔で専門業者に引き取りを依頼していた。明日は引き取り日なので、実行するには今日しかない。

「点滴パックは、と」

使用済みの点滴パックが溜められた、黄色いダストボックスを引き寄せる。マスクを二重にしてつけてはいるが、さまざまな薬品の入り混ざった臭いは鼻腔を抜けて喉の奥を刺激する。息を止め、ビニール袋が敷かれたボックスの中に手を差しこみ、

「一、二、三、四……」

と「生理食塩水」と書かれた空のパックを取り出していく。二十日分なので、数え切れないほどの量ではない。間違いのないように二度数えて、その数をメモした後は、同様に空アンプルの入ったピンク色のダストボックスに手を入れた。空アンプルの中から子宮収縮剤のパルタンだけを取り出し、数えていく。

今から十六日前、理央が流産した日、美歩はマンションのゴミ収集場で奇妙なものを見つけた。それは使用済みの点滴パックと、パルタンの空アンプルだった。点滴パックに繋げられたルートの先には注射針まで付いていた。

それを目にした時、医療廃棄物があまりにずさんに捨てられていることに、嫌な感じがしたのだ。医療廃棄物を一般ごみに混ぜて捨てるなど、まともな医療者の行為ではない。

もしかして、誰かが個人的に使用したものかもしれない。でも誰が？　なんのために子宮収縮剤など使用するというのか。

その瞬間ふと、理央の右腕の内肘にできていた紫色の痣を思い出した。あれは、点滴の薬液が漏れた痕では？　誰かが理央に点滴を打った？　どうして？　陣痛を促進するパルタンを、臨月でもない妊婦に注射したらどうなるかくらい、医療者ならわからないわけがない。


「いたっ」

アンプルの尖った先で指先を切り、血が滲み出る。手袋を二重にはめて作業しているが、点滴パックのように簡単にはいかなかった。アンプルは小さく、薄暗い灯りの下では薬名も読み取りにくい。

　ひとつひとつに懐中電灯の光を当てて確かめる作業は、思ったより時間がかかる。美歩はいったんすべてのアンプルを別のビニール袋に移し、移した中からパルタンのアンプルだけを取り出して床に並べ、それ以外のものはダストボックスの中に戻していくというやり方で、個数を確認した。

「やっぱり、持ち出されてる……」

　思った通り、生理食塩水の使用済み点滴パックも、子宮収縮剤の空アンプルも、病棟の記録に残っている使用数と照らし合わせてひとつずつ足りない。病棟以外の場所で、点滴パックとアンプルが一つずつ使用されている、ということだ。ローズでは往診をするようなことも外来棟で点滴を行うこともなく、廃棄物はすべてこの袋の中に保管されている。

「間違いない」

　美歩は確信する。この病棟に出入りする人間が、理央の部屋で生理食塩水の点滴パックと、子宮収縮剤のアンプルを使用している。なんのために――流産を引き起こすために違いなかった。

　上ずる気持ちを必死に抑え、美歩は床の上に並べたアンプルをダストボックスの中に片付けていく。あとは、誰が点滴の処置をしたのかを、彼女から直接訊けばいい。

すべての作業が終了すると、三時間が経過していた。片付けを終えた美歩は、膝を摑むようにして立ち上がり、大きく息を吐く。這いつくばって作業していたので、全身がきしむように痛んでいる。だが日勤帯の助産師が出勤してくる八時までにあと一時間ほどしかない。もう一度気力を奮い立たせ、美歩は懐中電灯を手に、廃棄用のダストボックスを元の場所へと引きずっていく。

「誰かいるのっ」

低い声が背後で聞こえ、美歩は手に持っていた懐中電灯を落とした。金属が床にぶつかる音が、美歩に小さな悲鳴を上げさせる。尻餅をついてそのまま後ずさり、部屋の隅まで移動した時に煌々と電気が点き、入り口に立つ草間の姿が見えた。

「……有ちゃん？　何してるの、こんな所で」

眉間に深く皺を寄せ、草間が声を上げる。休憩室で眠っているとばかり思っていたが、起き出してきたのだろう。

「何をしてるのって、訊いてるの」

草間が床に転がる懐中電灯を拾い上げた。

「あの……申し訳ありません」

「謝ってとは言ってないでしょ。何度も同じこと言わせないで。何してるか訊いてるんでしょう」

「……使用済みの点滴パックを数えてました。それと、空アンプルも」

「なんのために？」

両手を腰に当てた草間が、呆れたように大きな声を出す。

「それは……」

「だめよ、有ちゃん。人に話せない事をこそこそしてちゃ」

草間は手を伸ばし、這いつくばるように座りこんでいた美歩の体を引っ張り起こした。「指、怪我してるじゃないの」という声が優しくて、張り詰めていた全身の力が緩む。

ちょっと待ってて、と草間は隣の部屋から椅子を持ってきた。美歩を椅子に座らせると、指先から流れる血をティッシュで押さえつけ、傷をアルコール綿で拭いてからバンドエイドを貼りつける。

「有ちゃんがこの数日間こそこそやってることは、なんとなくわかってたのよ。私ね、あなたが業者に自費で遺伝子検査を発注していること、知ってるの。検体を二つ出してたでしょう。あれはなんの検体？　検査結果を最初に受け取るのは私たちだから、院長や巣川師長には気づかれないだろうけど、ああいうことを勝手にやっちゃいけないってわかってるでしょう？」

「……はい」

草間の口調は決してきついものではなかったけれど、あやふやな弁明では許してもらえそうにはなかった。

「ここ最近、患者の電子カルテのチェックも、必要ないのにしてるわよね。ドクターが出した薬の内容を確認してるんでしょう?」

「……はい」

「あれも、なんで? いったい何を調べてるの? ひとりきりで抱えないで私にも教えて」

壁を隔てた新生児室から泣き声が聞こえてくる。お腹がすいたのか、おむつが濡れて気持ち悪いのか、抱き上げてほしいのか。いつまでも耳に残る高い声が、いつになく哀しく切実に頭の中に響いた。

「――それで私、戸田さんから電話をもらってすぐに彼女のマンションに行ったんです」

美歩と向かい合って座る草間は、落ち着いた目をしていた。泣きつかれて眠ってしまったのか、いつの間にか新生児の声は聞こえなくなっている。自分の話し声だけが、狭い物品室に響く。

草間に、自分が理央の部屋で見てきたことを順を追って話した。理央のパジャマやシーツが赤黒い血液で染まっていたことを思い出し、話しながら煽られた炎のように怒りが膨らんできた。

「それで有ちゃんは、誰かが戸田ちゃんをわざと流産させたと思ったのね？」

「はい」

「でもそれがなんでうちの病院内の誰かがやったことだと思うの？」

「戸田さんの部屋に――写真があったからです」

「写真？」

「はい」

「どういうこと？　何か関係あるの？」

美歩は一呼吸置いた後、草間に写真に写っていた男性の名前を告げた。理央が植木鉢の下に隠していた写真に写っていたのは野原俊高。その人だった。理央は誰にも気づかれることなく、俊高との関係を深めていたということだ。もう後戻りできないほどに深く、深く。

草間はいったん息を止めるように黙りこみ、辺りを見回す。

「それ、本当？」

草間の手にある懐中電灯の光の輪が、弱々しく揺らぎながら壁を這った。

「俊高さんと戸田ちゃんが……」

それまで動じない様子で話を聞いていた草間が、表情を曇らせる。美歩と同じ疑いが、草間の頭の中に浮かんだのかもしれない。何か言葉を口にしようとして押し留まり、また口にしようとして止める。その動作を繰り返した後、意を決したように草間は、

「じゃあ、あの遺伝子検査は……」

とさらに声を低くして訊いてくる。

「ひとつは、戸田さんが流産した内容物の組織。もうひとつは、俊高さんの細胞組織です」

美歩の言葉の途中で、草間は片手で口元を押さえた。空気を飲みこむような音がする。

「俊高さんがそこまで……？　人工的に流産させるなんて……。でも彼は産科の医師じゃないわ、パルタンをどうやって手に入れるの？」

自らの考えを打ち消すように、草間が首を振った。

「院長です。カルテの記録を確認すると、院長は事件の前日に、適用のない妊婦さんに、子宮収縮剤の点滴の指示を出しています。その妊婦さんは、正常分娩ですでにお産をすませた人でした。お産も終わっているのに、そんな処方をするのは明らかにおかしいです。薬液の使用数を記録上で合わせるためだけに、出した指示だと思いま

す」

誰かが、病棟から薬を持ち出したのだ。ローズには薬剤管理部など独立した部署がないため、薬は病棟内の助産師や看護師によって薬剤室で管理されている。スタッフであれば、薬を持ち出すことくらいたやすい。

「じゃあ院長が自ら薬を持ち出したっていうの？　それとも俊高さん？　それはいくらなんでも無理でしょう。だったら誰かが見ているんじゃない？」

薬剤室に出入りするスタッフは限られている。俊高か院長のどちらかがあの場所に立ち入ることは考えられない。ましてや、薬がどこに保管されているかも知らないはずだ。ありえない、と草間が首を振った。

「証拠もないのに、めったなこと言うもんじゃないわよ」

「でも……」

「それになんでそこまでする必要がある？　犯罪行為よ」

「外部に漏れるとまずいからじゃないですか？　俊高さんの経営するクリニックは、奥さんの実家からの援助で開院したんだって、戸田さんから前に聞いたことあります。だから……戸田さんの妊娠をなかったことにしたかったんではないでしょうか。戸田さんは産むつもりでした」

いつしか大きな声を出していた。草間は黙りこんだまま言葉を失くし、ＤＮＡ鑑定の結果すら訊いてはこない。今の日本では年間およそ十八万件ほどの人工妊娠中絶が行われている。出産件数が約一〇〇万と考えれば、五分の一の確率で芽吹いた命は医療行為によって消えていく。自分たちは日々、命の重さと軽さを、いつだって同じくらい切実に感じさせられているのだ。美歩の話が妄想や虚言の類ではないことを、草間もわかっているはずだった。

沈黙の間、壁時計の秒針の音だけが忙しなく聞こえてきた。美歩は草間にすべて話しきってしまったことで、むしろ気持ちは楽になっていた。

「有ちゃんは、どうするつもりなの」

草間の表情は険しかった。

「戸田さんに全てを話そうかと思っています。戸田さんがこの事件の真相を明らかにして、場合によっては俊高さんの罪を法的に問うというのであれば、協力していこうと――」

「だめよ」

美歩の言葉を遮るようにして、草間は小さく叫んだ。

「でもこのまま見過ごせば、事件はうやむやになったままで……」

「それでも、戸田ちゃんにすべてを話すのはよくないと思う」

「どうしてですか」

「戸田ちゃんに伝えるのは、よしましょう」

「そんな……でも何も知らせずにこのままにしておくのがいいことだとは、思えないんですけど……」

俯き加減だった草間が、姿勢を正して美歩を見つめてくる。懐中電灯の光の輪が草間の足元を円く照らす。

「有ちゃん、真相を明るみに出してだれが幸せになるのか、考えてみなさい。そんなことを聞かされて、戸田ちゃんが救われる？ 大ごとになって一番ダメージを受けるのは有ちゃんじゃなくて、戸田ちゃんでしょう？」

草間は小さくため息をつくと、「私たちは――。真実を暴くことが仕事ではないのよ」と美歩の肩に手を置いた。

「ねえ、有ちゃん、前に子供の血液型のことで揉めた話、憶えてる？」

「血液型で揉めた？ あ……あのスタッフ間で気まずくなった一件ですか」

「うん、そう」

草間が懐中電灯を点けたり消したり、口ごもりながら言葉を継ぐ。

「あれ、有ちゃんは本当のところ、どう思った？」

出産を終えた後、産婦に「子供の血液型を絶対に主人には伝えないでほしい」そう懇願されたことがあった。美歩の受け持ちで、どうするべきかと申し送りの際にスタッフに相談した。ローズでは母親はもちろんだが、新生児の血液型も他の検査に合わせて調べている。その検査結果は原則両親に知らせることになっていたが、その産婦は「夫には伝えないで」と繰り返し言ってきた。母親はO型。父親の血液型は聞いていない。

「そんなのよくない。そんなふうに考えるスタッフもいたよね。いくら母親の頼みでも、病院側がデータを隠すのは正しくないって」

「ええ。たしか、そんなふうに答える人もいました。子供の誕生は父親にとっても重大なことだから、知らされないことがあるのはおかしいって」

「戸田ちゃんがあの時、なんて言ったか、憶えてる？」

「え……」

「彼女はね、『じゃあ検査をしないでおきましょう』って言ったのよ。いまは母親と生まれた子供が、安心して生活できることが一番だから。母親と子供が不幸になることは、助産師として何より辛いって。……その時ね、私はその通りだと思ったの。だって私たちが心から願うのは、お母さんと子供が穏やかに幸せに生きていくことだから」

結局、その新生児に限って検査項目から血液型を抜いた。辻門が「新生児の時の血液型は不安定なものだから。成長して変わるケースもあるんだし、別にいいじゃん」

と最後は軽くまとめて、「原則が原則が」という巣川師長を納得させていたことを思い出す。

美歩は下を向いたまま、込みあがってくる感情を飲みこんだ。自分だってどうしたらいいかなんてわからない。何が一番正しい答えかなんて、どうやったって見つけられない。

「真実を照らし出して不幸になることっていっぱいあるじゃない。開けちゃいけない箱の中身を、この仕事を通して有ちゃんだってたくさん見てきたでしょう。人はね、きれいごとだけでは生きていけないの……でも私が言えるのはここまでかな。だって、話すか話さないかを決めるのは、やっぱりすべてを知ったあなたでしかないから」

草間は静かだけれど迫力のある口調で言い、そろそろ日勤帯が出勤してくるわよと美歩の肩を摑んだ。

21

病院の一階から続く渡り廊下の、ちょうど真ん中辺りに立って、中庭のバラ園を眺めていた。八月に入った真夏の庭に、バラは一輪も咲いていない。けれど梅雨を経て、たっぷりと水を吸ったバラの樹木には、また違う美しさがあった。花を咲かせた季節など忘れたみたいに濃い緑の蔓を伸ばし、生命力にあふれている。庭師が丁寧に手を入れているこの庭が、病院内のどの風景よりも好きだった。

でももう、このバラ園を見るのは今日で最後かもしれない。

腕時計を見ると夕方の五時半になるところだった。五時までの日勤を終え、あとは帰るだけなのだが、美歩には大事な用があった。

一昨日、草間にすべてを打ち明けた後、考え抜いた。非番だった昨日は、家から一歩も外に出ずに悩んだ。理央のことを自分はどうすればいいのか、彼女にとって、何が一番いいことなのか。

外来棟から人が出てくる気配があり、佐野がスリッパをひっかけ気だるい様子でゆっくりと歩いてくるのが見えた。これから病棟勤務なのだろう。

「お疲れさまです」

美歩は小さく頭を下げた。

「どうも」

このぶっきらぼうなやりとりも、もう最後かと思うと不思議と寂しい。そのまま通り過ぎていこうとする彼を横目で追っていると、

「なにしてるの、そんなスーツ姿で」

と佐野が足を止めた。

「院長を捜してるんです」

「院長を？」

「どこにおられるか、ご存じないですか」

日勤帯に分娩が一件あり、その時に顔を合わせたきり姿が見えなかった。

「わからないな。おれ、今まで外来にいたから」

言いながら佐野は、白衣のポケットに手をつっこんでピッチを取り出す。それから片手を挙げ、美歩に「そこにいろ」というような合図をして、電話をかけた。しばらくの間電子音が鳴り続けていたが、やがて佐野が誰かと会話し始める。

「院長室に戻ってるみたいだよ」

電話を切った佐野が、外来棟の二階を指差した。

「そうなんですか？　あれ、私もさっき院長室に連絡したのにな……」

「じゃあ」

佐野が立ち去ろうとしたので、「ありがとうございます」とその背中に声をかける。背を向けたまま佐野が片手を小さく挙げた。温雨のことがあってから、佐野が親しみやすくなった気がする。いや、ただ自分が彼の本心を知ったからなのかもしれない。佐野の仕事に対する厳しさが、母と子に対する優しさだったのだと、今ならわかる。どうせなら、もっと早くにわかればよかったのに。

院長室のある方を見上げ、背筋を伸ばした。

院長室が外来棟の二階にあることは知っているが、中に入ったことは一度もない。外来棟の二階まで階段で上がり、長い廊下を一歩一歩踏みしめるように歩いた。院長室は一番奥にあり、その手前には応接室や会議室といった普段はめったに使用しない部屋がいくつか並んでいる。廊下の途中から絨毯の色調が変わり、そこから院長室までは間接照明が足元から淡く照らされ、ホテルのロビーのような雰囲気になっている。

覚悟を決めてここまで来たはずなのに、ドアの前に立つと気持ちが怯んだ。やはりよそうかという気持ちが、頭をよぎった。今ならまだ引き返せる。もう一人の自分が、そういって心を引っ張る。逃げることは悪いことじゃない。臆病な自分が甘い声で語りかけてくる。

でも、一日中考えてここまで来たのだ。これが自分の出した結論だった。

「失礼します、有田です。院長にお話があるんですが」

ドアを二度、ノックしてから声をかけた。上ずる気持ちを隠すために、声を張る。仕事を終えてからスーツに着替え、自分の覚悟と向き合った。グレーのリクルートスーツはローズの面接試験の時に着てきたものだ。美歩は自分の心臓の音を聞きながら、何度も深呼吸を繰り返す。目を閉じて、海の底に沈められていくコククジラの子供の姿を脳裏に蘇らせる。

「なんだ？」

中から院長の声が聞こえた。不機嫌がドア越しに伝わってくる。

「失礼します」

思い切ってドアを開けた。濃い茶色をした木目調の机の前に座った院長が、訝しげな視線を投げかけてくる。

「何か急用か？」

背もたれに体を預けるようにして、院長は座っていた。天井から吊るされた豪華なシャンデリア、光沢のあるソファ、壁の絵画、毛足の長い臙脂(えんじ)色の絨毯——。部屋の調度品すべてが院長の付属物のようで、美歩はその気配に圧倒された。それでも、気力を振り絞る。

「戸田理央さんのことなんですが」

「戸田、理央」

名字と名前を区切りながら、院長が繰り返す。

「助産師の戸田理央さんが二週間ほど前に流産しました。妊娠十週に入ったところでした」

院長から視線を外さないようにして美歩は告げる。院長がかけていた眼鏡を外し、鼻のつけ根を指先で押さえて目を閉じた。

「要領を得ない話だな。つまり、彼女は妊娠してたんだな。それで、流産したと。労災の話か何かか？」

「流産の原因は、子宮収縮剤のパルタンを静脈注射したせいだと思われます」

院長の言葉を遮るようにして、話を続ける。恐れなのか怒りなのか、美歩の鼓動はどんどん速くなっていく。

「妊婦にパルタン？」

院長は閉じていた目を見開き、鋭い眼光を美歩に向けてくる。

「はい」

「ありえないな。十週目の妊婦にどうして子宮収縮の薬を使うんだ？」

呆れたように首を振る院長のことを、美歩は凝視した。

「どこの病院がそんなミスをしたんだか。まさか、うちではないだろうな」

「病院内でミスがあったわけではありません」

「病院内」という言葉だけを強調した。胸の前で組んでいた手が震えていたので、そっと後ろに回し、背筋を伸ばす。

「そうか。詳しいことはまあいいとして、もう快復したのか？　もしなんだったらうちの病院で診てもいいと伝えておいてくれ」

院長は妊婦に見せるのと同じ笑みを口元に張りつかせ、

「で、きみの話というのはそれだけか」

話を切るように視線を逸らすと、机の上にある電話に手を伸ばした。

「いえ、本題はここからです。戸田さんにパルタンを静脈注射するよう指示されたのは、院長じゃありませんか」

美歩は声を振り絞るようにして、院長の目を見据える。体全体が熱くなり、手と膝の震えが増してくる。

「なに？」

院長が薄い笑みを瞬時に消し去り、

「なんの証拠があってそんな言いがかりを？」

受話器を持ち上げ、電話の向こうの誰かに「今すぐ来い」と抑揚のない声で告げた。

「病院の薬剤室からパルタンが持ち出された形跡がありました。誰かが持ち出して、それを戸田さんに使っ……」

「おまえは自分が何を言っているのかわかっているのか」

「戸田さんは俊高さんと交際をしていました。戸田さんが妊娠していたのは、俊高さんの子供です」

極まった緊張感の中で、声が震えた。喉の奥が詰まってしまい、小さな声しか出ない。

椅子を後方へ押しやるようにして立ち上がった院長が、美歩に向かって近づいてくる。椅子に付いているコロが回る音を聞きながら、美歩は半歩後ずさった。

「失礼します」

ドアが開き、血の気のない巣川が顔をのぞかせる。緊迫した空気の中に、尖った声が落ちる。

「有田っ。あなた、何してるのっ」

美歩の姿を目に留めると、巣川が目を剝いて叫んだ。勢いをつけたまま大股で近づいてきて、力いっぱい肩を押してくる。衝撃で美歩はよろけ、そのまま後ろに倒れそうになった。

「巣川、おまえは部下にどんな教育をしてるんだ。突然ここに来たと思ったら、私が従業員をわざと流産させたと言ってくるんだぞ。俊高のことも陥れようとしている。この女は頭がおかしいのか。礼儀知らずを通り越して、正気の沙汰ではないな。本日付で解雇だ」

吐き捨てるように一気にまくしたて、院長が思いきり顔をしかめた。巣川を怒鳴りつけたことでいくぶん気が晴れたのか、机に戻り、椅子に腰かける。

「わかったわね、院長の仰るように明日から来なくていいから」

「わかりました。でも……残念です。もし院長が私の訴えを真剣に取り合ってくださるなら、私は戸田さんのために別の方法を選ぼうと思っていました」

美歩は最後に伝え、頭を下げる。

本当はきちんと話し合いをしたいと思っていた。理央をこれ以上傷つけないやり方で、彼女への償いをしてもらえたらと。難しいかもしれないと半分は諦めながらも、心のどこかでは美歩の言葉を受け入れ、罪を認めてくれたらと願っていた。

「おい」

ドアを開けようとして、呼び止められた。振り向くと、瞼を下げた院長が、

「知ってるか？　精神疾患の持ち主は助産師という職を継続できないんだ。『保健師助産師看護師法』で定められている。おまえは精神疾患を発症しているからもうどこに行っても、この仕事には就けないぞ」

と乾いた声で語りかけてくる。医療業界がいかに狭い世界かを思い知るといい――。自分が話を広めれば、どこの病院も有田美歩という助産師を雇用することを避けるだろう。

「少なくとも東京で働くことができないようにしてやる」

妊婦に見せる愛想のよい作り笑いとは真逆の、この上なく尊大な表情で院長が言い放った。

逃げるようにして廊下に走り出た時には、涙が浮かんだ。

あの時もそうだった。ローズに来てまだ間もない頃、出産直後の産婦の出血が止まらないことがあった。

——容態がおかしいんですぐに来てください。

美歩は院長にすぐさまコールした。五分、十分、……十五分。院長は現れない。水道の蛇口を全開にひねったような出血が、ベッドまで染みていた。誰か助けてと、スタッフの出払ったナースステーションでなす術もなく立ち往生し、美歩は結局救急車を呼んだのだ。その後、院長に詰め寄ったが完全に無視されて……。あの時と同じ無力感が美歩の体を包んでいた。

手の甲で頬に伝った涙を拭っていると、視線を感じた。

廊下の壁にもたれかかるようにして佐野が立っている。美歩が顔を隠すようにして彼の前を通り過ぎると、

「派手にやったな」

廊下が途切れ、階段を降りようとしたところで佐野が声をかけてきた。美歩は両足をそろえて立ち止まり、深く息を吐く。

「今日限りで解雇になりました。お世話になりました」

無理に弱気を押しこめると、怒ったような口調になった。

「証拠はあるのか」

佐野がすぐ側にやってきて、耳打ちするような小さな声で訊いてくる。

「ドア越しに聞こえたんだ。最初は立ち聞きしようなんて思ってなかったんだけどな。院長に用があると言うから気になって来てみたら……。それで、きみの話に確証はあるのか」

佐野が顔をのぞきこんでくる。

「佐野先生」

美歩は顔を上げて彼を見つめた。

「この話はもう……これで終わりにするべきですか？　これ以上、事が大きくなると本人の耳にも入るだろうし……」

佐野と話しているうちに、強張っていた指先や背中に血液が回ってくるのを感じる。

「そんな難題をおれにふるなよ」

佐野は首を振って視線を落とし、

「でも、戸田くんなら気づいてるんじゃないか」

と低い声を出す。「彼女の中には、おそらくきみと同じ真相があるだろう。だとしたら――」

「だとしたら？」

「戸田くんに会いに行ったらどうだ。会って話をしたら、彼女が本当はどうしたいのかを感じるんじゃないか。草間さんが前に言ってたことがあるよ。助産師にとって直感は、時としてデータや理屈より大切なものなんだって」

「でも……直感で話すべきだと感じても、私が打ち明けたことで戸田さんがさらに苦しい思いをしたらと考えると怖いんです。取り返しがつきませんから」

「直感は、単なる思いつきじゃない。ひとりの人間が積み上げてきた経験や知識が弾き出す、その時考えつく最善の答え。それが直感だ。きみがこれまで生きてきた時間を、信じてみたらどうだ?」

佐野はそこまでひと息に話すと、頬を緩めた。

「今から戸田さんの家に行ってみることにします」

美歩は頷いて階段を一歩降りた。佐野の言うように、彼女と会って話をすれば答えは出るのかもしれない。さっきは重い足取りで上がってきた階段を、今は少しでも速く駆け降りたかった。

22

病院近くのバス停まで、佐野が見送ってくれた。美歩の乗る恵比寿駅行きのバスが来るのを、二人で並んで待ちながら、ぽつりぽつり言葉を交わす。

「病棟は大丈夫なんですか？」

「何かあったら呼び出してくるだろう」

太陽のない空に厚い雲が立ちこめてくるのを、美歩は眺めていた。雨が降るのかもしれない。

「真実ってのは、不思議なものだな」

なにげなく語り出す佐野の話に、美歩は静かに耳を傾けた。低く平坦（へいたん）な声が、波打つ気持ちを静めてくれる。

「かえる園の話を憶えてるか」

美歩の返事を待たずに、佐野は続ける。雲が動いたのか、薄暗かった空気が、よりいっそう明度を下げる。

「園には時々、少年や少女、あるいは大人になる少し前の若者が訪ねてくることがあったんだ――」

園を訪れる若者は、かつてそこで育った子供たちで、自分たちがどんなふうに親と別れたのかを知りたくてやってくる。どこで、どんなふうに捨てられていたのか。もし親の素性がわかるのならどんな人だったのか。寮長だった母親は、記録に残っている事実をできる限り包み隠さずに話すことにしていた。

捨てられていた場所が悲惨な場所であっても、本人がどうしても知りたいと望むなら教えてやった。そして彼らのほとんどは、話を聞きながら表情を暗くした。涙を流す者もいた。わかっていたとはいえ、自分が祝福された命ではなかったことを知って落胆した。

たとえ作り話でも、希望のある物語を聞かせたほうがいいのではと寮長を批判する声もあった。それでも母は真実を伝えてきた。なぜなら彼らが知りたいのは真実だからだ。

彼らの頭上には、生まれた時から雨が降っている。でもそれは一生のことではない。彼らはいずれ成長し、強くなれることを知る。そして自分の力で晴れた場所を見つけることもできる。

「訪ねてきた子供たちに『過ぎたことは変えられない』と母は伝えてたよ。でも未来は変えられる。真面目に仕事をしなさい、そしていつか家族ができたら、自分自身を労る気持ちで、優しくしなさい、幸せになる努力をしなさい。そんなふうに伝えた。園に来た時は不安げだった若者たちが、帰りは違った表情を見せてたけど、あれは何かを探しにやってきて、それが見つかった顔だったんだ」

真実を知って、ようやく動き出す時間がある。それはきっと、誤魔化したまま堆積していく時間よりも本人にとっては重要なはずだと、佐野は話した。

駅行きのバスが道の向こうに見えると、佐野が先に腰を上げた。

「いってきます」

バッグを肩にかけ直して美歩が頭を下げると、佐野が片手を挙げる。

病院に戻っていく佐野の背中を一度だけ振り返り、美歩はバスのステップに足をかけた。


自由が丘の駅から理央のマンションに向かって歩いている途中で、頬に冷たいものが触れた。

「雨……」

雨脚は徐々に強まり、雑踏の中にいる人たちが、右へ左へ慌ただしく揺れ動いた。歩きながら携帯を取り出して理央に電話をかけてみるが、応答はない。留守電にメッセージだけを残して、いったんは電話を切る。

小さい頃は雨の日が嫌いだった。美生を車椅子に乗せて外出するのが、大変だったからだ。母は美生が乳児期の頃から、週に四度、専門病院のリハビリに通わせていて、よほどのことがないかぎり訓練を休ませなかった。自力で歩けるようになること、自分でごはんを食べられるようになること。その二つが両親の望みだったらしいが、叶ったのはごはんを食べられるようになったことだけだ。雨の日の美生は雨合羽の上下を着て長靴を履いたけれど、それでも家に帰ってくるとぐっしょり濡れていた。車椅子を押す母はもっと濡れていた。

美歩は少しずつ強くなっていく雨に打たれながら、そんな昔のことを思い出していた。

理央のマンションに着き、もう一度電話をかける。彼女はあの夜から体調不良で欠勤していたが、美歩とは毎日ラインのやりとりをしていて、今朝も連絡がきていた。そのラインには、今日も一日部屋でゆっくりすると書いてあったはずだ。眠っているのだろうか。繰り返される呼び出し音が、美歩の胸をざわつかせる。

呼び出し音を鳴らしたままで、理央の部屋の前に立った。ドア越しに女の叫び声が聞こえ、耳を寄せる。男の声と何かが割れる音。美歩は咄嗟にドアのノブを摑み、思いきり手前に引く。

「有田です。開けてっ」

拳をドアに打ちつけて大きな声を出した。中で人が揉み合う気配がある。美歩はドアのノブを何度も引いた。だが鍵がかかっていて、力を込めた衝撃で肩の関節が外れそうになる。チャイムを押してドアを叩くことを繰り返した。戸田さん、有田ですっ。開けてっ、開けてくださいっ。しばらくの間、その動作をただ夢中で続けた。

突然ドアが開いた。

「有田さん……」

中からのぞかせた理央の目の周りが、涙のせいか腫れあがっている。

「どうしたの？　何かあったの？」

美歩は理央の腕を引き寄せ訊ねた。すぐ目の前に奇妙な笑いを浮かべた俊高が、頬を引きつらせてこちらを見ている。

「何……してるんですか」

靴を履いたまま部屋の中央に立ち尽くす俊高に向かって、美歩は高い声を上げた。涙を滲ませた俊高の目が、哀れみを請うように美歩を捉える。俊高は美歩を見ながら突然、膝を折ってしゃがみこむと、床に這いつくばるようにして頭を抱えた。

「有田さん、ちょうどよかった。戸田くんがおかしなことを言い出すんだよ。だから話をして……きみからも説得してくれないかな」

俊高の言葉が終わらないうちに理央の唇が烈しく震え、彼に飛びかかっていく。俊高は理央が振り下ろす腕をかわして、部屋の隅まで逃げていった。

「戸田さん、やめてっ。何があったのか教えて」

美歩は叫んだが、他人の声など耳に入らないのか、髪を振り乱して再び俊高に突進していく。振り上げた拳を打ち下ろすたびに、息を詰めた低い声が室内に響いた。

「ね、頭おかしいだろ？　やめろよ、やめろって言ってるだろうっ」

俊高が苦しそうな呻き声を漏らしながら、その場で蹲る。

「やめて。やめて、戸田さん」

理央に駆け寄り、その体に背後から両腕を回す。背中に覆い被さるようにして理央を抱きしめ、美歩は俊高を睨みつけた。

「何があったのか、説明してください」

床に這いつくばったまま顔をしかめ、俊高が荒い呼吸を繰り返していた。

「戸田さん、落ち着いて」

美歩は理央の背を撫でながら耳元で囁く。

「流産したことをおれのせいにするなんて」

掠れた声を喉の奥から絞り出すと、俊高は壁にもたれるように座りこみ、こちらを睨みつけてきた。口元が、忌々しげに歪んでいる。

「この人が私を騙したんですっ。ビタミン剤を打ってやるからって、これで元気がでるよって笑いながら、私の腕に針を刺して、それで——」

理央が床に両手をつき、上体を震わせながら喚く。大声を出したせいで痛んだのか、床にあった片手を鳩尾の下に添えた。

「ただのビタミン剤だったと言ってるだろ。ほんともう、やめてくれよ。何を勘違いしているんだよ」

「謝ってください。私たちに謝ってください」

「私たちって何だよ」

「私と私の子供に謝ってください」

「いいとも。謝罪くらい、いくらでもしてやる。悪かった。謝るよ。でも、おれはおまえが思ってるようなことはやってないんだ。それだけは信じてくれよ」

禍々(まがまが)しいものでも見るような顔つきで理央を一瞥すると、俊高は立ち上がった。食い入るように見つめていた美歩と、俊高の視線がぶつかる。そこには自分の知る「親切な俊高さん」の顔はどこにもなく、狡さを剝き出しにした濁った両目があるばかりだ。俊高は小走りで玄関のドアまで進み、逃げ穴を求める小動物のように飛び出していく。

「大丈夫?」

美歩は理央の顔に垂れかかる髪を指先で耳にかけ、肩を支えた。腫れぼったい目から涙があふれ出し、頰を伝って首筋に流れている。

「すみません……」

「立てる?」

手と足に力を込めて、理央を抱え起こそうとした時、美歩の踵(かかと)に鋭い痛みが走った。よく見れば、絨毯に割れたコップの破片が飛び散っている。動いた拍子にガラスの破片が食いこんだのか、靴下に血が滲んでいく。

「俊高さんとつき合ってたんだね」

　美歩はもう一度膝を曲げて床にしゃがみこむと、散らばっているガラスの破片を、近くにあった雑誌の上に拾い集めた。大きな欠片(かけら)はすぐに見つけられるが、まだ細かいガラスがそこら中に潜んでいるはずだ。危ないから動いちゃだめだよと声をかけ、理央をその場に座らせる。

「喧嘩してたの？」

「喧嘩とか……そういうんじゃないんです。きちんと話をしたかったんです。あの人が『ビタミン剤だから』って点滴をして……それからしばらくして腹部の痛みが」

　話そうとして、突然理央が苦しそうに喘ぎ始める。首元に手を当て、息苦しさに顔を歪める。美歩はとっさに部屋を見回し、紙袋を見つけ、理央の鼻と口に袋を当てがった。

「落ち着いて。過呼吸になりかけているだけだよ。ゆっくり呼吸して」

　耳元で囁くと、理央は素直に口を開き肩を上下させる。

　一分ほど経っただろうか。しだいにしゃっくりが収まり、涙も止まった。

「落ち着くまで話さなくていいよ」

　理央を部屋の隅に座らせ、散乱した室内を片付けていく。窓を開け、風も入れて、丁寧に掃除機をかけた。

「何か飲む？　といっても私は手ぶらで来てしまったんだけど」

部屋がある程度片付くと、美歩は声をかけた。理央はそれまで俯いた姿勢のまま微動だにしなかったが、美歩の声に顔をゆっくりと上げる。

「冷蔵庫にポカリ……あります」

「オッケイ。勝手に開けるよ」

立ち上がってキッチンに向かう。グラスにポカリを入れて、テーブルに運んだ。

理央の隣に座って、美歩は彼女が話し始めるのを待った。

けれど虚ろな目をした理央は口を開こうとはせずに、時々思いついたようにむせび泣いた。力を使い果たし、ぐったりとしている理央に向かって、

「そうだ、コククジラの親子の映像でも観る？」

口を半開きにして瞬きをする彼女を横目に、バッグから携帯を取り出し、海の映像を呼び出した。

美歩には聞き慣れた波の音と静かなナレーションが、深い青色の画面に流れていく。理央はじっと小さな画面を見つめている。

水の跳ねる音を聞いていると、手のひらほどの小さな世界に、全身を包まれるような気持ちになった。大きな世界に泳ぐ小さな命。肩が触れるくらいに近くにいる理央

の呼吸音が、規則正しく伝わってくる。

「シャチって……こんなに獰猛なんですね。知らなかった」

三十分間ほどの映像が途切れると、理央が掠れた声で笑った。

「イルカみたいで可愛いと思ってたのにね」

「ザトウクジラはかっこいいですね」

理央がぬるくなったポカリを口に含んだ。

――くよくよしたってしょうがないのよ。生まれてきたら、ただ懸命に生きることだけ考えていたらいいの。辛いことも悲しいことも、生きていたら誰にでもあるの。無傷のままではいられないの。それが当たり前。

昔、美生と二人でこの映像を観ていたら、母がそう言ってきたことがある。リビングで横になっていたので眠っているのだとばかり思っていたら、いつの間にか目を開けていてそんなことを娘たちの前で口にしていた。普段は、自分の考えや気持ちを言葉に置き換えたりしない人だったから、美歩は驚いた。美生も何かを感じたのか忙しなく眼球を動かした。母が、挑むように笑ったことが嬉しかった。

グラスのポカリを飲み干すと、理央は俊高とのことを話し始める。美歩は時々頷きながら、黙って聞き入った。理央の気持ちがゆっくりと、自分の中に浸透していく。長い沈黙を何度も挟みながらの話だったから、その全てを聞き終えた時には一時間近く、時計の針が進んでいた。

「家庭のある人とつき合ったことは私の責任です。よくないことだと知りながら続けてきて、妊娠を告げてから俊高さんの態度が変わってしまった時も、自分が悪いんだからと受け入れようとしました。しかたがないことだって。でも……でもやっぱり悔しくて。自分の子供を守りきれなかったことが本当に悔しくて」

目をきつく瞑り、理央が手を固く握る。握った拳を打ちつけたい相手の顔が、美歩にも透けて見える。

「教えてほしいって、俊高さんに問い詰めました。私に何が起こったのか、話してほしい——あの薬はビタミン剤なんかではなかったんじゃないかって。そうしたら、あの人あんなふうに逆上して」

理央が折り曲げた足の膝頭に、額を押し付ける。体を縮こめて嗚咽する彼女に向かって、美歩は静かに口を開く。

「戸田さんは、どうしたい？　私も一緒に考えるよ」

理央の呻き声と自分の掠れた声が重なる。

「私、わからないんです。産みたかったけど、でも生まれてきても、子供は不幸だったと思います。だから、こんなことになったのかと……」

理央が首を振りながら、片手で口を押さえた。

「生まれても不幸になるなんてこと、誰にも決められないよ。それを決めるのは、私たちじゃないから。――見ている世界が違うんだって、私の姉がそんなふうに言ったことがあるの。姉は生まれながらに病気を持っていて、健康には生きられなかったんだけど、だからといって姉の人生は不幸なだけではなかったんだと思う。家族に愛されて、家族を愛して、姉が見ていた世界には、幸せがたくさんあったんだって最近になってそう考えるようになったんだよね。だから生まれてきても不幸という言葉は、使ってはいけない気がする」

理央に言葉をかけながら、頭の中に浮かんだ美生や母の笑顔に向かって語りかける。

「ねぇ戸田さん。むかえびとって言葉、知ってる？　私も草間さんに聞いて初めて知ったんだけど、助産師のことをそう呼ぶんだって」

「むかえ……びと」

「うん。むかえびとである私たちは、どんな時も芽生えた命の味方でいなくてはいけない。草間さんが前にそう言ってた。無意味な命などこの世に一つもないことを、私たちは信じて働くんだ、って」

理央が何も言わず、そっと目を閉じる。静かな表情だった。

美歩もまた同じように瞼を塞ぎ、理央の中に宿っていた命に「もう一度、生まれておいでね」と語りかけた。

23

翌朝の八時過ぎに、理央と二人で病院に向かった。恵比寿駅で待ち合わせをして、西口のバスターミナルからバスに乗る。どこからどのバスに乗ればいいのか、考えなくても体が勝手に動く。理央も同じだろう。繰り返してきた日常も今日で終わると思えば、東の空から差す陽光の色さえ違って見える。

バスには小学生たちがたくさん乗りこんでいた。夏休みなのに、何か行事でもあるのだろうか。ソーダみたいな水色のセーラー服。襟と帽子の白が、朝の景色を爽やかに彩る。ほんの数分間だけど、子供たちの可愛らしい笑顔が美歩の心を和ませてくれる。

大通り沿いのバス停で降り、普段のように住宅街を抜けてローズに向かって歩いた。緊張のせいか理央は無言で、美歩も話しかけることはしない。

ローズに着くと、自分たちのロッカーを整理して、私物を紙袋に入れた。ロッカーの扉の裏についている鏡に顔が映る。たしか初出勤の時もこんな不安げな顔をしていたような気がする。理央のロッカーは、美歩のちょうど裏側の位置にあり、私物を片付ける音は聞こえてくるが、彼女の表情は見えなかった。

「やだ、どうしたの？　二人揃って何があったの」

ナースステーションに顔を出すと、スタッフがいっせいに寄ってきて大きな声を上げた。ユニホームを着ていない私服姿だと、働き慣れたこの場所も、どこか違って見える。

「美歩が退職するって、昨日巣川師長から聞かされたのよ。どうなってんのよ、もう」

辻門は美歩と目が合うと弾かれるように椅子から立ち上がった。

「理央ぉ、体調どうなのよ。もう平気？　みんな心配してたんだよ」

辻門に肩を抱かれ、理央が力なく笑う。美歩は辻門に「今から分娩介助、早く着替えて入ってよ」と冗談とも本気ともわからない口調で肩を小突かれ、一瞬、言葉を失ってしまった。辻門の軽口に、もう一度この場所で何もなかったように働きたい、白衣に着替えて妊婦や新生児の側にいきたい、と切り離された日常に手を伸ばしそうになる。

「実は、今日はご挨拶にきたんです」

美歩が切り出すと、二人を取り巻いていた明るいものが、一点に吸いこまれるようにして消えた。笑顔の失せたみんなの顔が、ひとつの結論を予測しながら続く言葉を待つ。理央が思い詰めた表情に戻り、美歩の顔を見つめてくる。

「辻門さんが仰ったこと、本当なんです。昨日院長から解雇されて、退職することになりました」

美歩の言葉に辻門が顔をしかめ、短い息を吐いた。困惑顔のスタッフに向かって理央が頭を下げる。

「みなさん、これまでたびたび欠勤して本当に申し訳ありませんでした。私は、あることで院長に対しての不信感を持っていて、今から院長と話をするつもりで病院に来ました。もしそのことが大事になればみなさんにもご迷惑をおかけするかもしれなくて……それで、最後に謝っておきたいと……」

「最後」という言葉を口にすると、理央は喉を詰まらせた。次の言葉が出てこないまま、沈黙が続く。

「不信感なんてみんな持ってるよ。私も一緒に話しにいこうか」

辻門が理央の顔をのぞきこみ、肩に手を置いた。

「どうしちゃったのよ、いったい」

辻門は理央と美歩の顔を交互に見比べるように声をかけてくれたが、今から授乳したいという産婦がナースステーションにやってきたことで、張り詰めていた空気が途切れる。

「おはよう。戸田ちゃん、体調はどう?」

明るい声に振り返ると、ユニホーム姿の草間が立っていた。いつからそこにいたのか、腕組みをし、感情を抑えた顔で二人を見つめてくる。

「草間さん、いろいろご迷惑をおかけしました」

理央が腰を折って深くお辞儀をした。

「いいのよ、いいの。それより、もう大丈夫なの？」

「ええ。平気です」

「そっか。それならオッケー。そのことだけが気がかりだったの。あなたのことが一番心配だったのよ」

草間は理央に向かって微笑むと、美歩に目配せし、

「院長は、院長室にいるわ」

とため息をつく。諦めたような呆れたような声だった。美歩の覚悟を確かめるように、目を細める。

「ありがとうございます。じゃあちょっと行ってきます」

美歩は頭を下げ、無理に唇を持ち上げてみせたけれど、草間も辻門たちも笑ってはいなかった。

病棟の二階から、外来棟へ繋がる渡り廊下の途中で、理央がふと歩みを止めた。

窓ガラスの向こうに視線を向け、物音に耳を澄ますように顎を斜めに上げる。

「どうしたの」

理央が「やっぱり行くのをよす」と言い出すのかと、その横顔を見つめた。それならそれで構わない。すべてを決めるのは理央自身で、自分は隣にいるだけだから。

「有田さん、寄り道していいですか」

「うん、いいよ。どこ寄ってくの？」

「中庭のバラ園を見ていきたいんです」

理央の声は落ち着いていた。

「バラはもう咲いてないけど？　夏だし」

「ええ。でも……一番好きな場所だったんです。あの場所にいる人はみんな、幸せそうな顔をしていたから」

美歩は頷くと、廊下を渡りきったところにある階段に向かう。

階段を使って一階まで下り、出入り口を抜け中庭に入ると、まだ十時前なのに、日差しはすでに強く眩しかった。

緑の茎を太く伸ばしたバラの樹木を、しばらくの間眺めた。薄緑の茎が、瑞々しく夏の光を浴びている。バラは、蕾(つぼみ)が残っていると夏でも花を咲かせるらしい。花を付けたままだと過酷な夏を越せないという理由で、蕾を摘み取るのだと庭師から聞いたことがある。今年はもう摘蕾(てきらい)を終えたのか、蕾はひとつも残っていない。

「バラの花が一番きれいに見えるのは、朝のうっすらとした光の中ですよね」

理央が美歩に笑いかけてくる。

「そうそう。東の空が白んでくる時間帯ね。ああ、もうじき夜勤が明けるぞって嬉しくなる」

「でも淡いピンクやクリーム色のバラは、夕暮れ時がいいです」

「えっ、戸田さんもそう思ってた？　夜勤入りする頃、夕暮れ時に映えるよね」

美歩は理央と顔を合わせて笑った。忙しい勤務の合間に、理央も自分と同じように甘い香りと、優しい色彩を楽しんでいたのかと嬉しくなる。

「ローズに初めて来た時、このバラ園を見て一目で気に入りました」

理央が懐かしむ口調になった。「私も」と美歩が返す。決して広くはないけれどバラの蔓が巻きつけられたアーチトンネルがあり、小道があり、白いベンチのあるこの中庭は、どこか遠い夢の世界にいるようで大切な場所だった。失敗を許されない緊張の中、肩の力を抜いて休ませてくれる唯一の空間だった。

「行こうか」

美歩は理央の横顔を見つめる。昨夜、美歩が知る真実をすべて話しきった後も、彼女はこんな顔をしていた。余分なものをそぎ落とした、迷いのない顔。

「そうですね。行きましょう」

理央の声に揺らぎはなかった。

「それで？　今度は二人で来たのか」

院長は椅子に座ったまま腕を組んでいた。従業員がどれほど騒ぎ立てようと、たいしたことではないのだとその目が語っている。理央は一度美歩の目を見た後、自らを奮い立たせるように頷き、自分の身に起こったことを語っていった。

「それで何がしたいんだ？　補償でも請求しようとしているのか？」

「私は院長に認めてほしいだけです。認めて、謝罪していただきたいです」

理央の全力の訴えに、院長は薄く笑うだけだった。

「俊高がきみに注射？　なんだ、それは。何があったか知らないが、流れた子供の父親だとおかしな言いがかりをつけられた俊高に、きみこそきちんと謝罪しておくべきではないのか」

面倒くさそうに言い捨てた後、視線を手元に落とし、携帯のボタンに触れる。その余裕のある態度に、院長がすでに策を得たのだと美歩は悟った。

「弁護士をここへ呼んでいる。弁護士が来てからきみたちの処分は言い渡そう」

携帯を耳に当てた院長が、薄目を開けて言い放つ。

「処分？」

美歩は眉をひそめた。

「名誉毀損で訴えてもいい。戸田の両親を呼び出して話すことも考えている。勝手な妊娠で仕事にもかなりの支障を来したわけだしな」

隣に立つ理央の気配が小さくなっていき、彼女の気勢が削がれていくのを美歩は感じた。

電話が繋がると、院長が妙な猫なで声で弁護士と話し出した。「例の件でお越しいただきたい。よろしく」美歩を横目で見ながら電話を切ると、またすぐさまかけ直し、

「巣川か。いますぐ来い」

と声色を一転させた。

「わかりました」

美歩は院長の顔を真正面から睨みつけた。

「院長は私たちの訴えを認めてくださらないんですね。俊高さんも、謝罪の意思はないようですし、事件を公にするしかありませんね」

美歩の言葉に、院長が黒目だけを動かしてこちらを見る。額に深い皺が刻まれ、怒りの表情が浮かぶ。

「公だと？　バカかおまえは。そんなことをしてみろ、おまえたちの常識がどうかしていると、社会に知らしめるだけだろう」

低く冷たい声が打ちつけるように向かってくるが、美歩はこの前の時のようにたじろいだりはしなかった。

「そういえば、おまえは解雇だと告げたはずだ。部外者がどうしてここにいるんだ」

「最後のチャンスを、と思いました」

「チャンス？」

「戸田さんに謝罪して頂くチャンスです。俊高さんにも連絡を取ってください。お二人できちんとご自分のしたことを認めてください」

美歩は心を込めて言葉を放った。これ以上争うつもりは正直なかったのだ。罪を認め、きちんと謝罪さえすれば、理央のためにも事を荒立てる気持ちなんてない。だが目の前の院長は他人事のような顔を見せている。何ひとつ自分たちの思いは伝わらないのだと、その顔を見て悟った。

「このまま謝罪がなければ、次にお会いするのは公の場かもしれませんね」

「公の場だ？　使用人の逆恨みを真剣に取り合うほど、警察も暇ではないんだ」

「証拠がないからと、安心されてるんですか」

「証拠だと？　事実がないのに証拠があるわけないだろう。助産師ごときが何を偉そうな」

不快な虫を目にした時のように、院長が顔をしかめた時、ドアがノックされ巣川師長が入ってきた。そして、巣川を追いかけるようにして草間が顔を出す。

「この二人の発言が正しいということは、私が証言します。彼女たちは優秀な助産師です。それと今おっしゃった『助産師ごとき』という言葉の撤回を求めます」

草間は巣川を押しのけるようにして前に進み、険しい顔で院長に詰め寄った。

「あなたねぇ、何を言い出すのよ」

巣川が草間の腕を強く摑んだ。草間はその手をゆっくりと引き離し、巣川の顔をじっと見つめる。

「巣川さん、よく聞いて。いま戸田さんの身に何が起こっているのか、ちゃんとその目と耳で確かめて。あなたならきっと、彼女の痛みがわかると思うの」

草間は真剣な口調で巣川に語りかける。

「どういうこと？　何言ってるのかさっぱり……」

「戸田さん、流産したんです。二週間と少し前のことよ」

「それはお気の毒」

「戸田さんと俊高さんがつき合っていたことは、巣川さんも知ってるんでしょう？」

巣川に睨みつけられても、草間が動じることはない。院長ですらも彼女の迫力に、ただ息をのむだけだ。

「新生児室から新藤大成くんが連れ出された一件があったわよね」

草間が美歩に視線を移す。

「巣川さんが子供を連れ出すのは、これで二度目のことよ。有田さんや戸田さんがローズへ来る前にも一度、同じようなことがあったの」

巣川の顔色が変わった。首から上を赤く染め、何かに耐えるように押し黙った。草間を睨みつけていた目線は力なく足元に落ち、薄い唇が微かに震えている。

「あなた、本当は母親になることに憧れているのよね。院長との関係に疲れ、心の中で本当はお母さんになりたいって思ってた。だって、前に私が師長室で新生児を見つけた時、あなたすごく優しい目をしていたから」

子供を危険な目に遭わせるつもりなどないことが、自分にはわかっていた。だから見て見ぬふりをしてきたが、もう限界だと思う。草間はそう一気に話すと、

「戸田さんの流産はね、人工的なものなの。院長と俊高さんが彼女にパルタンを使ったのよ」

と語気を強めた。この場にいない誰かに聞かせるような、強い口調だった。

苦々しく歪んでいた巣川の顔が、草間の言葉によって真顔になる。虚ろな両目が、院長の姿を搦めとる。

「それ、ほんと……？」

巣川は院長を見つめたまま、両腕を体の横にだらりと垂らす。

「あなたは、そんなことをするために？　だから私に子宮収縮剤を持ち出してこいと？　院長室にまで持ってこさせるから変だとは思っていたのよ。ＶＩＰの分娩に呼ばれてるって、マスコミに嗅ぎ付けられないように、隠密の出産だと言うから……あなた私を騙したのね？　私に、そんな、そんなことまでさせて戸田さんの……。私は——私は助産師なのよっ」

ゆっくりと膝を折り、巣川が手のひらに顔を埋めた。草間は手を伸ばし、その体を支える。

そうだ。あの日だ——。小柄な妊婦の分娩があった日。

美歩は巣川が人目を避けるようにして薬剤室に入っていくのを見かけた。彼女が勤務する夜勤帯にはまだ三時間も早い時間に……。不審に思って声をかけた美歩に驚き、巣川は電線に触れたみたいに烈しく目を剝いていた。あの時、彼女が手にしていた白いビニール袋。何かが入った袋——。

「私、見ました。巣川師長が薬剤室から何かを持ち出しているのを、この目で見ました。そういえば……戸田さんが流産した二日前くらいだったと思います。でも……巣川師長、以前私に『戸田さんのことにはもう首をつっこまないでちょうだい』と言ってたことがありますよね。本当は、戸田さんが妊娠していることを知ってたんじゃないですか」

美歩は胃の辺りが熱くなるのを感じながら、うな垂れる巣川に視線を向けた。

「知らなかったわ。戸田さんが妊娠していることは全然……。私が知ってたのは、戸田さんと俊高さんのことだけよ。院長から二人の関係が周囲に漏れないようにときつく言われてたから。ただ、最近になって俊高さんが別れたがっていることは聞いていた。でもそんな……二人が戸田さんにそんな酷いことをするなんて、考えもしなかったわ。本当よ、信じて……」

顔を上げ美歩を見つめ返す巣川の目に、怯えが滲む。

「院長、これでひとつ真実が明かされましたね。巣川さんのこの姿を前に、まだあなたは言い逃れをしようと？」

草間が低い声で院長に問いかける。

「解雇だ。有田も草間も戸田も。その三人を管理できなかった巣川も今日限りで解雇だ。新しいスタッフが調達できるまで、パートの従業員で回せばいい。給料を上げさえすれば文句も出ないだろうしな」

院長は椅子から立ち上がると言い放った。院長がドアに向かって歩き出すと同時に、スーツ姿の男が部屋に入ってくる。美歩も知る顧問弁護士で、男は表情のない顔でこちらを一瞥した。

「ああ先生、お忙しいところすみませんね。ちょっと面倒なことになってましして。とりあえず場所を変えてお話ししましょう」

「承知しました。私の事務所に行きましょうか」

弁護士は院長に笑いかけ、すぐさま踵を返す。

「院長」

美歩は部屋を出ようとする院長の背を追うようにしてドアに歩み寄る。この人はきっと変わらない。どんなことがあっても、変わることはないだろう。この世で一番大切なのは自分の利益を守ることで、それが正しいと信じて疑いもしない。

でもこれで終わりなのだろうか。院長はこのまま何ひとつ傷つくことなく、自分たちの前から姿を消すのだろうか。自分たちの訴えは、いとも簡単に葬られるのだろうか。

足早に去っていく後ろ姿を追って廊下に出ると、目の前に佐野が立っていた。院長が驚愕の表情で足を止め、佐野を見上げている。

「院長」

白衣のポケットから両手を出し、佐野が改まった声を出した。

「なにか」

会釈する佐野に、院長が眉をひそめている。

「院長がカルテ上で子宮収縮剤の指示を出された妊婦についてですが——」

「なんだ」

「その妊婦の分娩は途中から僕が受け持ってますよね。パルタンの静注は、ありませんでした。速攻三時間の自然分娩です。要請されれば、警察でも法廷でも証言しますよ」

佐野の言葉が終わらないうちに、怒りを顔中に滲ませた院長が再び歩き出す。力の込められた佐野の目を見ていると、これまでこらえてきたものが喉元までせり上がってきた。美歩は目尻に滲んだ涙を素早く拭う。

「戸田さんのことが、こんなに大事になるとは思わなかったんでしょうね、院長も俊高さんも。書類にサインするように、簡単に処理できることだと思っていたのよ」

草間が言葉を落とすと、うな垂れた巣川師長が院長の後を追うようにドアを出ていく。喧騒の凪いだ室内で、理央が両腕で自分の体を抱きしめるように立っていた。

「どうするつもり?」

草間が訊いてくる。佐野も、美歩の顔を見つめた。

「証拠は――ありますす。立件するのに十分かどうかはわからないけれど……でも、ただの憶測で動いているわけではありません」

怒りを閉じこめているのか。涙をこらえているのか。無表情の理央が俯いたまま一点を見つめている。誰も何も話さなかった。エアコンの機械音だけが、静まりかえった廊下に響いている。

　数秒の沈黙の後、

「いまから警察に行こうと思います」

　理央が床に向けていた視線を上げて、ついてきてもらえますかと美歩を振り返った。

美歩は頷き、腕時計に目をやる。そろそろ外来も病棟もにわかに忙しくなる時間だった。

24

　ローズを出て数分歩き、大通りでタクシーを拾う。二人が目指す渋谷西警察署まで歩いても十五分ほどだが、理央の顔色が悪く、無理はさせられない。

　警察署の前でタクシーを降りると、無言のまま二人並んで建物を見上げた。近代的で頑健な建物は、一見企業の社屋のようだったが、それでも中へ入るのに勇気が必要だった。

「交番以外の警察署に来たのって初めてです」

　理央は緊張を紛らわせようと笑って言うが、硬直した頬がひきつっている。

「私もだよ。落とし物を届けたこともないから、交番すらないような気がする」

美歩の言葉に小さく頷き、理央は心を決めたのか唇を結んで前に進んだ。

受付で「相談したいことがある」と伝えると、応接室のような部屋に通された。応接室といっても、黒いソファが一対あるだけの殺風景で寒々しい場所だった。硬いビニール地のソファに理央と体を硬くしながら腰かけているところに、婦人警官がやってきて、丁寧に迎え入れてくれる。

「――戸田さんのお話だと、野原忠司と野原俊高がやったことは『不同意堕胎』という犯罪になると思います。それを幇助した巣川師長は、なんのために薬剤を運ばされているか、知らなかったようですね」

理央が流産にいたるまでの状況を説明すると、警官は顔を曇らせ、深刻な顔つきで耳を傾けた。初対面の時に浮かべていたにこやかな笑顔は消え、今は自分たちと同様に険しい表情を浮かべている。理央は自分の訴えが真摯に受け止められてほっとしたのか、すべて話しきることができたという安心感からか、落ち着きを取り戻していた。

「大変な思いをされましたね。お体はもう快復されたんですか」

警官が心配そうに理央の目を見た。年の頃は草間より少し下だろうか。ここまで気構えてやってきたので、そうした気遣いに救われるような気持ちになる。

「少しずつですが……」

理央が語尾を結ばないまま口を閉ざすと、警官は姿勢を正すように座り直し、

「落胆しないで聞いてほしいのですが」

と表情を硬くした。

「戸田さんは、自宅で野原俊高から点滴を受けたんですね」

「はい」

「その様子を目撃していた人は？」

「……いません」

「その点滴の中にどのような薬剤が入っているかも、わからないということですよね」

理央の説明を、警官はノートにメモしながら聞いていた。その目には理央の話すことについて一点の疑いすら浮かんではいない。だが話を聞き終えた警官は「がっかりさせてしまうかもしれませんが」とさっきと同じ意味合いの言葉を繰り返した。

「私は、戸田さんのおっしゃることが実際に起こったという可能性を否定しません。ですが正直なところ不同意堕胎の立件というのは、とても難しいんです。私の記憶にある限りでは、不同意堕胎を事件として摘発できた例は、未遂と致死傷を含めてこの十五年で五件ほどしかないんです」

警官はじっと理央の目を見つめ、反応を窺うように口をつぐんだ。

「難しい……？」

「十分な証拠もないままで訴えると、下手をすれば戸田さんが名誉毀損で逆に訴えられる危険性もあります」

「十分な……証拠」

理央が不安気な目を、美歩に向ける。

「あの」

美歩はこの部屋に入って初めて口を開いた。押し黙っていた美歩が突然声を発したので、警官ははっとしたようにこちらを見つめる。

「はい？」

「彼女が流産した胎児が、野原俊高の子供だという証拠があったとしたらどうでしょうか。彼女の自宅で使用された薬剤がパルタンだったという証拠があったら、立証できる可能性は高くなりますか」

何を言い出すのか——というように美歩の顔を見ていた警官が、

「なにか物的証拠があるんですか」

表情を引き締める。

「あります」

隣に座る理央の呼吸音が聞こえてきた。彼女の視線が自分の横顔に強く当てられているのがわかった。

「私は、野原俊高が戸田さんに実施した点滴の空パックと、その際に使ったと思われる子宮収縮剤の空アンプルを持っています。流産した戸田さんを介抱していた時に、流産の内容物の一部も保管しておきました。その組織片と野原俊高の細胞組織とを合わせて遺伝子検査にも出してあり、結果を得ています」

「そこまで準備されているんですね」

警官に勢いのある声が戻ってきた。

「物的証拠があるようでしたら、あとは巣川師長が院長から薬剤を持ち出す指示を受けたと証言すれば、罪に問うことは容易です。点滴パックや空アンプルの保管の状態がよければ、指紋も検出できると思いますよ」

熱のこもった警官の言葉につられるようにして、理央が顔を上げる。

「ただ……」

警官が美歩だけを見て言葉を繋ぐ。「裁判になれば、戸田さんの負担は相当なものになります。裁判では相手側も容赦なく、戸田さんを攻撃してくるでしょう。こうした類の裁判は、被害者が加害者よりも大きなダメージを受けることだって少なくないんです」

この事件には無関係な戸田さんの過去を、露わにされることもある。学生時代のことまで赤裸々に。もちろん実家の両親にも連絡がいくだろう。新聞記事になれば、不特定多数の人間がこの一件を知ることになるのだ。戸田さんをこの先最も傷つけるのは、戸田さんには無関係で無責任な大衆からの、心ない黒い言葉なのだと警官は話す。

「法的に訴えるなら、そこまで考えてからにしろということですか」

黙り込んでしまった理央に代わって、美歩は訊いた。

「罪を犯した者を罰したい。その気持ちはよくわかります。ですが闘うのはあなたや私じゃなくて、戸田さんです。彼女のことを一番大切に考えないといけません」

警官にはっきり指摘され、美歩の心も揺れる。そうだ。闘うのは自分じゃない。理央は今でも心が壊れるくらいに傷ついている。傷ついた心と体は限界にきている。そんな状態で冷酷な二人に立ち向かえというのは、酷なことだった。この先もっと多くのものを彼女は失ってしまうかもしれない。だとしたらなんのための闘いだというのか。美歩の揺らぎが透けて見えたのか、警官が「私にもあなた方くらいの娘がいます」という一言を足した。応接室に冷たい沈黙が張りつく。

警官の言葉に何も言えなくなり、美歩がテーブルの縁を見つめていると、

「有田さん、私は大丈夫です」

理央の声が沈黙を破った。震えていたが、力のある声だった。

「やっぱりこのまま泣き寝入りするなんて、私にはできません。私は……母親だったんです。わずか十週だったけど、お腹にいた子のお母さんでした。だから有田さん、

私は大丈夫。どうか私に最後まで力を貸してください」

「法的措置を取る、ということですか」

　硬い声で、警官が確認する。

「はい」

「戸田さんにとってはきつい裁判になると思いますよ」

「……わかっています。でも私にも罪はあります。妻のある人を好きになったことで、彼の奥さんを傷つけました。だから私が責められるのは当然の報いです。きつくても受け止めようと思います。ただ私の子供に、罪はなかったんじゃないですか？　母親である私に罪はあっても、子供はなにも悪いことをしていません。私は命を授かりました。でも産んでやることはできなかった。だからせめて、あの小さな命のために、一度だけ声を上げさせてください」

　こんな形で闇に葬られる命を、見過ごすわけにはいかない。なぜなら有田さんや草間さんや辻門さんと同じように、自分もまた「むかえびと」なのだから。母親として、助産師として、小さな命の声を伝えたい。そう言いきる理央の目にもう涙はなく、警官はその覚悟を知ったかのように頷くと、書類を取りに部屋を後にした。

一年後

美歩は東京駅のホームに、理央と二人で立っていた。ホームはこれから夏の旅行を楽しもうとする人たちで賑わっている。

「ありがとうございます、有田さん。わざわざ見送りに来てもらって」

理央から実家に戻るという連絡をもらったのは、つい一週間前のことだ。電話をもらってすぐに彼女に会いに行ったのだが、その時はすでに引越しの準備も整っていた。引き止めたいという気持ちはもちろんあったけれど、「裁判も終わったから、東京を離れたい」という言葉に頷くことしかできなかった。

理央の身に起こった出来事は、医療関係者間の事件としてマスコミに大きく取り上げられたこともあって、ネット上の誹謗中傷は覚悟以上のものだった。痛みに無関係な人というのは、こんなにも辛辣な言葉で攻撃できるのだと胸が塞いだ。美歩ですらそうだったのだ。『不倫の報い。訴えるなんてお門違いだな、この助産師。おまえも葬られろ』といった文面を突きつけられた理央は、全身を針で突かれるような痛みだったろう。

「秋田に遊びに来てください」

理央が笑顔で片手を差し出してきたので、美歩はその手にそっと触れる。

「そうだねえ。行ってみたいな」

流行の服を着て、丁寧にメイクをした彼女はとても美しかった。これまでとは違う場所で新しい生活を送れば、また以前の明るさを取り戻すだろう。

「佐野先生の病院、素敵でしたね。待合室が海のイメージなのは有田さんのアイデアだって聞きましたよ」

佐野は言葉通り、警察にも法廷にも出向いてくれた。院長が必要のない患者に子宮収縮剤の点滴の指示を出し、しかもそれは使用数を合わせるためのカルテの改ざんであったことを、躊躇することなく語ってくれた。その証言によって、院長と俊高が共謀して理央を堕胎させる計画を立て、院長が薬剤を準備し、俊高が静脈内への注入を実行したという事実が疑いのないものになった。

院長と俊高は懲役三年、執行猶予五年という判決に加えて、医師免許取り消しという社会的制裁を受け、ローズ産婦人科病院も事実上閉鎖となった。

ただ、美歩が驚愕したのは、不同意堕胎という行為の罰則があまりにも軽いことだった。胎児の命の重みは、そんな程度なのか。子供の命に向けられる母親の祈りを知れば、その程度の罰で許されるはずなどないのに。院長と俊高の量刑を聞いた時は悔しくて、憤る気持ちがおさまらなかったけれど、理央がそれ以上は望んでいないことを知り受け入れた。

理央とともにこの一年間、返り血を拭うことに必死で、他のことをする気力もほとんど残っていなかったところに佐野から「開業することにしました」と電話をもらったのだ。

明日からでも働いてもらえないか――。

電話の向こうの佐野は、変わらない無愛想な様子で告げてきた。美歩はただ驚くばかりで、ほとんど何も話せなかった。

「佐野先生、すごいですね。技術はあるとしても、あの年齢で開業なんて、よく資金がありましたね」

理央が楽し気に笑う。佐野の病院の内覧には、理央と草間の三人で出向いた。建物そのものは古いらしいがリフォームしてあるので新築のようだった。

「まっとうに積み上げてきた人にはかなわないよ。いつかは自分の病院を持つと決めて働いてたんだろうな。腕を磨いて、お金貯めて。佐野先生の思いをそのまま形にした場所だから、きっといい産院になるに違いないね」

院内を案内してくれた佐野の表情を思い出し、美歩は嬉しくなる。定番の仏頂面がほんの少しだけ緩んでいた。「水槽を置いて小型のクジラでも飼ってくださいよ。みんなが癒されますから」と冗談で口にしたつもりが、佐野は畳一畳ぶんくらいもあるクジラの絵を、待合室の壁一面にかけてくれた。

「でもよかったです。有田さんや草間さんが佐野先生の病院で働くことになって。みなさんにご迷惑をおかけして申し訳なく思ってたから——」

理央が声を詰まらせたので、「またやり直せるよ」と明るく返す。別れる時は笑っていたい。

理央の乗る新幹線がまもなくホームを発車するというアナウンスが、流れてきた。話したいことがたくさんあるような、もう何もないような。満杯なのにまだ足りない。そんな気持ちだった。

「忙しい夜を何度も何度も一緒に乗り越えてきたよね。仕事はきつかったけど、戸田さんとだったから楽しかったよ。ほんとにお疲れさま。今までありがとう」

手を伸ばし、もう一度彼女の手を握った。

「私のほうこそ、短い間でしたけどありがとうございました。いろいろ教えて頂いて本当に感謝しています。有田さんには最後まで……」

首を折るようにして足元を見つめる理央の目から、涙が落ちた。雨粒のようにホームを濡らすその雫を見て、美歩の視界も歪んでいく。

「元気でね」

「またいつでも戻っておいでよ。佐野先生も草間さんも待ってると思うよ」

「はい」

点滴のルートを取れなくておろおろしていたり、難しいお産を取り上げて妊婦と一緒に号泣していたり——二年分の理央の姿が記憶に残っている。命の重みを背中に感じながら、体を張って働いてきた。昼夜なく、小さな命を守ってきた。生まれる命、生まれなかった命。自分たちはその両方の命を大切に見つめながら生きている。

「はい」

「じゃ、行きますね」

オレンジ色のキャリーバッグを持ち上げて、理央が新幹線のステップに乗りこんでいく。美歩は片手を挙げて、合図する。

電車のドアが閉まると、ガラス窓越しに手を振った。笑おうとしたがうまくいかず、しかめっ面になってしまう。

——ありがとうございました。

理央の唇がそう動いたように見えた。職場を出る時のような、いつもの明るい表情だ。口を開くと涙が止まらなくなりそうで、美歩は両手を高く挙げて、大きな動作で手を振り続けた。

新幹線が、線路の先の景色に吸いこまれるようにして視界から消え去るまで、振り上げた手を下ろせない。

「……行っちゃった」

電車の最後尾が見えなくなり、美歩はひとりきりホームに残される。ここに残ってほしい、去らないでほしいという気持ちが一気に膨らんで、そしてその膨らみが少しずつ小さくなっていく。体も心も萎みそうになって、

「よし、仕事するかぁ」

と呟いてみる。


午前零時。ちょうど日付が変わったところで赤ちゃんの頭が見えてきた。心拍数が落ちきる前に自力で出てきたので、草間が安堵の表情を浮かべている。

「お母さん、赤ちゃん出てきましたよ。あとちょっと、もういきまなくていいからね。いま一番きついところですからね」

草間に耳元で囁かれ、母親が歯の間から呻き声を漏らす。

はい、呼吸して。そうそう止めちゃだめよ。肩がひっかかってる、そうそうゆっくりゆっくり。

「有ちゃん、ベビーキャッチお願い。もう出るわよ」

草間が母親を励ましながら、美歩を振り返った。草間に声をかけられ、バスタオル

を用意していなかったことに気づく。この場に理央がいたら、と考えていた。彼女が助産師として再スタートをきる日は来るのだろうか。いつか一緒に働くこともあるのだろうか。

照明が白く満ちる分娩室で、床に張り付いた影のようにぼんやりとしていた。緩慢な動きの美歩を佐野が横目で見ている。佐野と目が合い、目の前のお産に集中しなくてはと、手のひらで頰を叩いた。

はい、肩の力抜いて。息を吸って、吐いてぇ。徐々に声を高くしながらリズムを作っていた草間が、美歩の立つ方へさりげなく近づいてきた。目線を分娩室の壁に向け、美歩に目配せする。

「有ちゃん、見て」

草間に言われて壁に目をやると、そこに昨日まではなかった写真が飾ってあった。銀のフレームに入ったやんちゃそうな男の子の写真だ。

「誰ですか」

美歩が小声で訊くと、

「可愛いでしょ。篤志くんよ」

と草間がにんまり笑う。

「篤志くん？」

「ほら、綱島温雨さんっていたでしょう？　彼女の息子さん、いまは佐野先生の知り合いの乳児院にいるらしいわ。この写真、乳児院から佐野先生に送られてきたの。一歳の誕生日を迎えたそうよ」

銀のフレームは佐野が買ってきて、朝のうちに壁に飾ったのだと草間が教えてくれた。

あの、泣き声ひとつあげなかった――脆くて、いまにも消えかかっていた命が、いまこうして生きている。自分の足で立ち、カメラに向かって笑いかけている。それだけで奇跡のようなことだと美歩の胸が熱いもので満たされる。

「この子のお母さんは？　綱島温雨さんはどうしてるんでしょう？」

「さあ……。でも、子供には会いに行ってるらしいわよ。佐野先生がそう言ってた。そうよ有ちゃん、笑顔笑顔。仏頂面はだめよ。赤ちゃんは今、小さな光に向かって必死に進んでるの。初めに笑顔で声をかけるのが私たちの仕事。闇から見える光の先で、私たちはいちばん最初に新しい命を受け止めるんだから」

体を寄せるようにして美歩の耳元で囁くと、草間はまた母親の側についた。

「はい、もう出てきますよ。ほら、赤ちゃん、きたわよ。元気な声で泣いてる、可愛い女の子よ」

草間は赤ちゃんの頭を手の中に収めると、素早い動作で臍帯をクランプし、その帯

のまん中を切断する。そして、

「有ちゃん、あとはお願いね」

小さな体を一呼吸で託してきた。

美歩の手の中に、温かい重みがずしりとかかる。腕に抱く小さなものは、命という確かな重さがあった。もがくようにか細い腕を動かし、必死で息をしようとしている。

いらっしゃい。よくきたね――

佐野産婦人科病院での誕生第一号となる赤ちゃんに優しく語りかけた。腕の中の命が、眩しそうな顔をしてむかえびとの目をのぞきこんでくる。

解説

三浦天紗子
（ライター・ブックカウンセラー）

「日本のお産安全度は世界一」——。

二〇一八年二月、ユニセフ（国連児童基金）は、世界各国の新生児死亡率を比較する報告書を発表。生後二十八日未満で死亡した新生児の比率を対象としたこの調査で、日本は「赤ちゃんが最も安全に生まれる国」のひとつだと認められた。

戦後、病院や施設で生む女性が増え、高度経済成長期以降は加速度的に、日本の出産安全神話が定着してきた。その輝かしい成果は、個人病院と地域の周産期センター（妊娠や分娩、新生児の異常に対して、専門医療、救急医療を提供する高次産科施設）の連携、つまり安全安心な出産システムを徹底的に作り上げてきた医療人たちの努力の賜物に他ならない。

それでもなおノーリスクには至らないのが出産という神秘。本書は、そんな周産期医療の一端を担う産科病院が舞台になっている。

主人公の有田美歩は、キャリア六年めの助産師だ。美歩が働く「ローズ産婦人科病院」は、その名の通り、敷地内にしゃれたバラ園がある。バラのアーチトンネルや小道に続く中庭は、妊婦やその家族、職員たちにとっても憩いの場。だが、そんな優美な面はそこだけで、美歩は日々、命をめぐるさまざまな現実を目にしていく。一日の中に、救われる命も、失われる命も、望まれる命も、遠ざけられようとする命も、やって来る。

物語が始まってすぐ、美歩が立ち合うのが、未受診妊婦だった綱島温雨(はる)の飛び込み出産だ。検診を受けていないと、妊娠何ヶ月目かも明確ではなく、妊婦や胎児の状態がわからない。母子ともにリスクが高いので、設備の整った施設でないと対応できない。二十歳の温雨も案の定、陣痛が始まっているのに病院をたらい回しにされ、ローズに回されてきた。その緊迫した出産風景が描かれる。

次に美歩は、同僚たちとともに、三日前に取り上げたばかりの新生児のある騒動に慌てふためく。その男の子は四十四歳で中学校教師をしているシングルマザーの子で、仕事の無理がたたり、流産しかけた。ぎりぎりで危機を乗り越えた命。美歩たちスタッフの必死さのかいあって解決を見るが、その騒ぎの元凶に、みなあきれるばかり。

胎児に染色体異常の疑いがある妊婦もやってくる。不妊治療を経てやっと授かった子を羊水検査をしたがために流産したことがある四十代の夫婦には、出生前診断のトラウマがある。とりわけ妻は、この妊娠が子どもを持つ最後のチャンスかもしれないと感じ、胎児をどうするかを決めかねている。

日本では初産年齢の平均値が上がるにつれ、不妊の悩みが増えた。出生前診断の精度が上がったことはメリットばかりではなく、命の選別にもつながる恐れがあるとして、混乱の一因にもなっている。不安なく出産できる国とはいっても、こうした現代の出産の悩みに加え、昨今は、未受診妊婦の飛び込み出産や、産科医や看護師、助産師不足の問題などが顕在化。ネグレクト（育児放棄）も大きな社会的事件になっている。そうした現代の社会問題にも触れていく。

そのように、本書は産科で起こるさまざまなできごとを追う医療小説ではあるのだが、同時に、我が子の命と向き合う母親たちが大いなる主役となる母親小説ともいえる。

母の愛とは何か。よき母親の条件とは何か。母親になった女性が持つ苦悩を知る上で、美歩には小さいころからある手本があった。美歩には、脳性まひを持って生まれてきた三歳年上の姉がいたのだ。小さいころは両親が姉の美生にかかりきりだったことに屈託があったが、成長するにつれ、美生の人生の美しさに感じ入っていく美歩。と同時に、母がなぜ美生をあれほど慈しんだか、〝母〟としての思いも理解していくようになる。美歩が、ローズにやってくるあらゆる妊婦たち、母になる者たちの思いを温かく受け止めるのには、そんな背景もあるのだ。

産科医療が発達してなお、命をめぐっては、さまざまな価値観が対立する。誰もに理があり、譲れない思いがある。その葛藤が、読む者を揺さぶってくる。

マンガ原作のドラマ『コウノドリ』のヒットにより、周産期医療の最前線で奮闘する医療関係者の活躍はかなりなじみ深くなった気がするが、本書でも、たとえば温雨の手術シーンなど、映像に勝るとも劣らない描写が実に見事だ。一分一秒を争う迫力を伝えてくる。

そんな生きるか死ぬかのドラマが息つく間もなく起こる小説が面白くないはずがない。命の瀬戸際にいるのが、いたいけなベビーや我が子のために必死なママとくれば、手に握る汗も増えるというもの。

ちなみに、出産に興味なしという読者もご安心あれ。退屈させないサスペンス要素もたっぷり入っている。

ローズの数少ないスタッフは、仕事の多忙さに少々疲れ気味だが、経営は順調。それをまかなえているのは、優秀な助産師や佐野隆己という腕利き医師がいるからだ。だが、その佐野が、若い女の子のストーカーをしているとのウワサが立ち始めるあたりから、ミステリー感がじわじわとにじんでくる。真偽を確かめたい美歩はにわか探偵として、佐野を尾行したりするのだが……。

また、佐野の実力とは対照的に、院長である野原はお産が取れないダメ医師だ。巣川がふまじめ助産師であるのも知っていて、師長として雇っており、愛人にもしている。およそ経営者としても見どころがない野原の無能ぶりが、のちに大変な事件の引火材になってしまう。

登場人物たちの行動や、表情、言葉など、そこここに潜ませているささやかな伏線に、読みながら「おや?」と思う。けれど、テンポよく進む自然な展開に乗せられ、そのままスルーしてしまうのではないか。それを終盤で一気にまとめあげる、著者の筆の冴えたるや。多くの読者が、最後の最後まで先が見えない展開を見守り、つどつど驚きの声を上げることになるだろう。

だが、本書の大きな魅力は、これまでにも著者自身が作品の中で——トライアウト〈選手としての再チャレンジ〉に参加する野球選手の取材を通してシングルマザー記者の転機を描く『トライアウト』、現代の看護師がタイムスリップして従軍看護婦として活躍する『晴れたらいいね』、明治時代のメガネメーカー創業者の一代記『おしょりん』など——、繰り返し書いてきた、ある信念に似た気持ちが全編を貫いているところにある。

本書でも、美歩の先輩助産師・草間道子に、〈仕事をするって、生きることなのよ。真剣に働くってことは、真剣に生きるってこと〉、つまり「働くことが生きること」だと言わせているが、それは著者の実感でもあるらしい。PHP文芸文庫『文蔵』の二〇一四年のインタビューでは、こう答えている。

〈仕事とは、「生きること」だと思うんですね。何かが揺らいでも仕事をしている限り生きていけると。つまり働くということは生活のためだけでなく自分のためでもあるはず〉。

そもそも、本書に登場する人物造形からしてそうなのだ。美歩が尊敬する草間は、データと直感を読み解いて母子を窮地から救うことができる、有能なベテラン助産師。辻門真奈美は、草間同様、高い技術を持つパート助産師。海外でのボランティア活動に人生の基盤を置く、人の役に立つことが大好きなしっかり者だ。また、美歩の唯一の後輩助産師・戸田理央は、年は若くて要領もいい方ではないが、精一杯のやる気がまぶしい。助産師だけではない。医師の佐野も、美歩からは最初、ぶっきらぼうな変人に見えていたわけだが、彼の背景が見えてくるにつれ、その唯我独尊ぶりも彼の仕事への情熱ゆえなのだと納得だ。野原院長や巣川師長のような残念な例外もあるのだが……。

ところで、すでによく知られた情報ではあるが、著者は現役の看護師だ。医療の現場で働きながら、デビュー十年未満で十冊以上の著作を持つ実力派作家だ。リーダビリティーには定評があり、書評家や書店員からの評価も高い。北杜夫、渡辺淳一、海堂尊、帚木蓬生、久坂部羊、岡井崇、女性では南杏子など、現役でも元でも、医師で作家というのはわりといるのだが、看護師で作家というのは圧倒的に少ない。しかし、医師の目線でなく、看護師だからこその目線があると思うし、評者はそれを期待してもいる。

二〇一八年三月時点での最新作は、看取りなど終末医療の問題をテーマにした『満天のゴール』。著者の実力からすれば、多彩なテーマをものにできるのはわかっているが、個人的には、今後も、現場の中から医療を見つめる作品を書き続けてほしい。

本書は、単行本のときは『闇から届く命』という、ややミステリー風の味つけがなされたタイトルだった。文庫化に際し、『むかえびと』となったが、こちらのほうが全体のテーマに合ったタイトルだと思う。納棺師をおくりびとと呼んだことへのオマージュ。そこには、生まれてくる命のために、医師や看護師、助産師などが一丸となって取り組む「ローズ産婦人科病院」のような、〝命の現場〟で働く人々の輝きがしっかりと刻まれている。

本書の執筆にあたり、下岡貞子さん、山口剛史さん、坂野維子さんをはじめ、医療や司法に携わる専門の方にお話をうかがいました。この場を借りてお礼申し上げます。

（著者）

〈参考資料〉

「ＮＨＫスペシャル　大海原の決闘！　クジラ対シャチ」（二〇一二年一一月二五日放送）

単行本『闇から届く命』（二〇一五年二月　実業之日本社刊）を、文庫化にあたり、改題しました。

実業之日本社文庫　最新刊

実業之日本社文庫 ふ61

むかえびと

2018年4月15日　初版第1刷発行
2024年4月11日　初版第4刷発行

著者　藤岡陽子(ふじおかようこ)

発行者　岩野裕一
発行所　株式会社実業之日本社
〒107-0062　東京都港区南青山6-6-22 emergence 2
電話 [編集]03(6809)0473 [販売]03(6809)0495
ホームページ https://www.j-n.co.jp/
DTP　ラッシュ
印刷所　大日本印刷株式会社
製本所　大日本印刷株式会社

フォーマットデザイン　鈴木正道(Suzuki Design)

ISBN978-4-408-55416-7（第二文芸）